本著作为2017年度教育部人文社会科学研究规划西部和边疆地区项目《平行研究视角下的英国民谣与瑶族歌谣对比》（17XJA751003）成果之一。

隐喻的歌谣

周子伦 / 著

汕頭大學出版社

图书在版编目（CIP）数据

隐喻的歌谣 / 周子伦著． -- 汕头 ： 汕头大学出版社，2020.5

ISBN 978-7-5658-3932-0

Ⅰ．①隐… Ⅱ．①周… Ⅲ．①瑶族－民间歌谣－文学研究－广西②民间歌谣－比较文学－文学研究－广西、英国 Ⅳ．①I207.72 ②I561.072

中国版本图书馆 CIP 数据核字 (2019) 第 071649 号

隐喻的歌谣　　YINYU DE GEYAO

著　　者：周子伦
责任编辑：宋倩倩
责任技编：黄东生
封面设计：黑眼圈工作室
出版发行：汕头大学出版社
　　　　　广东省汕头市大学路 243 号汕头大学校园内　邮政编码：515063
电　　话：0754-82904613
印　　刷：天津雅泽印刷有限公司
开　　本：710mm×1000mm　1/16
印　　张：15.5
字　　数：260 千字
版　　次：2020 年 5 月第 1 版
印　　次：2021 年 7 月第 2 次印刷
定　　价：56.00 元
ISBN 978-7-5658-3932-0

序

在传统修辞学里，隐喻是指通过将一事物描写成另一事物以便对它们进行比较的一种修辞，其基础是两个相互比较的事物之间的相似性。威廉·莎士比亚《皆大欢喜》中的“全世界都是一个舞台，所有的男人和女人都是运动员；他们有自己的出口和入口……”便是常见的隐喻例子。众所周知，现实世界并非真正的舞台，而在这一引语中，莎翁却把世界比作舞台，用舞台的关系和属性来描述令人难以把握的世界，来表达对世界及其社会成员之间互动行为的理解。认知语言学则认为，隐喻不仅仅是文体上的一种修辞手段，更是人类的一种认知机制。Lakoff 和 Johnson 在他们的经典著作《我们赖以生存的隐喻》（1980 年）一书中对概念隐喻进行了系统的阐释。他们认为，隐喻不仅存在于我们的日常语言之中，而且还存在于我们的思想和行为之中。隐喻通常使用一个具体的概念（源域）来描述一个抽象的概念（目标域）。基于此，人们便能通过隐喻影射的机制来理解和体验一种陌生的事物或概念。比如在交流的过程中，言者可以将思想或对象放入容器中，然后通过管道将其发送给听者，听者则从容器中提取思想或对象，这就是所谓的容器隐喻。显然，隐喻不仅在日常生活中塑造了我们的交流方式，而且还构建了我们的思维和行动方式。

随着研究方法的多元化，隐喻研究在不同学科领域中得到不断的拓展，国际语言学界每年都举行几次高端学术会议，为这一研究主题贡献了丰硕的研究成果。比如 Gerard Steen 致力于为隐喻研究开发实证研究工具；Raymond W. Gibbs, Jr. 通过心理学实验研究了概念隐喻和体验（embodiment）的转化机制；Gilles Fauconnier 则关注隐喻过程中的“类比”（analogy）及“概念整合”（conceptual blending）。实际上，隐喻影射还可以发生在两个非语言的概念域之间。音乐学家 Leonard Meyer 展示了纯粹的节奏与和声如何表达人类情感的感知过程。通感体验（synesthesia experience）实际上是感官版本的隐喻，例如音乐中的音调是源域，目标域则是诸如颜色或香味的体验。 艺术理论家 Robert Vischer 认为，当我们观看一幅画时，通常会想象自己的身体也处于一个非人类或非生命物体的姿势，从而“感觉到自己置身其中”。例如，Caspar David Friedrich 的画作《孤独的树》（*The Lonely Tree*）描绘了一棵枝杈扭曲枯萎的树，我们在看着这幅画时也会想象着我们的四肢同样扭曲、枯槁，从而产生一种紧张和痛苦的感觉。可见，非语言隐喻是我们体验视觉艺术、音乐艺术、舞蹈及其他艺术形式的认知途径。《文心雕龙》亦云：“夫心术之动远矣，文情之变深矣，源奥而派生，根盛而颖峻，是以文之英蕤，有秀有隐。隐也者，文外之重旨者也；秀也者，篇中之独拔者也。隐以复意为工，秀以卓绝为巧。”意指文章的精华有“秀”有“隐”。所谓“隐”，就是文外所隐藏的言外之意，所谓“秀”，就是文中独特突拔的语句，刘勰的观点与概念隐喻有异曲同工之妙。

国内的隐喻研究也可谓硕果累累，而以平行研究视角对不同民族歌谣隐喻手法的比较研究成果则不多，可见周子伦博士的大作《隐喻的歌谣》可称为国内近年来该研究领域的开拓性成果。著作第一章“爱情隐喻”探究了两个民族的歌谣基于人类思维的同质性和异质性，借助生动的源域影射难以捉摸的爱情，讴歌缠绵悱恻的爱情，比如瑶族歌谣和英国民谣都运用信物与爱情概念之间构建投射关系，不同的是，瑶族歌谣常以香草、玉佩、扇子、伞、巾、鞋等为定情信物，而英国歌谣则以苹果、鲜花、金质戒指来隐喻“爱情之美”和“爱情之金坚”。第二章“动物隐喻”通过探讨英国和瑶族生活环境中的动物外貌、行为习惯等特征，揭示出动物隐喻主要影射到各自民族的文化传统、文化心理和生活情景。第三章“季节隐喻”研究英国歌谣中的夏季往往和 time、flower、day、warm、bonnie、Leve-lang 等词连用，夏季往往影射舒服、温馨和漫长的时光，而 winter 分别用 cauld（cold）、live-lang、lang（long）等词修饰，影射了漫长寒冷的冬季。两个民族都认知季节的更替和特点，表达对于自然界的一种基本反应方式，季节隐喻是歌谣中常常刻意使用的一种修辞手段，形成对日常语言规则的一种“偏离现象”。第四章“情态隐喻”探索了瑶族歌谣如何利用语气词、语气副词、助动词、叹词、能愿动词和语气助词来表达瑶族人民的情感态度，同时总结出英国歌谣的情态隐喻也同样反映了歌谣作者或传唱人的思想情感、与受众之间的社会距离和权力关系等，具体表达歌者的愿望、要求他人承担的义务、对事物发展趋势的判断等。第五章则通过探究歌谣中的绿色、红色、蓝色、黑色和白色等隐喻性色彩话语，发现这些色彩词汇为歌谣呈现了一个五彩斑斓、情感丰富的视觉世界，体现歌谣师法自然的赋色原则以及色彩意象的多样性，揭示英国民族和瑶族人民的审美意识及色彩隐喻的语用功能。第六章探讨英国民谣和瑶族歌谣中的神话隐喻影射的民族性，深入地揭示英国民族和瑶族民族性的根源以及神话所蕴涵的民族价值观、世界观、审美观等文化特色。第七章考察瑶族歌谣中丰富的空间方位隐喻，发现它们多半是用来影射辈分先后、社会地位和等级等社会关系，而英国歌谣中的空间方位隐喻表达虽然没有像瑶族歌谣那样丰富，但也反映出英国民族和瑶族人民在思维方式的同质性和异质性。第八章的天象地理隐喻主要影射了两个民族的风土人情，隐喻投射的异同说明了隐喻既具有普遍性，同时也具有民族性。第九章研究了歌谣中“冷”“热”“温”等温度概念在抽象概念构建以及语义扩展过程中的作用，揭示英国民族和瑶族对同一具体概念的体验与认知的异同。第十章的饮食隐喻指出食物在英国民族和瑶族的不断使用过程中，在不同的语境下形成了隐喻不同的认知基础，反映出海洋文化和农耕文化各自的特质。第十一章的植物隐喻直接反映了英国民族和瑶族的生活、生产和生态状况，从人类学和社会学角度归纳歌谣如何含蓄、凝练地借景抒情，咏物言志，剖析两个民族各自特有的生活观念和思想情感，舒展了一幅幅历史、文化和自然画面。

通览全书，我认为此书至少体现了以下几个方面的创新性：其一，研究对象都是流行于民间并洋溢着乡土气息、没有经过雕琢的英国民谣和我国瑶族歌谣的概念隐喻；其二，作者采用了鲜有学者涉及的平行研究（parallel study）视角；其三，在考察隐喻的基础上，作者进一步探讨了英国民谣和瑶族歌谣的母题，即英国民族和瑶族人民的基本行为、精神世界以及他们认知客观世界的过程，诸如喜怒哀乐、爱恨情仇、生离死别、时间空间、自然景观、宗教、农渔牧业生产生活等；其四，作者克服了古英语和原生态瑶族歌谣语言生僻和艰深所带来的理解困惑，引经据典，梳理了结构隐喻、实体隐喻和时空隐喻在歌谣中的表现形式，理论与实际水乳交融。著作散发着馥郁的学术芳香，展现出作者深厚的学术功力。

子伦教授留学海外有年，攻读语言学博士学位，身处重洋之远而心系乡梓之情，学成归来后一直聚焦于概念隐喻的研究，与贺州学院共同申报教育部研究课题并获选立项，同时还作为重要成员完成了国家社科项目的子课题研究，近年来在全国中文核心期刊和CSSCI期刊屡有隐喻研究佳作发表，成果或获博士后论坛优秀论文，或在光明网全文转载。2016年被聘为广西民族大学外国语学院硕士研究生导师，共同主持“江苏理工学院-广西民族大学学科教学（英语）专业学位硕士研究生联合培养基地建设项目”，辛勤耕耘学术垅亩，语言学、文学和法学轩轾相融，硕果迭出。兹者，欣闻其大作不日付梓，并邀我作序，我欣然应允。以上是我的初步感想，但愿不辱鸿篇，是为序。

覃修桂

2019年新春于广西民族大学之相思湖畔

目　　录

导　言

“广西瑶、僮居多，盘万岭之中，当三江之险，六十三山倚为巢穴，三十六源距其腹心，其散步于桂林、柳州、庆远、平乐诸郡县者，所在蔓延。而田州、泗城之属，尤称强悍。种类滋繁，莫可枚举。蛮势之众，与滇为埒。”[1]据史记载，壮族、瑶族为贺州世居民族，其他少数民族后因迁徙融入，人数甚少。贺州市是多语言地区，境内除汉语外，还有壮语、瑶语等。汉语又因地、族群的不同形成不同的方言。讲瑶语的盘族，自称“勉”“土优”，主要分布在八步区、昭平县和富川瑶族自治县西岭山一带。自称“炳多优”的平地瑶，主要分布在富川瑶族自治县和钟山县，壮语、瑶语都在民族聚居地方和本民族中使用，兼用多种方言，全市通用汉字。[2]瑶族居住地往往是山区，经济文化较平原地区发展较为缓慢，生产劳动之余往往以歌传情，歌颂生活，传播信息，以启迪教化后人。正如美国社会学家罗伯特·派克的“种族关系循环论”（race relation cycle）认为的一样，“群体和个人相互渗透和融合的过程，即个人与群体从其他群体获得记忆、情感、态度，并且共享他们的经历和历史，最终融会成共同的文化生活”[3]，即少数族群融入到主体族群之中。瑶族长期和周边的汉族等其他民族定居生活，较早接受汉文影响，其经济、文化已经深深汉化了。所以瑶族没有自己的文字，其歌谣是用汉字记载的。

---

[1]　《明史》卷三一七《广西土司列传一》，北京：中华书局，1975年标点本：8201。

[2]　http://www.gxhz.gov.cn《贺州年鉴》。

[3]　PARK ROBERT E, BURGESS, ERNEST W. Introduction to the Science of sociology[M]. Chicago: University of Chicago Press, 1924: 735.

英国学者弗兰克·吉特生在《英国民歌论》中说，民歌是一种歌曲，生于民间，为民间所用以表现情绪，是历史的叙事歌……而这里的“民”字指未曾受到文雅教育的社会阶层。路易斯·庞德在《诗的起源与叙事歌》中说道：“在文学史家看来，所谓歌谣必须是民众喜欢的歌，必得唱这些歌，歌谣‘在民众口里活着’，歌谣必得经过多年的口传而能留存。”近代民俗学家劳依舍尔认为：“民歌是一种民间唱的歌；以内容论，以语言的及音乐的形式论，它合乎最广的地域之情感生活、想象生活。”[1]

瑶族人以歌传情、以歌娱人、以歌敬神、以歌授经、以歌育人，瑶族歌谣已经超越了娱人敬神的功能，与人民的日常生活、生产劳动、社会实践、节庆礼俗联系密切，瑶族人民的思想、情操、意志、愿望都通过演唱歌谣表达。[2] 贺州瑶族歌谣异彩纷呈，种类繁多，呈现出不同体裁、不同风格的特点。这种独具特色的瑶族歌谣直接反映瑶族人民的精神气质、人品性格和情感审美，是瑶族人民在长期的生活、劳动实践中创造出来的艺术瑰宝和智慧结晶。

所谓歌谣，《牛津英国文学词典》是这样定义：“Ballad, originally a song intended as an accompaniment to a dance; hence a light, simple song of any kind, or a popular song, often one attacking persons or institutions. In the relatively recent sense, now most widely used, a ballad is taken to be a single, spirited poem in short stanzas, in which some popular story is graphically narrated, and in this sense of the word the oral tradition is an essential element, though there has been much discussion as to the origin and composition of the old English ballads.”[3]

大概意思是，所谓歌谣，原本是作为舞蹈伴奏的歌曲，曲调轻盈、歌词简朴，或指流行的歌曲，往往是对人对事的讽刺、反思。到了近代，歌谣被看成是一首单曲、充满活力的叙事诗，以图形化的方式叙述故事。人们对古英语歌谣的起源和组成进行了许多探索，都一致认为歌谣具有口头传承的特点。英格兰和苏格兰的歌谣是英国最古老的诗歌形式之一，起源于 15 世纪苏格兰南部的低地和英格兰边境地区，当时的欧洲大陆正被基督教神学统治着，而这里由于地理位置偏僻，社会依然处于比

[1] 赵晓兰 . 歌谣学概要 [M]. 成都：电子科技大学出版社，1993：6.

[2] 韦海曦 . 富川瑶族民歌述论 [J]. 艺术探索，1998：344-354.

[3] 德拉布尔 . 牛津英国文学词典 [M]. 6 版 . 北京：外语教学与研究出版社，2005：232.

较原始的状态，民风淳朴开放，没有新兴的城市和城市阶级，也没有受到教会、宫廷诗人的影响，歌谣大多由底层人民所创作，是原生态的歌谣，并在口头中传唱不辍。英国歌谣的题材广泛，总体而言离不开生活和爱情主题：海上冒险、家庭纠纷和不幸的爱情、悲剧事件、魔幻、嫉妒、禁欲、幻想、谋杀、意外的死亡等。如《罗宾汉》在15世纪末就有文字形式流传于世了。一般来说，传统的英国歌谣多为沉重、黑暗、典型的情调。通常民谣情节中夹杂着超自然、半人、权力滥用、赌博、原罪、惩罚、历史事件、复仇、暴力、人性弱点、民间英雄等。李赋宁认为，乔尔德（Child）教授于1882年出版的《英格兰和苏格兰歌谣》不仅内容最为全面丰富，忠于原作，而且同一首民谣还收集了许多不同的版本。歌谣所叙述的故事非常生动，富于戏剧性；所叙述的只是故事的梗概，集中叙述情节的中心事件或高峰，语言精练，用叠句和重复故意暂时中断叙述，凸显情节的紧迫性，歌谣中3、7、9这几个数字用得特别多；另外还有叠句、词的重叠、诗行重叠、诗节的重叠等，特别是每节诗之后加上重叠，产生强烈的音乐效果，叙事有焦点，产生精练的艺术效果和符咒的效果。另外，歌谣的叙事者对故事里的人物和事件不加任何评论。

Lakoff和Johnson（1980：3；2003：3）认为："对于大多数人来说，隐喻是诗性想象和修辞装饰的工具，是一种反常的而非普通的语言。而且，隐喻通常仅仅被视为语言特征，一种话语问题而非思维或行动问题。因此，大多数人认为他们无需隐喻也能够很正常地生活。与此相反，我们发现，隐喻在日常生活中广泛存在，不仅存在于语言之中，而且存在于思维和行动之中。我们借以思维和行动的普通概念系统从本质上是隐喻性的。"Lakoff和Johnson的概念隐喻（conceptual metaphors）分为方位隐喻（orientational metaphors）、本体隐喻（ontological metaphors）和结构隐喻（structural metaphors）。这些隐喻手段是人们认知的思维方式，也是解读英国歌谣和瑶族歌谣的方式之一。把两个民族的歌谣进行比较本身就是一个富于挑战和有意义的事情，因为歌谣的叙事方式大多用隐喻手法。如何进行两个民族歌谣的平行比较研究？陈惇、刘象愚先生在《比较文学概论》中认为，比较文学所要研究的是"跨民族、跨语言、跨文化界限和跨学科界限的各种文学关系"，而平行研究所要研究的是"价值关系"和"交叉关系"[1]。平行研究方法通过探索"连类比物"

---

[1] 陈惇，刘象愚．比较文学概论[M]. 北京：北京师范大学出版社，2000：15.

"相类相从"找到英国歌谣和瑶族歌谣隐喻的基本规律、相似相同的文学事实。本书正是基于"我们赖以生存的隐喻"探索瑶族歌谣和英国歌谣的隐喻叙事，从中可以探索隐喻表现手法的同质性和异质性。同质者，可谓"何其相似乃尔"；异质者，则可容而纳之，从而得到"相映成趣""相得益彰"的阅读境界。

第一章　爱情隐喻

瑶族的民族节日众多，节日会期和坐歌堂给瑶族人民提供了一展歌喉、以歌传情的机会，在各种汉族和瑶族传统节日里，通常都会集会对歌，还有专门举办的歌节会期。贺州市及周边瑶族县、乡民的瑶族歌谣，内容丰富，包括生态瑶族山歌如敬烟歌、敬茶歌、叹屋歌、入村寨歌、猜猜歌、互换礼物歌；瑶族《拾弍年朝踏阳歌》《拾弍年朝踏阴歌》《贺婚诗合订本》《还愿用唱歌词》以及瑶族历史民歌，包括族源歌、迁徙歌、盘王歌、创世歌等，歌谣主题涵盖瑶族的社会和生活，尤其是爱情歌谣大胆热烈。清嘉庆十七年（1812）《永安州志》记载有："少妇于春时三五为伴，采芳拾翠于山椒水湄，歌唱为乐，少男亦三五为群，歌以赴之。一唱一和，竟日乃已。以衣带相赠答去。"瑶族人的恋爱、婚姻比较自由，瑶家青年通过歌唱来认识和了解对方，进而决定是否与对方继续交往。[1] 瑶族人能歌善舞，通常在订立婚姻之前都要经过一个唱歌定情的过程。瑶歌是歌者在用民间意识中普遍存在的俗信思维来观察、体悟他所面对的民间生活，使之转化成了认知、表现的对象，并用民间思维描述了它们。[2] 在对歌中如果对上了，双方情投意合的，便私订终身。或在婚礼场合，双方亲友为了增进亲情关系，为新人祝福，也会用歌表达情感。"在某种程度上可以映射出贺州瑶族人的思想文化和社会历史发展的概貌。"[3] 以天黑歌为例，是男女

[1] 沈茜 . 瑶族民歌礼仪文化初探 [J]. 贵州师范大学学报，2012（5）：66-69.

[2] 吕华亮 . 六朝民俗诗学 [M]. 北京：中央编译出版社，2013：2.

[3] 谢育坚 . 论贺州客家民歌的文化内涵 [J] . 广西民族大学学报（哲学社会科学版），2009（4）：63-67.

在夜晚时为传递爱意所唱的歌曲，单从名字就可以想见歌曲的内容，所谓“月上柳梢头，人约黄昏后”。天黑歌一般的演唱形式都是男声独唱，且声音比较低柔。[1]在歌唱中青年男女还可以根据自己的思想、情绪、场所，同时根据环境的需要，即兴创作歌词内容，确定演唱风格，唱出表现功能很强的民歌，从而体现出一种无拘无束的、自由爱情的风格特点。

英格兰和苏格兰的民谣是英国最古老的诗歌形式之一，这些民谣多是底层人民创作，在不断的口头传唱中流传。民谣的题材广泛，史实、传闻以及街头巷尾发生的事件，都可以编成民谣。人们在节日或其他集体活动的场合，以问答、唱和等方式来演唱，这些民间歌谣起初可能简单粗糙，在传播的过程中不断改进，最后拥有了比较完善的内容和形式。两个民族的歌谣都用巨大篇幅讴歌民间的生活，特别是真挚的爱情，都用现实生活中的动植物和信物隐喻爱情，但也有迥然不同的源域。

Lakoff 和 Johnson 认为：“语言不只是由任意符号构成的系统，语言中的隐喻不是寻常的语言，而是诗意的想象和修辞多样性的一种策略，是人们的思维方式和认知手段。”[2]隐喻是人们的深层次思维，隐喻的机制是通过具体概念（源域）和抽象概念（目标域）之间的相似性（similarity ）形成影射关系，进而达成认知目标域的目的。瑶族歌谣和英国民谣都有寄情于香草善鸟的隐喻投射图式。Lakoff 还认为，虚化的上帝、众神以及物化的动物、植物都可以用作意象图式隐喻人类的情感。[3]中国的隐喻艺术主要体现在所谓“善鸟香草，以配忠贞”（王逸：《楚辞章句》）这种艺术手法上，如“燕燕于飞，颉之颃之；之子于归，远于将之”的意象是中国诗歌中常见的一种隐喻形式，源自原始时期的图腾，可以说，“诗歌艺术从包容着各种意识形态的混沌统一的原始文化中分化出来的一种观念意识物态化活动的标记”[4]，“燕燕”照应文内的贵族少女（“子”）。而实际上，相对于思维而言，隐喻已经是直观物了，思维只是潜在的东西。在艺术中，思维就是“制造自己的显现”。“艺术必须靠思维来建构，思维靠想象来实现隐喻，而隐喻又必须靠象征来体现”[5]。贺

[1] 田昀艳 . 刍议广西瑶族传统情歌的艺术特色——以“蝴蝶歌”为例 [J]. 音乐创作，2014（5）：160-162.

[2] 莱考夫，约翰逊 . 我们赖以生存的隐喻 [M]. 杭州：浙江大学出版社，2015：4.

[3] 莱考夫，约翰逊 . 我们赖以生存的隐喻 [M]. 杭州：浙江大学出版社，2015：57.

[4] 王逸注 . 楚辞章句补注 [M]. 长春：吉林人民出版社，2005：3.

[5] 赵沛霖 . 兴的源起 [M]. 北京：中国社会科学出版社，1987：77.

州瑶族居住的地方层峦叠嶂，出产各种野菜、野果、野薯和野兽飞禽，如野猪、黄麂、羚羊、山羊、水獭、山兔、松鼠、竹鼠、果子狸、猴子、山鸡及画眉、斑鸠、山鹊、猫头鹰、啄木鸟、八哥、黄鹂、鹞等各种鸟类。这些飞禽走兽具有象征意义，对瑶族人民的物质生活有着重要的意义，既是他们肉食的主要来源，也是他们创作歌谣的素材。

人们起初只是注意到隐喻在认知中的概念影射作用，即概念隐喻经常体现为用简单、具象、感性的概念来表现复杂、抽象、理性的概念（Lakoff & Johnson，1980）。爱情之所以有多元性的隐喻源域，是因为爱情是人类最复杂的情感形式，爱恨交加，纠缠不休。孕育于贺州山区的瑶族歌谣以传统中国文化的吉祥物、生活当中饲养的牲畜家禽以及多样性的野生动物物种为源域，生动形象地讴歌爱情生活。

《朝踏阴歌曲》

一双秀才相语话　单来着双不着双

千般鸟子装不着　装着一双乖鸟是鹧鸪

《岭表录异》：鹧鸪，岭南偏多，多对啼。晨昏时可数鸟同时鸣叫，声如英文的 do-be-quick-papa 或 come to the peak ha-ha，如汉语的“行不得也哥哥”。唐郑谷的诗作《鹧鸪》有“游子乍闻征袖湿，佳人才唱翠眉低”描绘鹧鸪声声，犹如佳人游子一“唱”一“闻”在呼应。鹧鸪作为“善鸟”，充当情歌思维的语言元素，已经转化为指代性符号，以一种隐喻的方式影射男女成双成对。鹧鸪喃喋求偶呼唤声符合人类的求爱思维模式和艺术形象，瑶歌中描绘男女一见钟情对唱的歌，是对双方那种眉目传情、依依不舍的心理恋情的描绘。

《蝴蝶歌》概括了富川瑶族人民的情感和生活，构成了生动的艺术形象。歌词的丰富源于瑶族人民的多彩生活，歌词的生动源于瑶族人民美好的心灵习性，往往都是随心而唱的。正如《礼记》中说的“乐者，心之动也。声者，乐之象也。文采节奏，声之饰也。君子动其本，乐其象，然后治其饰”[1]。富川蝴蝶歌和其他民歌一样，是男女对唱、表情达意、寻找配偶而发展起来的。蝴蝶歌中，谈情说爱的情歌很多，表达了瑶族人民对爱情的朴素追求和向往。

---

[1] 王云五．礼记今注今译 [M]. 王梦鸥，译．北京：新世界出版社，2011：338.

《蝴蝶歌》

今早我俩大门望，早早望到日头红，
望来望去不见你，我俩回去眼哭蒙。

《蝴蝶歌》

苦竹伞把我不拿，我才没有定亲人，
昨天有个媒人问，等着有情有义人。

这两首歌都用朴实的歌词表现出了对爱情的美好向往，是瑶族人民内心深处情感的直接表达。

苏轼《惠崇春江晚景》的“春江水暖鸭先知”使鸭子多了厚重的生活内涵，甚至以鸭喻人。其《画雁诗》“徐行意自得，俯仰若有节。我衰寄江湖，我伴杂鹅鸭”，描写的“野雁”实际是诗人自己的形象，众禽、鹅鸭隐喻争权夺势的宵小之徒。而苏轼的《岐亭诗》“知我犯寒来，呼酒意颇急。抚掌动临里，绕村捉鹅鸭”也证明古人养鸭做菜肴的习俗。地处岭南的瑶族地区山塘广布，瑶族人饲养鸭子，一来啄食田中小鱼害虫和遗留在田中的稻谷，体现生活的乐趣，二则可以作为逢年过节祭祀和食用的菜肴，所以鸭子与瑶族生活息息相关，往往用以影射生活的画面。

以下是《朝踏阴歌曲》的歌词，歌的内容是男女对唱，反映瑶族人以歌择偶的生活画面。

《朝踏阴歌曲》

同伴队　同伴有歌教我头
白日入山共句话　夜了归家共句诗
同伴队　同伴有歌教我头
长杆担粪忙忙落　去到田中慢慢掺
慢慢梳头得好髻　慢慢唱歌得久长
鸡公入门勤动尾　鸭母入门勤动颌
口下生成歌大奈　吓起唇皮歌便来

“鸡公入门勤动尾　鸭母入门勤动颌”中的“鸡公”即公鸡，“鸭母”即母鸭，此类表达方式或许受壮语形容词后置的影响，鸡公是性成熟的雄鸡。歌谣中的鸡鸭被隐喻为男女居家生活画面，充满生活情趣。

英国传统认为所有雀鸟如黑鸟、山鹑等都会在2月14日交配求偶。所以，人们也认为每年的2月14日是春天万物初生的佳日，代表着青春生命的开始，也仿效雀鸟于每年的2月14日遴选伴侣。英格兰歌谣 *Tam Lin* 叙述一位姑娘在万圣节前拯救情人的故事，其中出现了鹰的形象。

They'll turn me to an **eagle**,' he says,

'And then into an ass.

---*39F: Tam Lin*

亚里士多德（2005a：149-150）在《诗学》第21章中指出，用一个表示某物的词借喻他物，这个词便成了隐喻词，其应用范围包括以属喻种、以种喻属、以种喻种和彼此类推。鹰的形象之所以出现，是因为在古代苏美尔神话中，传说神话中的伊塔娜（Etana）国王是被一只鹰带到天堂的。《美国鹰羽法》（*The United States eagle feather law*）规定，只有在联邦政府认可的部落中登记的具有可证明的美洲土著血统的个人，才有权获取鹰羽，以证明自身的宗教身份和精神向往。古秘鲁的摩切人崇拜老鹰，并经常在他们的艺术创作中描绘老鹰。在纹章学（heraldry）中，鹰是一个非常常见的符号，被认为是“鸟类之王”，而狮子是“野兽之王”。由于它们与神圣的罗马帝国有渊源，所以在奥地利等日耳曼国家尤其受欢迎。神圣的罗马帝国的鹰是双头的，据说代表着东西两个罗马帝国。纹章（Coat of Arms）中，鹰最常见的形态是伸展翅膀和腿，随时起飞。在英国歌谣中，“鹰”（eagle）常作为主体意象词语，具有“勇猛、坚强、有力”之精神的国俗和民族语义。在基督教传统中鹰是传播福音的象征。英格兰的“善鸟”是冲击长空的鹰，歌谣中的男主人公往往化身为孔武有力的鹰以保护心仪的女人，以敏锐的视觉、长而宽的翅膀，以及强劲高远的力量战胜恶魔。歌谣中没有直白阐述鹰的爱情象征意义，而是被隐喻为爱情的守护者。

THERE were three sisters lived in a bouir,

Refrain: Hech, hey, my Nannie,

And the youngest was the fairest flouir.

Refrain: And the **swan** swims bonnie.

---10G: The Twa Sisters

歌谣 *The Twa Sisters* 讲述一位年轻人追求四姐妹中的大姐，结果却是爱上了最小的妹妹，最后演变成爱恨情仇并酿出人命。天鹅被隐喻为四姐妹中的漂亮活泼（bonnie）的小妹妹，是含苞待放、迎风飘荡的蓓蕾。

Says, 'Lie you there, **dove** Isabel,
And all my sorrows lie with thee;
Till Kemp Owyne come ower the sea,
And borrow you with kisses three,
Let all the warld do what they will,
Oh borrowed shall you never be!'

---34A: Kemp Owyne

歌谣 *Kemp Owyne* 讲述女主角的继母诅咒女主角变成一条蠕虫，直到王子来吻她三次破除诅咒。王子问是谁迷惑并诅咒了她，使她变成了一条蠕虫。是狼人或美人鱼？她说是她的继母诅咒她变成一个永恒的怪物。歌谣中的女主角被王子比作如鸽子一样温顺。

First crew the black cock,
And next crew the **sparrow**;
And what the better was Lord Barnaby?
He was hanged on the morrow.

---81E: Little Musgrave and Lady Barnard

歌谣 *Little Musgrave and Lady Barnard* 讲述一个贵族的女子色诱一个男性平民，她丈夫把他们捉奸在床并在决斗中杀死了她的情人，那个男性平民。

以上三首歌谣分别提及 Dove（鸽）、Swan（天鹅）和 Sparrow（麻雀），都是用来影射心仪的女子，在西方文化中，这些“善鸟”属于爱和美的女神 Venus（维纳斯），相当于希腊神话中的 Aphrodite。

天鹅之所以是爱与忠诚的标志，是因为它们长久地维持从一而终的关系，天鹅的爱情特征深深烙印在神话之中。在希腊神话中，就有天鹅和美人海伦的故事。[1] 其他古典文献都相信天鹅死亡前会发出最后的绝唱，因此衍生出短语“天鹅之绝唱”[2]。爱尔兰童话传说中，一位爱子心切的继母通过魔法把她的孩子变成了一只天鹅达 900 年之久。[3]

神话传说《诱惑的 Etain》中，Sidhe 国国王将自己和爱尔兰最美丽的女人变成了天鹅以逃避爱尔兰国王和爱尔兰的军队的追杀。现代天鹅甚至被描绘在一个爱尔兰纪念币上。天鹅也指才华横溢的歌手或诗人，据希腊传说音乐之神阿波罗的灵魂附在一只天鹅身上，由此产生毕达哥拉斯寓言所指的杰出诗人的灵魂都进入天鹅体内的故事。

鸽子的形象也承载了丰富的内涵。在《圣经·旧约》中，鸽子被当作降临的圣灵。洪水过后，诺亚把一只鸽子放出去，黄昏时分，鸽子飞回来了，嘴里衔着橄榄叶，后世的人们就用鸽子和橄榄枝来象征和平。长久以来，鸽子也曾被人们看成是爱情的使者，比如在古巴比伦，鸽子乃是法力无边的爱与育之女神伊斯塔身边的神鸟。在生活中也有把少女称为“爱情之鸽”。

'Stay this night wi me, Willie,
O stay this night wi me;
The best an **sheep** in a' the flock
At your supper shall be.'
'A' your **sheep**, and a' your flocks,
I value not a prin,
For I'll awa'to Meggie's bower;
I'll win ere she lie down.'

---*216C*: *The Mother's Malison, or, Clyde's Water*

英格兰歌谣 *The Mother's Malison, or, Clyde's Water* 叙述了一个殉情的凄美爱情

---

[1]　张沛 . 隐喻的生命 [M]. 北京：北京大学出版社，2004：1.

[2]　LAKOFF G, JOHNSON M. Philosophy in the Flesh—The Embodied Mind and Its Challenge to Western Thought[M]. New York: Basic Books, 1999: 497.

[3]　逯钦立 . 先秦汉魏晋南北朝诗 [M]. 北京：中华书局，1983：1906，1044.

故事。威利违背母亲的建议，去了玛格丽特的家，在那里他不受待见，之后自沉于Clyde。

女主人公玛格丽特和男主人公威利的对白中，男女双方都渴望对方与自己厮守一起，宛如羊需要合群、相濡以沫方能保证安全，羊在歌谣中被拟人化影射为男女双方，衬托出两人密不可分的恩爱之情。

相对于英国歌谣，瑶族歌谣中的爱情隐喻的源域更加丰富，如植物也很广泛地影射到爱情生活、传统婚姻中以体现女子对男子的依赖。曹睿《种瓜篇》中“与君新为婚，瓜葛相结连。寄讫不肖躯，有如倚太山。菟丝无根株，蔓延自登缘。萍藻讫清流，常恐身不全。被蒙丘山惠，贱妾执拳拳。天日照知之，想君亦俱然”，女子自谦依附男子犹如“瓜葛”“倚太山”，自身为“流水、萍藻”，有忧虑不安之虞。再如《襄阳乐九曲》中“女萝自微薄，寄托长松表。何惜负霜死，贵得相缠绕”的藤缠树等都是爱情相依的隐喻关系。瑶族歌谣也常用吉祥物来隐喻爱情关系。

《贺婚诗合订本》

一双竹子一斩齐　郎部高来妹部底
郎是金鸡妹是凤　金鸡龙凤配夫妻
天地云黄　日字当则照四方
寒来且往为谋正　金生丽水结成双
一对龙烛插祖前　金童玉女会团圆
龙凤双双齐下拜　一拜父母万拜祖堂
一对油烛亮堂堂　红烛滔滔放亮光
今夜祖堂来臭烛　早生贵子管朝郎
一对油烛亮堂堂　照起新娘入洞房
左边摆起金箱笼　右边龙凤结成双
今夜祖堂来点烛　鸾凤和鸣百世昌
一拜天长地久　二拜地久天长
三拜夫妻和顺　四拜众客满满堂
五拜五子登科　六拜天合成双
七拜七子团圆　八拜家财万富

概念隐喻源域具有开放和多元的特点，源域不局限于某个范畴或系统概念，多元的源域概念或许不属于一个概念系统，使得爱情目标域取得多元拓展。南国竹子相互依偎而生，微风过处，一如恋人耳鬓厮磨，就像清沈复《浮生六记·闺房记乐》所说的“自此耳鬓厮磨，亲同形影”。而“金童玉女”出自唐徐彦伯《幸白鹿观应制》：“金童擎紫药，玉女献青莲。”据传，杜康河里的鸭和虾是天上王母娘娘身边守瑶池的金童玉女，时间长了，两人传情递意，互相爱慕，有了爱情。唐代的“洞房”指代男欢女爱的场所，借以描写“闺情”，再如沈佺期《古歌》“落叶流风向玉台，夜寒秋思洞房开”、乔知之《倡女行》“莫吹羌笛惊邻里，不用琵琶喧洞房”等都是例证。歌谣中的“一双竹子”“龙凤”“天地”“双”“一对龙烛”“金童玉女”“洞房”等名词和表示合卺成双的动词“齐”“配”“结”“会”“团圆”都不属于同一个系统的概念领域，但是并不妨碍歌谣用之歌颂美好的爱情。Lakoff 和 Johnson 的“体验哲学”认为，“概念是通过身体、大脑和对世界的体验而形成的，并只有通过它们才能被理解”[1]。古代中国的《诗经》有“桃之夭夭，灼灼其华”隐喻美女之艳。宋朱熹《诗集传》的“周礼，仲春令会男女。然则桃之有华，正婚姻之时也”，即是以桃花隐喻年轻俊俏的女子。

贺州市位于广西东北部，属亚热带南部季风气候，具有日照充足、雨量丰沛、雨热同季、干湿季节明显、无霜期长等特点，十分有利于花草树木的生长和繁育。生长在青山绿野中的瑶族人的歌谣中也运用了大量的植物、农作物特别是花朵作为“香草”影射爱情。

《贺婚诗合订本》

成双正能花结仔　团圆双镜照山河
年年四季双现照　富贵双全子女多
八拜金齐花结果　金花结果万年长
鸳鸯成对双双配　大功小事共商量

“lily”（百合）花冠大，花筒长，呈漏斗形喇叭状。花色多为黄色、白色、粉红、橙红，也有一朵花具多种颜色的，极其美丽。在维多利亚时代英语中花草等植物有

[1] 李荣启．文学语言学 [M]. 北京：人民出版社，2005：64.

特定的蕴含，百合花代表着对所爱的人的爱、热情和感情，而橙色的百合花代表着幸福、爱和温暖。在英美人心目中“lily”美丽异常、高雅无比，许多女性以“lily”命名。“white lily”隐喻“清纯少女”。英语诗歌中，“lily”作为源域通常影射“贞洁、美丽、清纯”，如莎士比亚的《完美无缺》（*Perfection Needs No Addition*）：

To gild refined gold, to paint the **lily**
To throw a perfume on violet,
To smooth the ice, or add another hue
Unto the rainbow, or with taper-light
To seek the beauteous eye of heaven to garnish,
Is wasteful and ridiculous excess.

歌谣 *Gil Brenton* 中的男主人公把鲜艳欲滴的百合花影射为心仪的女子。

THERE were three sisters in a bouir,
And the youngest o them was the fairest flour.

---*5F: Gil Brenton*

歌谣 *Gil Brenton* 叙述一位骑士心仪两姐妹，但更偏爱年纪小的。当两姐妹落水时，年纪小者溺亡，其尸身被发现后骨骼被制成一种乐器。当骑士和姐姐即将结婚时，乐器发声唱出了真相。歌谣中的女子被隐喻为花蕾，鲜艳欲滴。下一句则叙述了男子经历诸多磨难才赢得女子的爱情，用百合花隐喻来之不易的真挚爱情：

5F.31 He is up to his mother’s ha,
Calling her as hard as he could ca.

5F.32 ‘I went through moss and I went through mure,
Thinking to get some lily flouir.

---5F: *Gil Brenton*

玫瑰枝上有刺，花有紫红色、白色等多种颜色，色泽艳丽，香味浓郁，婀娜多姿。在古希腊神话中，它是美神的化身，又融进了爱神的鲜血，所以它集爱与美于一身。玫瑰是英国国花，红玫瑰是英国王室的标志，被视为尽善尽美的典型，是“友谊之花”

和“爱情之花”。诗歌作品中，以“rose”为源域抒发内心情感，表达“爱情、美丽、大好时光”等意蕴。如英国诗人彭斯（R．Bums）一首有名的情诗《一朵红红的玫瑰》（*O My Luve's Like a Red，Red Rose*）即是最好的诠释。歌谣 *Tam Lin* 讲述了一位年轻男子把一位女子拯救出来以免她作为什一税的替代品的凄美故事。在男子心中，玫瑰花即隐喻为那位楚楚动人的女子：

She had not pulled the red, red **rose**,
A double **rose** but three,
When up there starts a gentleman,
Just at this lady's knee.

---39[J2]: Tam Lin

一个典型的的例子是，歌谣 *The Fair Flower of Northumberland* 讲述的是骑士和女子的爱情故事，用笼统的 flower 贯穿整个歌谣，用以隐喻心仪女子。

The provost's aye daughter was making her lane
Oh but her love was easy won
And she heard a Scots prisoner a making his mane
And she's the fair flower of Northumberland

'It's oh, gin the lassie would borrow a key'
Oh but her love was easy won
'And I'd make her a lady of high degree
If she'd loose me out of this prison stang'

Oh she's gane then tae her faither's bed stock
Oh but her love was easy won
And she's stolen the keys for many a braw lock
And she's loosed him out of his prison strang

Oh she's gane ben tae her faither's stable
Oh but her love was easy won
And she's ta'en a horse that's both fleet and able

To carry them ben tae bonnie Scotland

As they were a riding across the Scot's moor
He said, 'Oh but her love was easy won
Get doon frae my horse, you're a brazen faced whore
Although you're the flower of northumberland'

'It's I hae a wife in my ain country
Oh but her love was easy won
And I cannae do nothing wi a lassie like thee
So go get ye back tae Northumberland'

'It's cook in your kitchen I surely will be'
Oh but her love was easy won
'And I'll serve your lady most reverently
For I dare nae go back tae Northumberland'
'It's cook in my kitchen ye cannae well be
Oh but her love was easy won
For my lady, she winnae hae servants like thee
So get ye back tae Northumberland

But laith was he the lassie tae tyne
He said, 'Oh but her love was easy won'
So he's hired an old horse and he's feed an old man
To carry her hame tae Northumberland

But when she gaed in, her Faither did froon
And said, 'Oh but her love was easy won
To be a Scot's whore and you're fifteen years old
And you're the fair flower of Northumberland'

But when she gaed in, her mither did smile
And said, 'Oh but her love was easy won

You're nae the first that the Scots hae beguiled
And you're still the fair flower of Northumberland'

'For ye winnae want bread and ye winnae want wine
Oh but her love was easy won
And ye winnae want silver to buy a man
And ye winnae want silver to buy a man
And you're still the fair flower of Northumberland.'

---*The Fair Flower of Northumberland*

总体而言，英国歌谣和瑶族歌谣中的植物类型不尽一致，但是都运用植物的形态描绘女子和影射爱情，这是人类感知世界的同质性使然。

歌谣的主题多为爱情的悲欢离合，歌谣语言是诗歌性的，对于爱情的表达也是隐喻性的。歌谣中表示隐喻功能的语言和日常语言不同，后者仅仅表示概念意义的功能，而歌谣的语言表意功能却是多层次和深邃的，赋予常人意想不到的隐喻功能。瑶族歌谣和英国歌谣还寄情信物，在爱情概念和信物之间构建投射关系。古代中国男女择偶媾爱又常以香草、玉佩、扇子等为定情信物，如萧纲的《半路溪》“相逢半路溪，隔溪犹不渡。望望判知是，翩翩识行步。摘赠兰泽芳，欲表同心句。先持动旧情，恐君疑妾妒”，虽然是邂逅旧爱，依然赠兰示爱；梁简文帝的《茱萸女》“东西争赠玉，纵横来问家。不无夫婿马，空驻使君车”以及《子夜四时歌·夏歌》其六“合桃已中食，郎赠合欢扇。深感同心意，兰室期相见”[1]，这是男子将画扇赠送给心仪的女子。信物承载男女之恋的或许以生死、或诉说衷肠，有作为凭证、传情、订立契约等功能。

伞、巾、鞋等都可作为彩礼，如曹植《美女篇》“容华耀朝日，谁不希令颜。媒氏何所营，玉帛不时安”中的玉帛就是指珪璋和束帛，古代用来定婚行聘。傅玄《有女篇》“蛾眉分翠羽，明目发清扬。丹唇翳皓齿，秀色若珪璋。巧笑露权靥，众媚不可详……媒氏陈束帛，羔雁鸣前堂”，诗中“束帛”“羔雁”都是媒妁登门说媒牵线所带的礼物。

---

[1]　逯钦立 . 先秦汉魏晋南北朝诗 [M]. 北京：中华书局，1983：1044.

《贺婚诗合订本》

天上移花下凡赐　随风扇到贵家堂

今世姻缘修配定　□姓合成□姓郎[1]

手接礼金马背上　扇到门前脱下鞍

祝家门前拦胸接　厅前排椅托茶烟

帨，又名缡，即佩巾。佩巾除了可以作为爱情信物，也是爱情生活起点的标志。如皇甫谧的《女怨诗》：“婚礼既定，婚礼临成。施衿结帨，三命丁宁。”古时女子出嫁，母亲为其系配佩巾，并叮咛为人之妇所要掌握的礼仪、举止规范。《仪礼·士昏礼》所谓“母施衿结帨，曰：‘勉之敬之。’夙夜毋违宫事”，《诗经·东山》也有“亲结其缡”之句。所以佩巾也可以作为一种源域影射爱情生活的开始。瑶族的佩巾又叫手巾，《朝踏接客大讨路歌》也有女儿出嫁，母亲为其送彩礼时佩戴帨巾的痕迹：

《朝踏接客大讨路歌》

何物变　变成银梳得娘连

得郎变成何物银梳子　上娘头上作横眼

何物变　变成何物银钗得娘连

得郎变成何样衫领子　何物衫领排排娘胫边

得郎变成何物腰带子　上娘何恙腰上作横眠

何物变　变成何样腰带得娘连

得郎变成何恙罗裙子　何物罗裙团圆娘脚边

何物变　变成何恙头巾得娘连

得郎变成何恙头巾子　上娘何物头上作横眠

何物变　变成何恙行缠得娘连

其中爱情源域有“银”“衫”“腰带”“裙子”“头巾”等衣饰物，随送的彩礼也化作了母亲祝福女儿到夫家后相夫教子的承载物。

伞在多雨的岭南瑶族居住区既是遮雨的物品，也是送嫁妆时的彩礼之一。每年

[1]　歌谣中□为资料缺失。

的农历十月十六，瑶族男女老少都要穿上具有民族特色的节日盛装，聚集在一起唱歌、跳舞，祭祀祖先，欢度盘王节。[1] 在祭祀盘王的活动中，众人齐唱《盘王大歌》是绝对不可缺少的内容，而且，由于《盘王大歌》在瑶族文化中的特殊地位，吟唱《盘王大歌》是一件极其庄重的事情。如《盘王大歌》的歌词：

《盘王大歌》

月斜斜　邀娘担伞过平车田
要妹共饮平车田水　裙脚不齐开伞连遮

歌谣描述了男女对歌时女子的伞，伞在这种语境中应该是女子在恋爱互动过程假以遮丑避羞的用品。除了在婚恋生活中互送信物、诉说衷肠、山盟海誓外，瑶族歌谣还憧憬婚后田园牧歌式的生活场景，歌中的源域无不折射了瑶族男女爱情生活画卷，如《拾式年朝踏阴歌曲壹本》：

《拾式年朝踏阴歌曲壹本》

黄桑树头采牛机　深山岑背采爬藤
牛机爬藤尽是是　单单少条犁鼻藤
三月犁田哥引去　五月插田妹引头
大歌担秧一面去　幼妹落必送饭来
三月犁田哥引去　五月插田妹引头
三百二人满洞插　插得三朝满洞青
三月犁田哥引去　五月插田妹引头
三百二人满洞插　插了三朝尾向天
三月犁田哥引去　五月插田妹引头
三百二人满洞插　洞头插到洞中央
大哥论声依妹话　一做大州差出军
三月插田哥引去　五月插田妹引头
手把长秧满洞插　上洞插过下洞青

歌谣中各种爱情隐喻有“爬藤”上树、男女互动的“犁田”和“插田”“担秧”

---

[1] 刘保元 . 瑶族风俗志 [M]. 北京：中央民族大学出版社，2007：116.

和“送饭”“依话”（听话）等，歌词里面的话题围绕农事活动，实则用以隐喻男女爱情生活互动的内涵。

西方文化中的伊甸园里，亚当献给夏娃的爱情信物是苹果，其早已超出了作为食物的功能。而郊野采来鲜艳欲滴的花朵、贵重的金质戒指都隐喻着“爱情之美”和“情比金坚”。戒指还是一种契约，承载各自的爱情承诺的精神价值，隐喻着爱情需要双方自我约束、忠贞不渝，所以热恋中的男女大都珍惜对方赠予的信物。

英国歌谣中最常见的爱情信物是戒指，戒指因其头尾相接呈圆形而隐喻恒久的爱情。戒指戴在无名指上，承载着一种特殊的蕴义，表明佩戴者已婚。在医学发现循环系统的功能之前，人们认为静脉是从左手的无名指直接流向心脏的。[1] 由于手心相连，他们选择了描述性的名字“静脉 - 爱神”（vena amoris），拉丁语是“爱的静脉”（vein of love），用于描述这种特殊的静脉。[2] 据此，婚姻礼仪专家认为结婚戒指只适合戴在这根手指上，象征了夫妻对彼此的永恒之爱。在一些传统文化中，结婚戒指戴在左手的无名指上，而在另一些文化中则戴在右手无名指上。传统上，结婚戒指只由新娘或妻子戴，但现在越来越多的男人也戴着结婚戒指。结婚戒指之所以在传统上戴在无名指上，还有另外一种传说，是从罗马的“阿努鲁斯普罗努比斯”发展而来的，当时男人会在他们的订婚仪式上给女人一枚戒指。在一些欧洲国家，结婚前戒指戴在左手上，然后在婚礼期间转移到右手，例如希腊东正教的新娘。在英国，1549 年的祈祷书宣称“戒指应该放在左手上”。到了 17 世纪和 18 世纪，仪式结束后，任何手指上都可能找到戒指，甚至拇指上也能找到。

Take back your token, ye ladie fair;
This ring you see on my right hand
Was gien me by my ain true-love,
Before I left my native land.

---252C: The Kitchie-Boy

歌谣 *The Kitchie-Boy* 叙述一位女子爱上了男孩威利。当她向他表白时，威利担

[1] KUNZ G. Rings for the finger.[M]. Philadelphia: J. B. Lippincott company, 1917: 193-194.

[2] MUKHERJI S. Law and Representation in Early Modern Drama[M]. Cambridge: Cambridge University Press, 2006: 35-36.

心她的父亲会把他吊死。于是女子用嫁妆建造了一艘漂亮的船，船上还挂有象征贵族的旗帜，然后把威利送上船。后来此计奏效，女子父亲接受威利作为女儿的新郎，同意他俩结婚。歌谣中的 ring 作为信物，其价值高于生命和爱情本身。

歌谣 *Lady Isabel and the Elf Knight* 叙述的是男子 Elf 骑士和女子 Isabel 的生死之恋，男主人公作为骑士对女主人公发起了近似乎痴迷的追求，在关乎爱情和财富的生死之恋中以女主人公 Isabel 运用魔法杀死男主人公 Elf 骑士的结局收场。

His body tall, by that great fall,
By the waves tossed to and fro,
The diamond **ring** that he had on
Was broke in pieces two.

---*4D: Lady Isabel and the Elf Knight*

其中的 ring 充当爱情信物，在歌谣中隐喻爱情绵延恒久，然而巨浪的拍打使 ring 一分为二，隐喻着两人难成眷属的悲剧。而另一首歌谣 *The Whummil Bore* 叙述了一个在皇宫伺候皇上多年的仆人通过小孔窥视到公主的胴体进而爱上公主的故事：

But then be spake that bonie boy,
And answered the Duke quicklie,
I had rather marry your daughter with a **ring** of gold

---*271A: The Whummil Bore*

其中的 ring 也是作为信物送给公主的。

歌谣 *Riddles Wisely Expounded* 叙述主题是谜语和爱情，三姐妹同时爱上一位俊朗骑士，而骑士拒绝迎娶不能够猜出谜语的姐妹。然而，就算是无所不能的魔鬼也对骑士说猜不出谜语，魔鬼还把三姐妹掠夺而去。谜语包括有：

What is longer than the way? – love.
What is deeper than the sea? – hell.
What is louder than the horn? – thunder.
What is sharper than a thorn? – hunger.
What is whiter than milk? – snow.

What is softer than silk? – down

---*1A: Riddles Wisely Expounded*

其中也有铺床和枕头的爱情概念隐喻：

The eldest sister let him in,

And barred the door with a silver **pin**.

The second sister made his **bed**,

And placed soft **pillows** under his head.

The youngest sister, fair and bright,

Was resolved for to wed with this valiant knight

---*1B: Riddles Wisely Expounded*

三姐妹为了赢得骑士的青睐，相继用了 pin、bed 和 pillows 等床第用品隐喻未来的爱情生活。

中国传统的爱情载体往往是床第、枕席、帷帐等。汉代的秦嘉《赠妇》诗“飘飘帷帐，荧荧华烛；尔不是居，帷帐焉施？”的“帷帐”，蒲松龄《聊斋志异·侠女》“向云‘可一不可再’者，以相报不在床第也”的“床第”，何逊《看伏郎新婚诗》“良人复灼灼，席上自生光”的“席”，《孔雀东南飞》“结发同枕席，黄泉共为友”的“枕席”，无一不是夫妇合卺的载体。瑶族歌谣叙述婚礼场景，其中不乏爱情生活中作为影射爱情的源域话语和物品，如铜镜和鞋子谐音“同偕”，筷子隐喻“快生子”，扇子隐喻“善于生子”。

《贺婚诗合订本》

一对油烛亮堂堂　塘中一对好鸳鸯

两边摆起龙凤椅　中间铺起秀才床

一声红堂祖宗位　二声坐落贵亲郎

三声龙床新婚对　合成妻对万年双

“一对”“烛”“龙凤椅”“秀才床”“龙床”“合成”“妻对”和“万年双”不一而足，龙凤呈祥自不待言。

歌谣中用典故是中国传统歌谣创作的常用手法，这些典故积淀了某种特定意蕴，充当源域并到达“事源”或“语源”的层面，如汉代人用先秦典故，唐代人用先秦直至魏晋六朝的典故，这些就是“古典”。国学大师陈寅恪还提出与“古典”相对应的“今典”一说（《金明馆丛稿初编·读哀江南赋》），指作者在诗中像用“古典”一样凝练地征引当时重要时事。“典故”分为“事典”与“语典”两大类。“事典”往往是出自典籍的某一故事，其来源可以是历史、神话、传说、寓言等。“语典”则是前人经典性的语言，来源极广，无论经、史、子、集，其中的语言材料都可能成为“语典”。著名学者启功有一个有趣的比喻：用典是把事物压缩成为“信号”，即把一个复杂的故事（或一项详细的理论）及其蕴涵的意义，经过剪裁、压缩、简化等，做成一个小小的“集成电路”放到读者脑子里，这样就在有限的文字中表达了尽可能多的信息。[1] 因此，典故是歌谣的一种特殊语汇、一种艺术符号，凝聚着浓厚的历史文化内涵和哲理性美感内涵，在中国诗歌的语言形式构成中占有举足轻重的地位。它能使诗歌在简练的形式中包含丰富的、多层次的内涵，使诗歌显得典雅、富于书卷气、精致含蓄、意味深远。王红、谢谦的《中国诗歌艺术》一书中论及“启功总结了典故的五个功能：有助于说理，有助于修辞，有助于丰富表达的内涵，有助于发表不便直说的思想，有助于联想”[2]。所以，用典其实就是一种隐喻的手法，借以影射生活中的人和事。

汉族的梁山伯与祝英台的凄美爱情广泛流传，其雏形为六朝时期的民歌《华山畿》。无论各种版本如何流传，其爱情悲剧都以“化蝶”结尾。梁祝的传说反映了古代社会中女性大胆追求真爱，体现了爱情的伟大力量。而瑶族歌谣中的梁祝典故显然源于汉族的典故。

瑶族歌谣的《梁山伯与祝英台》经过加工后这样描述他俩死亡后的最终结局：

《梁山伯与祝英台》

圣王高台龙耳听　耐听两苗诉细言
学院读书三年半　共行共睡共书篇
日里写字共柄笔　夜里铺床齐共眠
因为当初齐断定　生死二人共合缘

[1] 启功 . 汉语现象论丛·比喻与用典 [M]. 北京：中华书局，1997：97.
[2] 王红，谢谦 . 中国诗歌艺术 [M]. 北京：高等教育出版社，2004：196.

合缘源于合卺，卺即瓠瓜，俗称苦葫芦，多用来作瓢。古代婚礼中剖一瓠为两瓢，新婚夫妇各执一瓢，斟酒以饮，后多以“合卺”代指成婚。孔颖达疏：“共牢而食者……合卺有合体之义……体合则尊卑同，同尊卑，则相亲而不相离矣”，是为合卺之本义。《礼记·昏义》的“妇至，婿揖妇以入，共牢而食，所以合体，同尊卑，以亲之也。”[1] 后来合卺表示男女爱情的结合。歌中的合缘即是现实生活中的合卺，圣王听说他俩的爱情悲剧后判定两人重回阳间“生死二人共合缘”。其中的“夜里铺床齐共眠”即是《贺婚诗合订本》中“秀才床”的来历。

日常语言和文学语言有着共同的语言“内核”，即表达某种思想、观念的表意功能。[2] 人类认知的同质性也使得英国歌谣和瑶族歌谣爱情隐喻趋同，歌谣中有关爱情的词汇隐喻即是如此。亚里士多德说过：“悲剧是对于一个严肃、完整、有一定长度的行动的模仿；它的媒介是语言，具有各种悦耳之音，分别在剧的各部分使用；模仿方式是借人物的动作来表达，而不是采用叙述法；借引起怜悯与恐惧来使这种感情得到净化。”[3] 这阐明了亚里士多德关于悲剧的基本看法。英国歌谣中的主题大多围绕爱情主题，而主人公之恋往往以悲剧收场，演绎出一幕幕凄美的画面。

Lakoff 和 Johnson 的 *ARGUMENT IS WAR* 概念隐喻剖析了“战争和争斗”的影射关系，war 和 argument 之间构建了隐喻源域和目标域的影射关系，也说明了爱情之路就是人生之路。人类最丰富的感情形式就是男女之爱，所以英文的 love 的源域既可以是生活中甜美珍贵的东西，也可以是心灵上的共鸣和依恋。英国歌谣和瑶族歌谣都有情深似海、爱重如山的隐喻，这是人类认知的同质性。如 *Riddles Wisely Expounded* 的漫长的路（way）、温柔的丝（silk）等源域都影射为爱情，而瑶族歌谣用的爱情源域更加丰富多彩，两国的文化背景的差异导致爱情源域不可能完全相同，但是也有共性。

---

[1] 崔高维 . 礼记 [M]. 沈阳：辽宁教育出版社，2000：227.

[2] 李荣启 . 文学语言学 [M]. 北京：人民出版社，2005：64.

[3] 亚里士多德 . 诗学 [M]. 北京：人民文学出版社，1982：19.

第二章　动物隐喻

人类的信仰由于经历了自然崇拜、图腾崇拜、祖先崇拜等阶段，致使神的谱系日渐庞杂。任何一个民族，它的文化扉页上无不刻着“万物有灵”的观念。人类区别于动物的重要标志之一，就是人能思考，而人类原始思维的思考，最初都是指向人所生存的自然界。人要在生产力极其低下的原始社会生存，必得依赖于自然界提供生活资源，而自然界一方面提供有限的生活资源，另一方面又以肆虐无情的灾害威胁人类的生存。“自然界起初是作为一种完全异己的，有无限威力的和不可制服的力量与人们对立的。”[1] 人从动物分化而来，既有希望求温饱、趋利避害的本能要求，又有着不同于动物的一面，即有从盲目适应自然到极力想认识自然、解释自然，最终驾驭自然的愿望。原始人在变消极适应自然为主动顺应自然、避免自然伤害的过程中，不断思考周围发生的一切，包括动物的繁衍生息规律。[2] 歌谣中的动物是丰富的源域，因为歌谣起源有模仿说，认为这是有关文艺起源的古老学说，首创此说的是古希腊哲学家德谟克利特与亚里士多德，他们认为文艺起源于对自然界与社会现象的模仿。德谟克利特认为“我们从蜘蛛学会了织布和缝补；从燕子学会了造房子；从天鹅和黄莺等歌唱的鸟学会了唱歌”（《古希腊罗马哲学》）。亚里士多德则认为“一般说来，诗的起源……出于人的天性。人从孩提的时候起就有模仿的本能”（《诗学》第四章）。民间歌谣和文学艺术的其他部类一样，是时代和社会的产物，它起源于人类社会生活的全部实践活动，即生存、繁殖、娱乐等。瑶族人的社会的

---

[1]　马克思 . 马克思恩格斯全集：第 3 卷 [M]. 北京：人民出版社，1972：508.

[2]　吴家荣，江守义，钱奇佳 . 中西叙事精神之比较 [M]. 合肥：安徽大学出版社，2011：16.

实践活动是丰富多彩的，瑶族歌谣的起源情况也十分复杂，人们可以从不同侧面、不同角度探讨歌谣的起源，而生产活动肯定与歌谣的产生息息相关。如瑶族的劳动歌、仪式歌、时政歌、生活歌、情歌和儿歌，富于生活气息、山野气息，给人清新、自然的感觉，仿佛把人们带进那充满神秘与古朴色彩的瑶族山寨。这些民歌中表现出来的实践活动，都是这个社会实践活动的组成部分。[1] 再者，贺州瑶族居住区拥有丰富动物资源，其中陆栖脊椎野生动物 290 种，有滑水冲、姑婆山、西岭山、七冲 4 个自然保护区和昭平县黄连顶候鸟保护区，总面积达 50221.8 公顷。这些保护区分布着全市的野生动物资源。据调查，在保护区内生存的野生动物有鸟类 128 种、兽类 48 种，其中：属国家一级保护动物的有黄腹角雉、巨蜥、蟒蛇、林麝、鳄蜥 5 种，属国家二级保护动物的有穿山甲、白鹇、蛤蚧、虎纹蛙、红腹锦鸡、大灵猫、小灵猫、苏门羚、猕猴、大鲵、水鹿、黑鹿、原鸡、草鸮、娃娃鱼等 24 种，其余多数为广西重点保护动物。[2] 动物词产生文化意义的基础主要有三：一是动物的外貌、生理、心理、性格、行为、习惯作用等特征；二是民族的文化内容、文化传统和文化心理，包括神话、宗教、传说、历史、文学、艺术、语言、地理环境、风俗习惯、伦理道德、思维方式、审美情趣等；三是联想。联想是指把动物和另一事物联系起来。而民族的文化传统，特别是文化心理对于联想的产生和腾飞方向起着潜在的也是重要的激发和引导作用。没有联想的作用，就不可能有词义的引申。[3]

隐喻是用一种事物影射另一种事物，或者用具体的东西表现事物的某种意义；它通过某一特定的具体形象来表示与之相似或相近的概念、思想或感情。不同的社会、不同的国家、不同的民族、不同的时代，用不同的动物隐喻不同的意义。由于动物与人关系密切，常被用来作为歌谣隐喻的源域。

源域之所以能够影射目标域，是因为两者的相似性使人们可以借助一个领域的语义特征（源域）去认识并理解另一领域（目标域），如借助动物作为源域以影射生活中的抽象概念。源域是人们熟知的领域，而目标域是抽象的领域。这些动物资源可以反映在歌谣的源域里面，即歌谣往往用动物用作意象。同样，浸淫于基督教文化的英国歌谣也深受《圣经》影响。《圣经 • 创世纪》（*Genesis*）在讲到上帝造

[1] 赵晓兰 . 歌谣学概要 [M]. 成都：电子科技大学出版社，1993：30.

[2] http://www.gxhz.gov.cn《贺州年鉴》。

[3] 廖光蓉 . 英汉文化动物词对比 [J]. 外国语，2000（5）：17-26.

物时有这样一段描述：

In the beginning, when God created the universe, the earth was formless and desolate. The raging ocean that covered everything was engulfed in total darkness, and the power of God was moving over the water. Then God commanded. ‘Let there be light’ and light appeared. God Was pleased with what he saw. Then he separated the light from the darkness, and he named the light ‘Day’ and the darkness ‘Night’. Everything passed and morning came-that Was the first day.

Then God commanded, ‘Let there be dome to divide the water and to keep it in two separate places’ — and it was done. So God made a dome, and it separated the water under it from the water above it. He named the dome ‘Sky’. Everything passed and morning came — that was the second day.

Then God commanded, ‘Let the water below the sky come together in one place，so that the land will appear’ and it was done. He named the land ‘Earth’, and the water ‘Sea’… Then God commanded, ‘Let the earth produce all kinds of plants, those that bear grain and those that bear fruit’… Everything passed and morning came-that was the third day.

Then God commanded, ‘Let lights appear in the sky to separate day from night and to show the time when days. years, and religious festivals begin; they will shine in the sky to give light to the earth’ and it was done. So God made the two larger lights, the sun to rule over the day and the moon to rule over the night; he also made the stars. Everything passed and morning came, that was the fourth day.

Then God commanded, ‘Let the water be filled with many kinds of living beings, and let the air be filled with birds.’ So God created the great sea monsters, all kinds of creature, that live in the water, and kinds of birds. And God was pleased with what he saw…Everything passed and morning come — that was the fifth day.

Then God commanded, ‘Let the earth produce all kinds of animal life: domestic and wild,large and small’ — and it was done.

Then God said, 'And now we will make human beings; they will be like us and resemble us. They will have power over the fish, the birds, and all animals, domestic and wild, large and small.' So God created human beings, making them to be like himself. He created them male and female, blessed them…God looked at everything he had made, and he was very pleased. Everything passed and morning came, that was the sixth clay.

这段话的大意是：宇宙初始，一片混沌，于是上帝下令造了光明。使明、暗昭然，遂成昼、夜，这是第一天。第二天，上帝造了苍穹，使天、水分离。第三天，上帝造了陆地和海洋，并使地上长植物、树上结果子。第四天，上帝造了太阳、月亮和星星，使万物生辉。第五天，上帝造了空中的鸟和水中的鱼。第六天，上帝造了地上各种动物。然后又照自己的形象造了人，让他统管水中的鱼、空中的鸟以及地上各种动物。

人们或出于对自然界的恐惧，或出于对自然界的感激，用贡献牺牲、舞蹈礼拜方式祭祀各种自然神灵，以祈福消灾。到了新石器时代，氏族部落逐渐形成，部落间常为牧场、水地、食物发生争斗。各氏族部落为了增强凝聚力，保证本部落在争夺中获胜，便幻想本部落的始祖是由某种具有非凡能力的怪兽转化而来，或与某种灵异之物有着亲属关系，于是他们认定这种力量非凡的怪兽、飞禽、日月等为本部落的保护神，祈求它们降福于部落人民，这就产生了图腾崇拜。传说黄帝氏族以云命名，太白皋族以龙命名，少白皋族以鸟命名。云、龙、鸟就是当时各族的图腾。万物皆有灵，人为万物之灵长，当然更具神灵。美国人类学家泰勒指出："人和动物的灵魂，对原始人说来是同身体相分离的东西，像汤可以灌进瓶子里或者倒出来，灵魂在睡梦中在他们看来似乎也进入身体或离开身体。"[1]

欧美艺术家和作家还以动物为题材创作了许多优秀的作品，如诗人 Keats（济慈）的抒情诗 *The Grasshopper and the Cricket*（《蚱蜢和蟋蟀》），德国学者雅可布·格林（1785—1863）和他的弟弟威廉·格林（1786—1859）的 *Grimm's Fairy Tales*（《格林童话》），L. S. Hyde 所著的 *The Ten Famous Greek Stories*（《希腊神话十篇》），

[1] 加德纳，约瑟夫 . 近代心理学历史导引 [M]. 北京：商务印书馆，1984：74.

以及 Aesop 的 *Aesop's Fables*（《伊索寓言》），等等。[1]

无论瑶族还是英国歌谣，都反映了人类的衣、食、住、行、劳作都离不开动物。在长期的生产活动和生活实践中，人们逐渐地发现动物的可驯性和可用性，于是利用它们来为人类服务。据说早在一万年以前的石器时代，狗就已经是人的得力助手了。在以后的漫长岁月里，人们学会了用马拉车，用牛耕地，用猫捕鼠，用蜂酿蜜，用驴驮运，用鸡司晨。英国作为海洋产业发达的国家，其歌谣所反映的海洋乃至陆地动物和瑶族歌谣中的动物既有相同的，也有迥然各异的。瑶族居住的地方山峦叠嶂，生产各种野菜、野果、野薯和野兽飞禽，如野猪、黄麂、羚羊、山羊、水獭、山兔、松鼠、竹鼠、果子狸、猴子、山鸡及画眉、斑鸠、山鹊、猫头鹰、啄木鸟、八哥、黄鹂、鹞等。这些飞禽走兽，对他们的物质生活有着重要的意义，成为他们肉食的主要来源，也是歌谣中最常用的隐喻源域。

古代瑶族因农业不发达而重视狩猎。唐常建《空灵山应田叟》诗云："土俗不尚农，岂暇论肥硗。莫徭射禽兽，浮客烹鱼鲛。"刘禹锡《连州腊日观莫徭猎西山》诗曰："海天杀气薄，蛮军部伍嚣；林红叶尽变，原黑草初烧。围合繁钲息，禽兴大旆摇；张罗依道口，嗾犬上山腰。猜鹰虑奋迅，惊鹿时蹓跳；瘴云四面起，腊雪半空消。箭头余鹊血，鞍傍见雉翘；日暮还城邑，金笳发丽谯。"杜甫《岁晏行》也说："岁云暮矣多北风，潇湘洞庭白雪中。渔父天寒网罟冻，莫徭射雁鸣桑弓。"从刘禹锡《连州腊日观莫徭猎西山》所描述的大规模人力合围狩猎一事来看，当时在狩猎经济中仍保留着浓郁的原始集体生产关系的残余。这种集体合围狩猎的遗风至今仍在。[2] 长期以来的狩猎和驯兽行为使得瑶族人的生活和思想与飞禽走兽紧密相连，动物词蕴含社会文化意义，指社会所赋予词语的引申义、隐喻义、借代义、联想义、象征义、感情色彩、语体色彩以及特有的含义。[3] 孕育于贺州山区的瑶族歌谣以中国传统文化的吉祥物、生活当中饲养的以及多样性的野生动物物种为源域，生动形象地讴歌生活。

---

[1]　覃先美 . 英语动物文化考释 [M]. 北京：国防科技大学出版社，2002：3.

[2]　谢明学，玉时阶 . 瑶族传统文化 [M]. 南宁：广西民族出版社，2000：16.

[3]　陈建民 . 序 [A]// 常敬宇 . 汉语词汇与文化 [M]. 北京：北京大学出版社，1995：3.

《朝踏阴歌曲》

一双秀才相语话　单来着双不着双

千般鸟子装不着　装着一双乖鸟是鹧鸪

《禽经》云：“（鹧鸪）随阳，越雉也。飞必南翥。”孔志约云：“鹧鸪生江南。行似母鸡，鸣云‘钩格磔’者是。有鸟相似，不作此鸣者，则非矣。”颂曰：“今江西、闽广、蜀夔州郡皆有之。形似母鸡，头如鹑，臆前有白圆点如真珠，背毛。”时珍曰：“鹧鸪性畏霜露，早晚稀出，夜栖以木叶蔽身。多对啼，今俗谓其鸣曰‘行不得哥也’。”歌谣中“一双乖鸟是鹧鸪”实则影射生活中的夫妻。

歌谣 *Tam Lin* 叙述一位姑娘在万圣节前拯救情人的故事。

They'll turn me to an eagle,' he says,

'And then into an ass;

---*39F: Tam Lin*

歌谣中提到了 eagle（鹰）和 ass（驴）。鹰在各个历史时期的文化和信仰中承载着深刻的隐喻含义。在古代苏美尔神话（Sumerian mythology）中，传说中的 Etana 国王被一只老鹰带到天堂。[1] 古典作家如路卡（Lucan）和普林尼长老（Pliny the Elder）声称鹰能直视太阳，并且也训练它们的雏鸟直视太阳。那些直视太阳时眨眼的雏鹰会被扔出巢，这种传说一直流传到中世纪。鹰是古希腊神话中宙斯的守护神动物，并且宙斯已经蜕变成了鹰的体型。鹰是英国圣公会传统中常见的一种形象，经常被《圣经》所采用，因为它象征着向世界传播福音。鹰的额外象征意义包括对以色列人的宣告，如《出埃及记 19：4》《诗篇 103：5》和《以赛亚书 40：31》。

驴在文学中尤其是在西方文化中占有重要地位。驴子在西方文学中的最初形象主要来自《圣经》和古希腊。希腊人的驴子表现出相当消极的形象，但后来的观念发生了变化，部分原因是驴子越来越紧密地与基督教联系在一起。驴子在荷马、伊索的作品中通常被描绘为愚蠢和固执，或是卑躬屈膝，一般代表下层阶级。它们常常与马匹形成对比，马匹被认为是强大而美丽的。Apuleius 因其作品《金驴记》深刻

[1] HOROWITZ W. Mesopotamian Cosmic Geography[M]. Winona Lake: Eisenbrauns, 1998: 43-59.

描写驴子的倔强、愚蠢、邪恶和卑贱性格，自己也变得和驴子一样倔强。《金驴记》对后来的中世纪和文艺复兴时期欧洲的驴子的形象塑造产生了很大的影响。在此期间，驴子依然象征愚蠢、笨拙和迟钝。莎士比亚将“驴子”这个词运用到了他的许多戏剧中，包括在《仲夏夜之梦》中也出现了驴的形象，代表的是侮辱性的角色：愚蠢或丑陋。相反，几年后，塞万提斯的《堂吉诃德》则以积极的口吻对驴进行描述，把它们描绘成稳定忠诚的伙伴。这种差异可能是因为驴子在西班牙人的生活中扮演重要角色。[1]

与希腊人作品相比，驴子在《圣经》中被描绘为勤劳、刻苦、和平和谦卑的形象。它们也与《旧约全书》中 Balaam 的驴子故事中的智慧主题有关，通过耶稣骑驴进入耶路撒冷的故事，可以看出其积极的一面。到了 19 世纪，驴子被作家描绘得更加具有积极的一面。威廉·华兹华斯在他的《Peter Bell：a Story》中把驴描绘成忠诚而有耐心的人，用驴作为基督教的象征。罗伯特·路易斯·史蒂文森在《驴子游记》（1879）中，驴子被描绘作为具有顽强意志、负重前行的畜生。而驴在英语俗语中还隐喻为财富（asses are used as a measure of wealth）和意志坚强之人。1400 年左右，一位医生声称骑驴可以治疗蝎子蜇伤。字典 *Dictionary of Surrey English* 解释英文成语“to talk the hind legs off a donkey”，表示“口若悬河”，用来形容某人说话有说服力。[2]歌谣 *Tam Lin* 中的主人公变成搏击长空的鹰，然后又变成倔强的、有财富的和善辩的驴，这两个源域的混合品质也许是作者希望处于社会底层的主人公具有多元的性格和体质以免遭恶魔的追杀。由此可见，歌谣中主人公被依次变为鹰和驴，影射了主人公多元的角色取向。

辛弃疾的《鹧鸪天·鸡鸭成群晚不收》“鸡鸭成群晚不收，桑麻长过屋山头。有何不可吾方羡，要底都无饱便休。新柳树，旧沙洲，去年溪打那边流。自言此地生儿女，不嫁金家即聘周”描述了农家田园牧歌生活：傍晚时分，一群群鸡鸭在屋外觅食；茁壮的桑麻盖住了农舍。这些意象隐喻了农民生活的安逸富足。而苏轼也以鸭影射人，如《惠崇春江晚景二首》的“春江水暖鸭先知”、《画雁诗》的“徐行意自得，俯仰若有节。我衰寄江湖，我伴杂鹅鸭”等。而《岐亭诗》“知我犯寒来，

[1] BOUGH J. The Mirror Has Two Faces: Contradictory Reflections of Donkeys in Western Literature from Lucius to Balthazar[J]. Animals, 2011(1): 56-68.

[2] DAVIS G. Dictionary of Surrey English[Z]. Peter Lang, 2007: 174.

呼酒意颇急。拊掌动邻里，绕村捉鹅鸭”以宰鹅鸭的生活情景以影射了其田园生活的安逸、恬静情趣。瑶族人民饲养鸡鸭鹅，他们经过观察家禽的生活习性而得到生活经验，所以在瑶族歌谣中也有不少以鸡鸭的生活影射瑶族人民的情感生活。

《愁歌》

答：今夜靠仙解欢喜，靠广云遮月照秧，忆在浅滩日过日，无人解得贱心凉。

唱：细问锦，问锦多愁为谁思，问锦多愁为哪样，舍心转报解欢机。

答：一忧爷娘落阴府，二忧内案不成林，休散几多嫩儿仔，细问八仙忧未忧。

唱：报龙莫忧真莫忆，檐中花朵莫抛休，龙爷落阴在哪岁，舍心传报解欢游。

答：丁丑年间爷别世，辞别阳间一世人，抛下寒单难为世，问妹可怜未可怜。

唱：难为花龙报得好，重有半姐伴花龙，人无二度青春在，花无百日树头红。

答：分来未久丙戌岁，寒姐落阴月落西，思着爹娘落阴世，抬头吃饭看灵牌。

答：有姐所生无爹顾，姊妹排排愁乱忧，比能鸭儿离了化，随水漂移落下洲。

《愁歌》是瑶族人诉述生活不幸和困苦的歌谣，一是唱出来以博得人们同情和帮助，二是排遣心中苦闷、发泄情感。歌中运用生活当中的动植物和自然界现象作为隐喻的源域折射困苦愁情。如“离了化”即“离群”，鸭子离群意味着陷入险地和困境，离群的鸭子隐喻生活窘迫的人，突出《愁歌》的主题。

《朝踏接客大讨路歌》包括《上香调》《接客大讨路》《安客歌》《起身歌》和《捞堂歌》，这些歌谣描绘瑶族人家待人接物的情景，具有教化劝善的功能。

《捞堂歌》

莫怪歌词相说报　便是金花石上开
深潭渌渌是鱼屋　黄沙细石是鱼补
虾公是郎亲大舅　虾虱是郎亲大姑
白鹤滩头吃白米　鲜鱼水底吃黄沙
鸭公头带青罗帽　鸡公头带石榴花
高王造天置天地　龙王碟石造江深
水底龙王围过县　刘王传古到如今
当初置天高王置　高王置得月般齐
龙王置得深潭水　平王立起万江河

高王在天置天地　平王在地立山河
置得山河鱼万阔　又置水源鱼万条

歌中引用了数个动物源域，即“鱼”“虾公”“白鹤”“鸭公”“鸡公”和想象中的“龙王”，大部分是中国传统吉祥物。鱼除了作为瑶族人的菜肴外，因其产卵多子的习性和鱼跃龙门的神话被瑶族人在歌谣中应用到极致；鸭公闪亮多姿的羽毛和鸡公高耸如石榴花般的冠都化作吉祥的隐喻源域，折射瑶族人对美好生活的向往。

许慎《说文》称鸡为“知时畜也”。《春秋·说题辞》曰：“鸡为积阳，南方之象，火阳精物炎上，故阳出鸡鸣，以类感也。”《诗经·君子于役·王风》中有“君子不役，不知其期，曷至哉？鸡栖于树，日之夕矣，牛羊下来，君子于役，如之何勿思？”，表达了一妇女对远征丈夫深切的思念。鸡，古称“烛夜”，古人认为鸡有“五德”，《韩诗外传》曰：“头戴冠者，文也；足搏距者，武也；敌在前敢斗者，勇也；见食相呼者，仁也；守夜不失时者，信也”，先民驯化原鸡最初用以司晨报晓，故因计时而得名，雅称“司晨”“知时畜”。古人有“鸡鸣而起”“鸡鸣盥漱”“鸡鸣而食”“鸡鸣而驾”“鸡鸣结带正衣裳”等习惯，皆因鸡能报时。十二属相中，龙系水族的代表，鸡代表飞禽类，鸡与传说中的凤凰很相似，雄鸡、山鸡的羽毛同样绚丽多彩，所以鸡就成了群禽之首。鸡与“吉”谐音，称“祥禽”，是辟邪之神。

《上香调》描述主人从凌晨鸡鸣开始等待客人到来的心情，鸡鸣好像是时钟报时，可见鸡作为“司晨”的隐喻。

《上香调》

主：昨夜五更天愁忧　鸡啼半夜落雪来
结雪等断客郎路　等断客郎无路行
客：昨夜五更天星亮　今朝太阳早出山
日头晒溶山头雪　晒落霜雪客郎讨路行

鸡鸣过后，日出东方，昼夜更替。文学作品诸如诗歌歌谣中鸡鸣衍生出守时有信的形象。闻鸡起舞、鸡犬相闻、鸡鸣戒旦等成语就源于“鸣禽”的生活文化。《周礼·春官》中记载司掌鸡牲礼仪的人同时也报时、警夜，被称为“鸡人”。王安石有诗云：“宫楼唱罢鸡人远，门阙朝归虎士闲。”啼晨司夜、金鸡报晓，鸡作为“知时畜”也深深烙印在瑶族人的生活作息中。

《朝踏阳歌曲》

无子不养人家子　无鸡莫养野鹌鹑

鸟子大了飞上天　人仔大了有野心

此歌讲述收养螟蛉之子的教训，也许瑶族人并不了解螟蛉之子的含义，然而现实生活中用鹌鹑隐喻养子，养大了别人家的儿子，他依然会有野心（外心），像鸟长大后要飞走一样。

马作为人类最早驯化的动物，在人类生活中占据重要地位，或可耕田拉车，或可骑之作战赶路。《说文》解说马：“怒也，武也。”《周礼・夏官・马质》：“马量三物，一曰戎马，二曰田马，三曰驽马。马八尺以上为龙。”屈原《离骚》“虽好修姱以𩾃羁兮”，以马自喻，期待着君主最终“乘骐骥以驰骋兮”，隐喻人才进用。

汉代许多歌诗，相传汉武帝作《天马歌》：

《天马歌》

天马徕兮西极，经万里兮归有德。

承灵感兮障外国，涉流沙兮四极服。

形式上写马，实为写人。罗贯中《三国演义》中有：“徐庶曰：‘此人不可屈致，使君可亲往求之。若得此人，无异周得吕望、汉得张良也。’玄德曰：‘此人比先生才德何如？’庶曰：‘以某比之，譬犹驽马并麒麟、寒鸦配鸾凤耳。’”徐庶用驽马影射自己，用麒麟影射孔明。瑶族人虽然没有大规模饲养马群，但深受汉文化的影响，深知骑马赶路的快捷。

《朝踏令歌壹本》

今朝飞马过许昌　常闻街上茶杯香

有钱买得马　无钱茶杯亦难当

今朝飞马过许昌　常闻街下酒杯香

有钱买得吃　无银酒杯亦难当

《歌堂散》歌谣中也运用马作为隐喻中的源域影射为快速交通的工具，如在歌堂结束后对歌手散场离去的祝福和颂词：

《歌堂散》

歌堂散　相邀同伴归本乡
白公上马丁天去　子孙富贵置田庄
歌堂散　相邀同伴归本乡
白公上马丁天去　子孙富贵得周全
歌堂散　相邀同伴归本乡
白公上马丁天去　钱财屡屡入门前
歌堂散　相邀同伴归本乡
白公上马丁天去　家门昌盛积金银
歌堂散　相邀同伴归本乡
白公上马丁天去　家门合和万千年

歌词祝愿歌手在策马而去的同时，能子孙富贵、得周全、钱财入门、家门昌盛、家庭和睦。在瑶族人看来，这些幸福都是和马关联起来的，是马儿带来的。

瑶族史诗《密洛陀》是瑶族人民社会历史、文学语言、哲学、宗教信仰、生活习俗等方面的珍贵遗产，描述了瑶族始祖神密洛陀创世、创业的神话故事和史事传说，主题涉及密洛陀的诞生、天地日月的形成、人类万物的起源、治理大地山河、征服自然灾害、和妖魔怪兽的斗争、瑶族人民生产生活习俗宗教和道德观、族内外的矛盾和冲突、本族迁徙的原因和经过等重大事件，包含着神圣领域和世俗领域的诸多内容，热烈地歌颂了祖母密洛陀的伟大业绩，充分反映了古代瑶族人民的思想、观念、风俗及其与大自然的关联。

《密洛陀》

九十九对凤凤齐盘旋，
民族历史与文化研究，
密洛陀睡了九千九百岁，
九十九条大龙来拥护，
密洛陀躺了九千九百年。

密洛陀醒来了，
密洛陀睁开了眼，
密洛陀撑开大伞来做天，
密佬的四肢，
拿来做天柱，
天柱四方立，
顶住地角天边。
天比地小，
地比天大，
密洛陀缝起地角天边，
天和地相连。

在传说与神话里，龙在天则腾云驾雾，下海则追波逐浪，在人间则呼风唤雨；凤则能火中再生，无所不在，极具灵性。在这首歌谣中，大龙与凤凰交叉出现，相互衬托，既隐喻了密洛陀的权势、高贵和尊荣，也暗示了布努瑶先民奋发向上、刚强坚韧的伟大精神。[1]

《瑶族创世歌——造人》

密洛陀又造人了，
布农去到山上玩，
在木棉树下，
有个大蜂房。

布农抓蜂仔，
放进了嘴里，
蜂仔甜津津，
象蜜酒一样。

布农拿回了蜂仔，

[1] 谢少万，刘小春．瑶族史诗《密洛陀》的认知语言学视角 [J]. 广西民族研究，2010（2）：123-127.

拿给密洛陀看，
个个蜂仔白又胖，
象娃仔的小脸蛋。

密洛陀叫来九兄弟，
九兄弟拿斧头上山，
砍倒木棉树，
拔起了树根，
挖出了蜂仔，
刨出了蜂蜡。

密洛陀心高兴，
便拿蜂仔来造人，
用蜂蜡捏头，
用蜂蜡捏手，
用蜂蜡捏脚，
捏成了人样，
捏了一个又一个，
放进瓦缸里。
密洛陀在缸边：
"如果是鸡仔，
二十天才生；
如果是狗仔，
两个月才出世；
如果是马仔，
十二个月才生；
如果是牛仔，
十个月才出世；
如果是人仔，
九个月才生。"

到了九个月，
密洛陀去种地，
九兄弟在家，
听见瓦缸里响，
听见瓦缸里有哭声。

九兄弟打开缸子，
蜂仔已成人，
有男又有女，
个个白又胖。

瑶族居住区层峦叠嶂，花草树木繁盛，为蜂筑巢奠定天然条件。瑶族人采摘蜂巢，因为蜂蛹是含有高蛋白、低脂肪、多种维生素和微量元素的理想营养食物。

唐代诗人罗隐的《蜂》讴歌了蜜蜂的勤奋：

不论平地与山尖，无限风光尽被占。
采得百花成蜜后，为谁辛苦为谁甜？

据宋代《图经本草》记载：“今处处有之，即蜜蜂子也。在蜜脾中如蚕蛹而白色，岭南人取头足未成者油炒食之。”歌谣中描述的其实和现实生活中的采蜂蛹过程一致，蜂蛹加工过程也是造人的过程，再者，数量众多、白白胖胖的蜂蛹被隐喻为瑶族人丁兴旺的源域。

《说文》曰：“燕，玄鸟也。”燕子素以雌雄颉颃，飞则相随，表现爱情的美好，传达思念情人之切。《诗经》的“思为双飞燕，衔泥巢君屋”“燕尔新婚，如兄如弟”“燕燕于飞，差池其羽，之子于归，远送于野”是对于燕子成双成对的生动描述，瑶族歌谣也把有情人寄情于燕、渴望比翼双飞的思念反映在其中：

《盘王大歌词》

一双燕子飞南上　飞去飞来江华县
江华县里哪啰哩　口含泥
远路飞来不敢啼　燕子结兜官所底
雨落山头雪　燕子紫云遮

燕子含泥入旧家　旧时旧日旧人家

歌中用比翼双飞的燕子影射恩爱夫妻经营家庭生活，以及对燕子作为唯一年年回归的恋旧鸟类进行颂扬。

崔豹《古今注》云："鸳鸯雄雌不相离，人获其一，则一相思而死，故谓之匹鸟。"汉司马相如《琴歌》之一："室迩人遐独我肠，何缘交颈为鸳鸯。"唐温庭筠《南歌子》词："不如从嫁与，作鸳鸯。"李时珍曰："鸳鸯终日并游，有宛在水中央之意也。或曰：雄鸣曰鸳，雌鸣曰鸯。"鸳鸯也是瑶族歌谣中的吉祥恩爱的禽鸟。《贺婚诗》唱道：

《贺婚诗》

五拜拜到香坛内　灵神赐福共商量
郎到按枱双双领　前修世上结鸳鸯
六拜玉清弟一仙　天官赐福保千年
富贵安康登玉殿　荣华赐福叩神仙
七拜七星堂上照　七星赐福结鸳鸯
七星团圆归堂照　千年万代共条心
八拜金齐花结果　金花结果万年长
鸳鸯成对双双配　大功小事共商量
九拜双双跪下地　九州康净好风流
先祖到堂领九拜　婚姻和结世无忧
十拜团圆十字案　九男十女定安排
阴阳两利双双受　五子登科是秀才
十一拜太祖先受领　众神欢喜世无忧
十字凶神恶煞退　千年耕种万年收
十二拜长生多富贵　长生富贵结阴阳
万古千秋商量事　十二拜了拜爷娘

《贺婚诗》像一个叙事篇章，详尽叙述了瑶族婚礼场合的各种仪式和祝福话语，是一幅人神共喜的生活画卷。

猪的异体字为"豵"，古时称"豚"，又称"彘""豨"，别称"刚鬣""印忠"。

《朝野佥载》称猪为“汤盎”，唐代《云仙杂记》引《承平旧纂》云：“黑面郎，谓猪也。”《史记集解》引邓展曰：“东海人名猪曰豨。”因为产肉，猪在瑶族人生活当中占据重要地位，杀猪待客是瑶族人的最高礼节，全猪和猪肉、猪头作为祭祀的牺牲，在中国闽、粤、桂等南方沿海地区有超过2000年的历史。下面这首歌谣唱的是游子归家后宰猪款待乡邻亲戚的场景：

《朝踏阳歌曲》

直到明年正二月　正得我郎君子归
推人上村请叔伯　杀倒猪羊打平安

祭祀是华夏礼典的一部分，是儒家礼仪中主要部分，礼有五经，莫重于祭，是以事神致福。祭祀对象分为三类：天神、地祇、人神。天神称祀，地祇称祭，宗庙称享。《周礼》《礼记》与《礼记正义》《大学衍义补》等都记载了祭祀规则。古代中国“神不歆非类，民不祀非族”，祭祀有严格等级。天神地祇由天子祭，诸侯大夫祭山川，士庶只能祭祖先和灶神。清明节、端午节、重阳节是祭祖日。瑶族祝祭节的产生和宗教信仰有密切的联系。在原始社会时期，原始宗教是氏族和部落全民性的活动，定期举行集体性的祭祀活动是瑶族先民社会生活中十分普遍的现象。随着社会文明的发展，原始宗教信仰中的全民性的祭祀活动大部分已消失，但原始宗教中的某些仪式和与之相关的活动仍然传承了下来，成为传统节日的一个重要组成部分，有的宗教祭祀节日则演变为民间祝祭节。[1]祭祀的场景中，猪头也是奉送给祖先神灵的必备物品，猪已经成为供奉的最高贵牺牲，影射庄严的祭祀礼节。

《朝踏阴歌曲》

起声发　起发先亡四位神
四位龙神尽赞起　杀倒红猪来谢神
起声发　起发白公四位神
四位龙神尽赞起　杀倒红羊来谢神

汉语的猪是詈词，表示下贱、愚笨。在古代瑶族居住的高山中，除生长着各种野菜、

[1] 谢明学，玉时阶．瑶族传统文化[M]．南宁：广西民族出版社，2000：157.

野果、野薯外，还栖息着各种野兽飞禽。野猪栖息于瑶族居住区的山地、丘陵、森林、草地和林丛间，环境适应性极强。古代瑶族因农业不发达而重视狩猎，这些飞禽走兽成为他们肉食的主要来源。

在瑶族地区，每年农闲季节，村寨中的成年男子多聚集起来，择定日期，到山上去猎取野兽。上山时，先要举行祭山神仪式，然后分头四处搜索。狩猎如有所获，亦要以兽头等重新祭山神，以示酬谢。[1]《拾式年朝踏令歌》唱道：

《拾式年朝踏令歌》

野猪撒撒山头坡　熟猪撒撒过九岗
不怪歌词相答对　野猪撒撒入青山

歌中的野猪反映的是瑶族地区山高林密的自然生态景象，象征一种野性的回归，同时也反映了瑶族人家狩猎的遗风。

有关野猪，《桂海虞衡志》记载："懒妇似山猪而小，喜食禾。田夫以机轴织纴之器挂田所，则不复近。又猫猪。"杨慎《丹铅录》有记载："毛犀即象也。善知吉凶，古人呼为猫猪，交广人谓之猪神。"在瑶族歌谣中，野猪也是经常出现的一种意象，缘于野猪承载"善知吉凶"的角色，甚至是作为一种吉祥物的源域：

《朝踏阴歌曲》

十母撒撒山头坡　十母撒撒过九岗
不怪歌词相借问　十母撒撒入青山
野猪撒撒山头坡　熟猪撒撒过九岗
不怪歌词相答对　野猪撒撒入青山
十母带山头　十母带角过九岗
不怪歌词相借问　十母带角入青山

《桃源洞歌》

朝见野牛来过路　夜见野猪来过村

---

[1] 谢明学，玉时阶 . 瑶族传统文化 [M]. 南宁：广西民族出版社，2000：16.

《桃源洞歌》

祖在湖南妹在州，祖在湖南桃源洞。
妹在贵州双水沟，桃源洞里有田洞。
洞头还有歌堂楼，野牛野猪在洞头。
……
桃源洞有田又有林，三百牯牛犁一边。
还有一边犁不到，山猪马鹿村里眠。
桃源洞口几万阔，快乐歌词几万章。
答谢歌堂年年有，一年四季唱不完。

《周礼·曲礼》凡祭宗庙之礼，牛曰一元大武。《周礼·地官》记养牛的官职是“牛人”，“凡祭祀，供其享牛”。当时的牛，主要用来作运输以及祭祀、食用，所谓“牛夜鸣，则庮”。牛在中国文化中是勤劳的象征，古代就有利用牛拉动耕犁以整地，在农耕、交通甚至军事等方面都广泛运用。战国时代的齐国还使用火牛阵打败燕国，三国时代蜀伐魏的栈道运输也曾用到牛。《三国志·魏书·武帝纪》首次提到曹操破袁绍之后：“授土田，官给耕牛，置学师以教之”，说明当时肯定已用牛耕田。在宋朝私自宰杀牛是犯法的，《宋史》曾记载天长县令包拯审判一盗割牛舌者又来告人家私宰耕牛。瑶族文化作为中华文化的一部分，在文化融合当中形成自己独特的农耕文化，瑶族人多在山地水塘饲养黄牛、水牛供耕种之需，歌谣中牛的形象都是作为农耕的生产力要素，是瑶族人民从事农耕的最重要帮手，牛甚至成为瑶族人家的成员。

《朝踏阴歌曲》

哥愁不得春牛使　妹愁不得插田青
大哥作田作大洞　幼妹养牛养大牛
哥愁妹亦愁　哥亦爱来妹亦爱
哥愁不得春牛使　妹愁不得插田青

由于家牛是重要的耕作牲畜，和农业联系密切，有些地方的农民在每年春天开始耕种前会组织和家牛有关的活动、仪式，希望能获得好的收成。也正因为如此，家牛在农业社会中往往具有较高的地位，部分在农村生活成长的人甚至不食用牛肉以示尊崇。许多地方都有与牛有关的节日，例如西班牙的圣菲尔明节，巴西、尼泊尔的敬牛节。因为耕牛是重要的生产力，农业社会中，拥有多少头用于耕作的牛也常常是衡量一个人财富的标准之一，如英文 capital（资本）一词的前缀“cap-”即是牲畜的头或头数。

康熙年间《济南府志·岁时》记载：“凡立春前一日，官府率士民，具春牛、芒神，迎春于东郊。作五辛盘，俗名春盘，饮春酒，簪春花。里人、行户扮为渔樵耕诸戏剧，结彩为春楼，而市衢小儿，着彩衣，戴鬼面，往来跳舞，亦古人乡傩之遗也。立春日，官吏各具彩仗，击土牛者三，谓之鞭春，以示劝农之意焉。为小春牛，遍送缙绅家，及门鸣鼓乐以献，谓之送春。”鞭春牛的意义，不限于送寒气、促春耕，也有一定的巫术意义。瑶族人虽然不如古书记载的一样有鞭牛催春耕的习俗，然而对耕牛防寒过冬也是尽力而为，瑶族春节舞春牛时唱的《春牛歌》，主要内容是歌唱农事生产、人畜太平等：

《春牛歌》

十二月小寒大寒节　十二月山茶满树红
寒冬腊月岁寒了　富贵贫穷过一年
雪上加霜岁寒日　保护耕牛好过冬
人是平生衣服着　耕牛如何向草穷

歌谣中的牛显然已经被拟人化了，寒冬腊月人要添衣，牛要添草，也反映了瑶族农耕文化中劝农护畜的朴素思想。

《正字通》曰：“狮，牡者有耏髯，尾大如斗。怒则威在齿，喜则威在尾。每一吼，百兽辟易。”据《汉书》记载，狮子传入中国是在汉代，自汉武帝派张骞出使西域后，大量狮子造型的贡品输入到我国，也有认为随佛教而传入。唐代以降，现实主义和浪漫主义达到盛期，于是产生了充分写实和高度神化的狮子文化，出现了似狮似虎、似狗似猫、能飞能游的异兽形象。石狮就是用石头雕刻的狮子，它是在中国传统建筑中经常使用的一种装饰物。在中国的宫殿、寺庙、佛塔、桥梁、府邸、园林、陵墓以及印钮上都会看到它。但是更多的时候，“石狮”是专门指放在大门左右两侧的一对狮子。在漫长的历史年代中，这些石狮子陪伴着沧桑巨变，目睹着朝代的兴衰更替，已成为中国古建筑中不可缺少的一种装饰物。而在民居，大门两侧摆有一对石狮子也有增添喜庆辟邪的作用。麒麟是中国传统瑞兽，性情温和，传说能活两千年，古人认为，麒麟出没处，必有祥瑞。有时麒麟用来比喻才能杰出、德才兼备的人。《礼记·礼运第九》曰：“麟凤龟龙，谓之四灵。”可见麒麟地位与龙同等。据传孔子出生前，有麒麟在他家的院子里“口吐玉书”，书上写道“水精之子，系衰周而素王”。所以狮子和麒麟的组合是中国文化当中文武融合的标志性符号。

《叹屋歌》是瑶族人赞叹屋宇的歌谣，唱时多用麒麟、狮子等吉祥动物和夸张隐喻手法抬高别人家的房子楼宇：

《叹屋歌》

踏入龙园看龙屋　得见圣台在面前
麒麟狮子相对坐　正是龙秧府上园

龙是中国等儒家文化区域古代神话传说中的神异动物。《说文解字》载：“龙，鳞虫之长，能幽能明，能细能巨，能短能长，春分而登天，秋分而潜渊。”龙在中国传统的十二生肖中排第五。宋人罗愿为《尔雅》所作的补充《尔雅翼》中有“释龙”：“角似鹿，头似驼，眼似兔，项似蛇，腹似蜃，鳞似鱼，爪似鹰，掌似虎，耳似牛。”龙被比喻为贤俊豪杰，龙翰凤翼比喻君子、贤者，龙蟠凤逸比喻才能卓越超群而未为世用的人。歌中的麒麟、狮子应该是门前的石雕狮子、麒麟，还用了“龙”“府”“园”等美化褒扬的词汇，龙、狮和麒麟等灵性动物影射别人家楼宇的高贵。

瑶族歌谣还担当着教育的功能，歌谣中就有长篇叙事诗记载着瑶族人起源的故事和传说。《瑶族创世歌——造天地》叙述了瑶族先祖平王、高王造火、造日月星辰、造山造水造河流、造林木以及盘王种麻、造高机教儿孙织布、教儿孙犁耙田等内容，反映了瑶族先民对物质起源的原始哲学思想以及教授后代以生产技术。其中就有把腾云驾雾的龙隐喻为瑶族女神密洛陀开天辟地、创造人类的壮烈功绩。

《瑶族创世歌——造天地》

很久很久以前，什么造成密洛陀？
大风吹来了，造成密洛陀。
很久很久以前，什么造成大风？

大龙吹着气，造成了大风。

很久很久以前，什么造成大龙？

聪明的师傅，造成了大龙。

龙烛指以龙为饰之烛。古诗中多有描述，如唐朝刘禹锡《观舞柘枝》诗之一“神飙猎红蕖，龙烛然金枝”，南唐李煜的逸句“乌照始潜辉，龙烛便争秉”，宋朝吴开的《优古堂诗话》“龙烛影中犹是腊，凤箫声里已吹春”，不一而足，都是以龙为源域投射吉祥。瑶族歌谣也用龙烛以示吉祥。

《贺婚诗》

枱头枱尾一条心　点起龙烛拜六亲

拜得六亲千万岁　添财添库又添丁

左边点起右边光　点起龙烛照新郎

白发齐眉添富贵　早生贵子仗元郎

在古代，鱼、龙常常互指。东汉张衡《西京赋》中就有鱼化龙、龙变鱼的记载。《列仙传》记载琴高学神仙长寿之术有两百多年了，一日对徒弟们说要“入涿水中取龙子”，但骑来的“龙子”却是一条赤鲤。在中国文化中，“鱼”“余”“裕”同音，鱼代表吉祥、幸福、财富和丰裕，因此衍生出“年年有余”“连年有余”“富贵有余”等风俗。瑶族歌谣表达了对美好爱情的憧憬和向往，用“鱼”来象征幸福长久、多子多福、五谷丰登，如：

《蝴蝶歌》

春到春雷响天下，满天风雨风满堂，

人利丰年五谷熟，看到鱼儿跳进仓。

《说文解字》：“凤，神鸟也。天老曰：凤之象也，鸿前，麟后，蛇颈，鱼尾，鹳颡，鸳腮，龙文，龟背，燕颔，鸡喙，五色备举。出于东方君子之国，翱翔四海之外，过昆仑，饮砥柱，濯羽弱水，莫宿风穴，见则天下大安宁。从鸟，凡声。凤飞群鸟从以万数．故以为‘朋’字。”《诗·大雅·卷阿》有“凤皇于飞”。凤皇，灵鸟仁瑞也。雄曰凤，雌曰皇。《北史·文苑传序》：“潘陆张左，擅侈丽之才，饰羽仪于凤穴。”此处凤比喻为有圣德的人。此外，鸳鸯成双、桃花灼灼也寄托了瑶族人对夫妻恩爱的美好憧憬之情：

《结义情由歌》

娘来未晓相几问，几多龙凤几鸳鸯。

飞天几条仙人路，几朵七星伴贱秧。

《朝踏阴歌曲》

答：换下衣服出外去，三朝四日正归园，归家得见无人洗，抽水下盆双泪连。

唱：正是天分地赐转，赐转姻缘好结双，鸳鸯成对桃榕凤，比象桃花插两行。

《三字经》有“羊初生，知跪乳”“人之初，性本善”，其中的“善”字从羊，所以羊字族汉字多有“驯顺”之意。如“美”字，从羊从大，《说文》曰：“美，甘也”，也含有“味甘”之义。羊通祥，吉羊，吉祥，《说文》说：“羊，祥也。”秦汉以降金石多以羊为“祥”，把“吉祥”写作“吉羊”。《说文》诠释：“羞，进献也。从羊，羊所进也。”《易经》以正月为泰卦，三阳生于下，冬去春至，阴消阳长，有吉祥之象，故以“三阳开泰”或“三阳交暴”为岁首吉祥之语。在瑶族歌谣和许多民间艺术中，也多以羊代表吉祥，描绘春天到来、万物复苏的景象。

《瑶族歌词新造本》

正月桃花树上发　雷鸣喷雾水元斋

莺歌燕舞迎春早　百花草水就春开

羊仔上山恩嫩草　鱼仔下塘思嫩苔

二月惊蛰春分节　正春二月李花开

在古代，在中东和地中海地区的古代宗教中，涉及羊的象征现象有：阿塔尔古伊、古埃及宗教、迦南人和腓尼基传统、犹太教、希腊宗教等。绵羊与宗教仪式密切相关源于早期的信仰：公羊的头骨（连同公牛）在公元前 8000 年的阿塔尔苏伊部落中占据了神龛的中心位置；古埃及宗教中，公羊是 Khnum、Heryshaf 和 Amun（化身为一个肥美的神）等神的象征。有许多古希腊文提到绵羊、金黄色的羊绒，并且这一传统形象一直继续延续到现代。希腊人和罗马人在宗教活动经常宰杀羊作为牺牲（Korban），耶稣基督把基督教信徒通称为一群羊，基督就是温和的牧羊人（Good

Shepherd）。在基督教的耶稣诞生故事中，羊的形象是其中一个重要的象征性形象。基督也被描绘为神的羔羊（Agnus Dei）。在基督教的传统中，教会的领袖被称为牧师（pastor），此词来自拉丁语的“牧羊人”。根据北欧神话，雷神（Thor）的战车是由山羊 tanngrisnir 拉动的。山羊与撒旦和异教徒有着挥之不去的紧密联系，甚至到现代依然如此。山羊也是撒旦的象征，据说撒旦的形状像山羊的头。[1]

Goat（山羊）指色鬼、淫荡的人、劣等的人、劣等物质。希腊神话中的林神狄俄倪索斯的随从萨梯尔懒惰且淫荡。在古希腊时代早期的艺术中，他被描绘成半人半羊形状，长着山羊耳朵，拖着山羊尾巴，头发散乱，鼻子扁平而上翘。《马太福音》中说所有人将聚集在他跟前，他将把他们逐一加以区别，如牧羊人把绵羊和山羊区别开一般。山羊向来被认为与罪恶和魔鬼有关，相传魔鬼创造出山羊，因而山羊常被描绘成魔鬼的化身，所以英语成语 to separate the sheep from the goats 即是区分好坏的意思。

歌谣 *The Mother's Malison, or, Clyde's Water* 叙述了一个殉情的凄美爱情故事。威利违背母亲的意愿，去了玛格丽特的家，在那里他不受待见，之后自沉于 Clyde。当情人玛格丽特醒来，告诉她妈妈说她梦见威利。她妈妈告诉她，威利已经于半个小时前走了。然后玛格丽特也随威利殉情自沉。

'Stay this night wi me, Willie,
O stay this night wi me;
The best an sheep in a' the flock
At your supper shall be.'
'A' your sheep, and a' your flocks,
I value not a prin,
For I'll awa' to Meggie's bower;
I'll win ere she lie down.'

---*216C: The Mother's Malison, or, Clyde's Water*

歌谣把 Willie 与绵羊（sheep）做比较，因 sheep 是至真至善的象征而彰显 Willie

[1] COOPER J C. An Illustrated Encyclopedia of Traditional Symbols[M]. New York: Thames and Hudson, 1979: 74.

的高尚人品。

歌谣 *Rob Roy* 叙述的是苏格兰高地人的氏族首领罗布•罗伊（Rob Roy）向蒙特罗斯侯爵申请一千英镑的贷款用于牲畜买卖。蒙特罗斯的管家基勒恩和侯爵的食客坎宁安密谋，为领款的罗布的朋友麦克唐纳提供现金，随后抢劫并将其杀害，罗布因被陷害而成为一名逃亡者。歌谣把女主人公父亲喜欢的动物马和绵羊和不喜欢的山羊割裂开来，山羊因为是魔鬼的化身而被排斥：

My father he delights not in nout and goats,
An me in horse and sheep, lady;
You an twenty thousan pounds
Makes me a man complete, lady.
---*225A*: *Rob Roy*

歌谣 *The Carnal and the Crane* 讲述了耶稣出生的故事：耶稣是处女所生的，出生在马槽里，睡在马槽里；Magi 告诉国王 Herod 耶稣诞生的喜信，国王 Herod 说，如果耶稣诞生是真的，他的公鸡就会恢复啼鸣报时，结果是公鸡确实打鸣报时了，印证了耶稣的诞辰。

55.3 'From whence does the Son come,
From where and from what place?'
He said, In a manger,
Between an ox and ass.
'God speed thee, man,' said Jesus,
'Go fetch thy ox and wain,
And carry home thy corn again
Which thou this day hast sown.'

---*55*: *The Carnal and the Crane*

歌中的 ass、ox 和 wain 是一组隐喻源域，即牛拉车运玉米的农事活动。耶稣的诞生与马、牛和驴等农耕用的牲畜的意象紧密连接，反映了在农耕社会的英格兰和苏格兰，畜力依然起到重要的作用。

在北欧神话中，霜巨人之祖尤弥尔就是被一头名为欧德姆布拉的母牛哺育长大的。希腊神话之中，宙斯变为一头牛拐骗了欧罗巴，而克里特岛迷宫中的怪物弥诺陶洛斯则是个半牛半人的恶魔。歌谣 *Lord Thomas and Fair Annet* 叙述了贵族 Thomas 爱上了美女 Annet，但是 Annet 没有很多财产。Thomas 的父亲、母亲和哥哥建议他迎娶有丰厚嫁妆的棕色肤色的女孩。如果他娶了 Annet，他的母亲会咒骂他，但如果他娶了棕色女孩，妈妈就会庇佑他。他的姐姐警告棕色女孩说她的嫁妆可能丢失，而对他则说他只能终生厮守一个丑陋的新娘。最后，Thomas 决定娶棕色女孩。穿着华丽的 Annet 参加了 Thomas 的婚礼。棕色女孩很嫉妒 Annet，把 Annet 捅死了。随后 Thomas 也刺死了棕色女孩，自己也自杀身亡。后来，美女 Annet 的墓前长出了玫瑰，Thomas 的坟前也长出玫瑰，一起成长。

'The oxen may die into the pleuch,
The cow drown in the myre;
And what's the metter, brother Willie?
Tak ye your heart's desire.'

---*73F*: *Lord Thomas and Fair Annet*

公牛和母牛在歌谣中隐喻为农耕的力量，拉犁耕地至死，在所不辞。

牛在西方文化中还是财富与力量的象征，这源于古埃及神话。《圣经·出埃及记》记载以色列人由于从埃及出奔不久，尚未摆脱传承自埃及的习俗，就利用黄金打造了金牛犊，当作耶和华上帝的形象来膜拜。歌谣 *The Lads of Wamphray* 叙述 Galiard 和他的伙伴劫富济贫的故事。故事的结尾是 Galiard 抢到了一匹马，但是这匹马跑得不快，所以 Galiard 被富人抓到并被绞死了，Galiard 的侄子继续带领这批伙计继续叔叔未竟的事业，最后终于成功带着富人的财富安全返回家乡接济穷人。

Twixt the Staywood Bass and Langside Hill,
They stelld the broked cow and branded bull.

---*184A: The Lads of Wamphray*

歌谣将牛影射为财富，是 Galiard 和他的伙伴抢劫的对象。

许多神话，包括罗马神话、印度神话、伊斯兰神话和北欧神话中的马甚至长有翅膀，以马来拉月亮和太阳的战车。[1] 在“动物星球”（Animal Planet）进行的2004次“民意测验”中，来自73个国家的50000多名观众投票赞成马是世界上最受欢迎的动物。马的意象在英国歌谣中出现了201次，可见马在英格兰和苏格兰人心中占据的重要地位。

184A.12 ‘Here’s the boniest horse in a’ Nithside,
And a gentle Johnston aboon his hide.’
184A.13 Simmy Crichton’s mounted then,
And Crichtons has raised mony a ane.
184A.14 The Galiard thought his horse had been fleet,
But they did outstrip him quite out o sight.

---184A: The Lads of Wamphray

歌谣 *The Lads of Wamphray* 叙述了约翰•阿姆斯特朗率军袭击了英格兰未取得任何胜利，仅仅掠取六只羊作为战利品，这使得他的军事行动因偷羊而蒙羞。

Then Dickie’s gane into the stable,
Where there stood thirty horse and three;
He has ty’d them a’ with St Mary knot,
All these horse but barely three.
He has ty’d them a’ with St Mary knott,
All these horse but barely three;
He has loupen on one, taken another in his hand,
And out at the door and gane is Dickie.

---185A: Dick o the Cow

歌谣 *Dick o the Cow* 中的Dickie进入马槽偷三匹马时，赶一匹，牵一匹，骑一匹，扬长而去，所得到的三匹马在歌谣中是财富的象征，可以作为货币换取所需的奶牛。

在英国，猪的形象经常出现在流行艺术、媒介和社会文化形式中，猪有时带有宗教象征。在东亚，猪是十二个动物生肖之一，而欧洲野猪表示标准的动物纹章。

[1] TOZER B. The Horse in History[M]. London: Methuen, 1908: 94, 98-100.

在伊斯兰教和犹太教，猪和那些和猪打交道或有瓜葛的人或物被视为不吉利和不洁净的，猪肉是被禁止食用的。猪经常出现在民间艺术、成语、谚语中，偶尔也用于比喻（例如比喻浪子）。例如，“三只小猪”是一个民间传说，“粉红猪小妹”是一个受欢迎的英国电视剧。在英国歌谣中，猪的形象是贪婪、迟钝、固执、懒惰、肮脏、讨厌等，甚至被隐喻为难办的事或难干的活。

《诗经·小雅》曰：“呦呦鹿鸣，食野之苹。我有嘉宾，鼓瑟吹笙。”鹿是镇邪的善灵之兽。葛洪《抱朴子》的“鹿寿千岁，满五百岁则其色白”则说明鹿是长寿的象征。“鹿”与“禄”谐音，又象征富贵，中国传统中寿星、梅花鹿和蝙蝠号称“福禄寿三星”。鹿在瑶族歌谣里出现的次数不是很多，也许是因为瑶族人家没有驯养鹿的习俗，但是在传统的汉文化影响下，瑶族人在歌谣中也借用鹿的象征符号。

《贺婚诗合订本》

鹿角开叉不开叶　杨梅生子暗开花

月亮出来天又白　日头出来天又红

在瑶族人看来，枝杈繁茂的鹿角一如梅花一样，预示着吉祥的来临。

鱼，为巽卦，为财利，谐音“余”，故“梦人惠鱼，吉，主喜庆之兆。活鱼得财帛，腥鱼得饮食，干鱼得盈余之利”。

《朝踏令歌》

鹭鹚夹鱼随水上　逢看水台从水来

二十字青令　地先意　未曾就时年

鱼在水中转　鳖在海中沙

天上满天星　借问地下有几多

《朝踏令歌》

丈二细丝作番绸　朝朝起早钓鱼归

钓得鲤鱼归本殿　红盆拖出献先王

“鸬鹚与钓童，质异同所愿”反映的是古人用鱼鹰捕鱼的情景；杜甫的《春水生二绝》“鸬鹚鸂鶒莫漫喜，吾与汝曹俱眼明”，《田舍》中的“鸬鹚西日照，晒翅满鱼梁”，李白的《襄阳歌》“鸬鹚杓，鹦鹉杯”，白居易的《池鹤二首》“转觉鸬鹚毛色下，苦嫌鹦鹉语声娇”，岑参的《还高冠潭口留别舍弟》“东谿忆汝处，闲卧对鸬鹚”，王昌龄的《万岁楼》“猿狖何曾离暮岭，鸬鹚空自泛寒洲”，都是咏唱鸬鹚佳句。《朝踏令歌》中的鹭鹚（鸬鹚）夹鱼反映了瑶族人捕鱼的情景，鲤鱼作为被捕猎的对象，也是瑶族人是用作祭祀“先王”的祭品佳肴。

歌谣 *Broom of the Cowdenknowes* 是苏格兰的传统情歌，可以追溯到 17 世纪，但是未知其确切的起源。传统上，这首歌是以牧羊女的视角进行叙述的。这首歌以苏格兰扫帚花（Cytisus scoparius）为标题，这是一种充满活力的黄色的花，开花时穗状小金黄色的花朵，广泛生长在苏格兰的山坡上。遍布苏格兰。后来民谣扩展为牧羊女爱上了一个骑马的陌生人的故事，每天都和他在牧场骑马驰骋。牧羊女和陌生人相爱但是又有了外遇，她因为外遇而被驱逐出境，去寻找她的情人，后来她发现情人竟然是一个富有的领主。他们结婚了，但她自离开自己的国家后从来没有真正的快乐，她非常渴望回归故园。

She's tane her pig and her cog in her hand,
And she's gane to milk the kye;
But ere she was aware, the Laird o Lochinvar
Cam riding in the way.

---217N: Broom of the Cowdenknowes

歌谣中的 pig 和 kye（cow）作为苏格兰农牧业的生产成果，是主人公牧羊女生活中所追求的，隐喻为财富和收获。

狮子是勇敢的代名词，中世纪武士首领的绰号就是狮子，如英国国王“狮心Richard”“亨利狮（Henry the Lion）”。“狮子是人类文化中最广泛认可的动物符号之一。它被广泛地描绘在雕塑和绘画、国旗以及当代电影和文学中。”[1] 因为狮子较其他动物更勇猛，所以狮子经常作为一个运动队的象征，如英格兰、苏格兰足球队。狮子还经常出现在文学作品当中，或作为兽中之王广泛用于漫画，如 1994 迪士尼动

[1] GUGGISBERG C A W. Wild Cats of the World [M]. New York: Taplinger Publishing,1975: 138-179.

画电影《狮子王》。[1]

由于狼的生活特性，在神话和整个欧亚大陆和北美国家人民的心目中狼都有一个共同的意象：凶狠贪婪的捕食者，同时也作为战士和魔鬼的象征。现在童话中的大灰狼也由此发展而来。狼在欧亚大陆草原和北美平原游牧民族的文化和宗教中占有重要地位。伊索寓言多以狼为主角，最著名的《狼来了》（*Cried Wolf*），是针对那些故意报假警的人而创作的。其他有关狼的寓言都描述牧羊犬和看门狗对狼的警惕性，以及狼和狗之间的亲密关系。伊索用狼的特性来警告、批评和说教人的行为，使得狼虚假、危险的动物形象更加深入人心。[2]

《小红帽的故事》（*The tale of Little Red Riding Hood*）最早写于 1697 年，作者查尔斯 • 佩罗（Charles Perrault）塑造了狼在西方世界的负面形象。故事中的狼被描绘成一个潜在的强奸犯，能够模仿人类的语言。[3]

42C.1　CLERK COLIN and his mother dear
Were in the garden green;
The band that was about her neck
Cost Colin pounds fifteen;
The belt about her middle sae sma
Cost twice as much again.

42C.2　‘Forbidden gin ye wad be, love Colin,
Forbidden gin ye wad be,
And gang nae mair to Clyde’s water,
To court yon gay ladie.’

42C.3　‘Forbid me frae your ha, mother,
Forbid me frae your bour,
But forbid me not frae yon ladie;
She’s fair as ony flour.

[1]　SCHWEIZER P. Disney: The Mouse Betrayed[M]. Washington D. C.: Regnery, 1998: 164-169.
[2]　MARVIN G. Wolf [M]. London: Reaktion Books Ldt, 2012: 38-40.
[3]　MARVIN G. Wolf [M]. London: Reaktion Books Ldt, 2012: 64-70.

42C.4 'Forbidden I winna be, mother,
Forbidden I winna be,
For I maun gang to Clyde's water,
To court yon gay ladie.'

42C.5 An he is on his saddle set,
As fast as he could win,
An he is on to Clyde's water,
By the lee licht o the moon.

42C.6 An when he cam to the Clyde's water
He lichted lowly down,
An there he saw the mermaiden,
Washin silk upon a stane.

42C.7 'Come down, come down, now, Clerk Colin,
Come down an [fish] wi me;
I'll row ye in my arms twa,
An a foot I sanna jee.'

* * * * *

42C.8 'O mother, mother, mak my bed,
And, sister, lay me doun,
An brother, tak my bow an shoot,
For my shooting is done.'

42C.9 He wasna weel laid in his bed,
Nor yet weel fa'en asleep,
When up an started the mermaiden,
Just at Clerk Colin's feet.

42C.10 'Will ye lie there an die, Clerk Colin,
Will ye lie there an die?

Or will ye gang to Clyde's water,

To fish in flood wi me?'

42C.11　'I will lie here an die,' he said,

'I will lie here an die;

In spite o a' the deils in hell

I will lie here an die.'

--- 42C: *Clerk Colvill*

歌谣 *Clerk Corvill* 讲述 Clerk Colvill 无视他的夫人和母亲的建议，前往一处水域而被美人鱼引诱。他的头开始疼了，美人鱼告诉他他会死的。他回家后真的死了。在另外一些版本中，美人鱼许诺如果他能和她一起出海，就不会死，但最后他拒绝了。

鱼在艺术和文学中占有突出地位，在诸如《尼莫与书》和《老人与海》等电影中也占有重要地位。大型鱼类，特别是鲨鱼，往往是恐怖片和恐怖片的主题。然而也有半人半鱼的传说，美人鱼经常出现在民间传说中，如汉斯·克里斯蒂安·安徒生的故事。鱼的形象与许多宗教形象相吻合，伊哲萨斯（耶稣鱼）是鱼的形象，是基督教的象征。[1] 基督徒通常用鱼来象征耶稣或基督教；福音书中也提到“人的渔夫”，并为大众提供食物。在佛教，鱼象征幸福，因为它们在水中完全自由游动。在东方，鱼常以鲤鱼的形象出现，被认为是神圣的，象征优雅、美丽和长寿。在古代美索不达米亚，最早的时候就有人向神献祭鱼，鱼也是水之神恩基的主要象征。鱼的形象经常出现在古巴比伦时期（约公元前 1830 年至公元前 1531 年）和新亚述时期（约公元前 911 年至公元前 609 年）的圆筒形印章中。从卡斯特时期（约公元前 1531 年）开始，一直持续到波斯早期（公元前 550 年至公元前 30 年），医生和驱魔者穿着类似于鱼身的仪式服。[2]

[1]　HYDE W W. Paganism to Christianity in the Roman Empire[M]. Eugene, Oregon: Wipf and Stock Publishers, 2008: 57-58.

[2]　BLACK J, GREEN A. Gods, Demons and Symbols of Ancient Mesopotamia: An Illustrated Dictionary[M]. London: The British Museum Press, 1992: 82-83.

歌谣	歌谣的动物	隐喻
Young Ronald	He hadna mair fear to fight, Nor a lion frae a chain	狮子影射勇猛
Tam Lin	'They'll turn me to a bear sae grim, And then a lion bold	狮子影射勇猛
The Carnal and the Crane	First came the lovely lion, Which Jesus's grace did bring, And of the wild beasts in the field The lion shall be king	狮子隐喻优雅； 狮子隐喻国王
Kemp Owyne	O was it wolf into the wood, Or was it fish intill the sea	林中的狼影射自由； 海里的鱼影射自由
Clerk Corvill	But she's become a fish again, And merrily sprang into the fleed	鱼影射快乐

耶稣出生刚满八天，父母就给他行割礼，在接受割礼后为耶稣献祭鸽子。随后“和平鸽”成为基督教象征。Dove（鸽）、Swan（天鹅）和 Sparrow（麻雀）属于爱和美的女神 Venus（维纳斯美神），相当于希腊神话中的 Aphrodite。天鹅之所以是爱与忠诚的标志，是因为它们维持长久的一夫一妻制的关系，天鹅的特征深深烙印在神话之中。在希腊神话中，就有天鹅和美人海伦的故事。[1] 其他古典文献都相信死亡前天鹅会发出最后的绝唱，因此衍生出短语“天鹅之绝唱”。

爱尔兰童话传说中，一位继母把她的孩子变成了天鹅长达 900 年。传说故事《诱惑的 Etain》中，国王将自己和爱尔兰最美丽的女人变成了天鹅以躲避爱尔兰军队的追杀。天鹅甚至被铸在爱尔兰纪念币上。天鹅也指才华横溢的歌手或诗人，据希腊传说，音乐之神阿波罗的灵魂进入了一只天鹅体内，由此产生毕达哥拉斯寓言所指的杰出诗人的灵魂都进入天鹅体内的故事。

如前所述，在 *Kemp Owyne* 的另外一些版本中，王子问是谁迷住了女主人公，是狼人还是美人鱼？女主人公说那是她的继母，诅咒她永远变成一个怪物。

Says, 'Lie you there, dove Isabel,
And all my sorrows lie with thee;
'Last, I'll grow into your arms

[1] YOUNG P. Swan[M]. London: Reaktion, 2008: 70.

A dove but and a swan;

Then, maiden fair, you'll let me go,

I'll be a perfect man.'

---*34A*: *Kemp Owyne*

"躺在那里，鸽子伊莎贝尔，

我所有的悲伤都伴随着你；

我会投入你的怀抱

一只鸽子，一只天鹅；

那么，美少女，你会让我走的，

我会成为一个完美的男人。"

歌谣中的鸽子、天鹅被隐喻为完美至善的男人，是女人心仪的对象。

Serpent（蛇）指魔鬼撒旦，《创世纪》第 3 章说到引诱夏娃的毒蛇是撒旦魔鬼。蛇属于医神（Aesculapius），因为西方一些古代文献曾提到居住在天空中的一条发光之蛇，所以蛇承载着一个清晰而广泛的象征，象征整体性、无限性和宇宙的循环性，即"万物皆有"。在北欧神话中，世界蛇（World Serpent，Midgard serpent）是咬着自己尾巴的大蛇。英格兰歌谣中，蛇代表阴森、黑暗的形象。历史上英语民族受希腊文化、希伯来文化的影响非常大。英语中有些动物词源于希腊罗马神话，或《圣经》，或兼而有之。

As it fell out upon a day,

Rich Dives sickened and died;

Then came two serpents out of hell,

His soul therein to guide.

---*56A: Dives and Lazarus*

《朝踏接客大讨路歌》

主：九梅山头倒挂刺　九梅山下有蚺蛇

蚺蛇等断客郎路　等断客郎无路行

客：买罈烧酒请铁匠　十二斤铁炼条钢
衣袖里头撒铁尺　打倒蚺蛇客郎讨路行

《朝踏接客大讨路歌》中的蚺蛇即蟒蛇。《尔雅•释鱼》曰："蟒，王蛇。蛇最大者，故曰王蛇。"歌中的蚺蛇被瑶族人认为是拦路的、难以逾越的障碍和力量，被隐喻为拦路虎和前进道路上所遇到的困难障碍。然而，蛇的形象和内涵在英国文化和瑶族文化中不尽相同，即异化现象。所谓异化是一种具体事物向另一事物影射的机制，它会发生在任何不同种类的具体事物之间，即从一种人到另一种人，从一种动物到另一种动物，从一种植物到另一种植物，或从一种物体到另一种物体之间。[1] 英格兰和苏格兰民谣中的蛇和瑶族歌谣中的蛇含有不同的隐喻联想，就有不同的异化形式。

文化动物词是指蕴含社会文化意义的动物词；文化意义则指社会所赋予词语的引申义、隐喻义、借代义、联想义、象征义感情色彩、语体色彩以及特有的含义。[2]"一个民族的语用心理往往在含有动物的表达方式里表现得最为明显，同一形象不同民族有不同的价值取向。"[3] 在英国歌谣和瑶族歌谣都有大量的动物词用作隐喻的源域，通过动物的形象、体态及习性等特征来表达某种抽象意义，或借动物喻义表达他们的主观情感或对事物的看法。因为动物与人类同生活在地球上，与人类有许多相似性，它们也给人类提供了早期的经验，常常用作隐喻影射的源域。人类、植物、物体和抽象事物都可以将动物作为原型并将自身影射到动物上，拟动物化（animalization）的隐喻句也很常见。[4] 形似又意似的动物隐喻属文化重合现象，由于受文化的制约，重合现象只占少数，更多的是两种语言中，源域和喻义呈部分对应、不对应、矛盾乃至空缺的现象。同一种动物在两种不同的语言文化中可以产生完全不同或相互矛盾的联想意义，即"形似意不似"。英国和瑶族所处的地理环境不同，受客观条件的限制，两地人民的生活经历、生产劳动也就自然不同，由此，动物隐喻的选择自然也就有别。正如功能派语言学家马丁内所言："每一种语言都按自己特有的形式来组织和它相对应的经验材料。"[5] 英国是一个典型的岛国，海洋养殖业和航海业比

[1] 袁佳玲 . 浅谈英汉隐喻句生成机制 [J]. 邵阳学院学报（社会科学版），2007（6）：94-97.
[2] 陈建民 . 序 [A]// 常敬宇 . 汉语词汇与文化 [M]. 北京：北京大学出版社，1995：3.
[3] 王福祥，吴汉樱 . 文化与语言 [M]. 北京：外语教学与研究出版社，1994：250.
[4] 袁佳玲 . 浅谈英汉隐喻句生成机制 [J]. 邵阳学院学报（社会科学版），2007（6）：94-97.
[5] 王福祥，吴汉樱 . 文化与语言 [M] . 北京：外语教学与研究出版社，1994：250.

较发达，因而歌谣中与海洋有关的比喻也就特别多，动物词语中一些喻体也取自海洋。而瑶族依赖生存的环境以陆地山区为主，其生产生活都离不开陆地，故相对而言，歌谣中以水生动物为喻体的动物词语就比较少，多数是以陆生的飞禽走兽为主，部分有神话或传说的鸟兽，有时形成了一种词义完全对应的空缺。

从中可以看出动物词语因其喻体在人类生活中所处的重要地位而与各民族文化紧密相关，表现出极为强烈的民族特征，蕴涵着文化差异。[1]

---

[1] 王瑛 . 英汉习语中动物词语的对比分析及翻译 [J]. 河海大学学报，2003（3）：71-72，84.

第三章 季节隐喻

隐喻不但是一种常见的修辞现象，而且还是人类思维的一种基本方式，是人们认知世界、表达世界的一种手段。Lakoff和Johnson在《我们赖以生存的隐喻》（*Metaphors We Live by*）中将隐喻定义为："隐喻的实质就是通过另一类事物来理解和经历某一类事物。"Lakoff在之后与人合著的很多论著中一直强调隐喻在人们的生活中无处不在，认为隐喻弥漫在我们日常生活中的思想和语言中，成为日常思想和语言的主要组成部分，以至于我们经常意识不到它们的存在（Lakoff & Turner，1989：1）。按照Lakoff的认知语言学理论，人类能力不但受到时间和空间的限制，而且还会受到自身感觉器官对不同意象差异性认知的限制。因此，英格兰人和瑶族人民要认知周围的世界，探索未知的领域，就需要借助已知的概念及概念系统，并将此概念影射到未知的领域，以获得新的知识和理解。人们将时令季节的变化，隐喻为社会人生的变迁。屈原《离骚》的"惟草木之零落兮，恐美人之迟暮"，陆机《文赋》的"遵四时以叹逝，瞻万物而思纷。悲落叶于劲秋，喜柔条于芳春。心懔懔以怀霜，志眇眇而临云。咏世德之骏烈，诵先人之清芬。游文章之林府，嘉丽藻之彬彬。慨投篇而援笔，聊宣之乎斯文"，刘勰《文心雕龙》的"春秋代序，阴阳惨舒，物色之动，心亦摇焉。盖阳气萌而玄驹步，阴律凝而丹鸟羞，微虫犹或入感，四时之动物深矣"等，都是对时序的变迁抒发感情而作，是对人生无常的感慨。季节的变化、时间的流逝也是一种隐喻。面对时光的流逝，人类在感到人生易老的同时也表现出一种无奈，往往把季节的更替作为隐喻的源域。

在瑶族地区，瑶族人的生活生产和气候季节的更替变化密切相关。瑶族歌谣反映的季节变化一般没有体现对时光流逝的叹息，而是对季节变化所呈现的诸如花鸟禽虫的自然变化进行描述：

《贺婚诗合订本》

正月立春雨水节　百般树上正开花
可见花仙象花朵　怎得风吹合共家
二月惊蛰春分节　百鸟吹春树上行
有双之人赶春务　无双之人独白行
三月清明谷雨节　黄鸟吹春树上声
黄鸟吹春不见面　单见树头木叶青
四月立夏小满节　四处耕田满洞青
四处山头都行尽　无人同象妹聪明
五月芒种夏至节　金斗花开满树红
今日共仙齐说话　言语话来句句同
六月小暑大暑节　芙蓉花发白纷纷
思量摘朵归家插　又怕风吹日晒溶
七月立秋处暑节　正是莲花塘里生
龙鱼架桥过水底　作笑唱歌同路行
八月白露秋分节　禾花口里吐黄金
黄金安在书箱底　邓娘说话当千金
九月寒露霜降节　四处葛藤兰路生
今日共仙齐作笑　门前开路望娘行
十月立冬小雪节　桐油落叶为秋风
贱小单身自无我　连娘不倒为家穷
十一月大雪冬至节　梅花口里正含风
思量要连富贵女　又怕嫌郎家里穷
十二月小寒大寒节　山茶花发白批批

虽然在中国文学和文化中春夏秋冬被赋予了深刻的含义，瑶族歌谣中描述的春夏秋冬在指时令季节变化的同时，多带有劝农的味道，也带有隐喻的含义：

《瑶族歌词新造本》

一年之计在于春　一日之计在于寅
春夏秋冬转四季　人生一世靠与勤
四季轮流廿四节　凡民耕种望春生
正月立春雨水节　雾渐山头花暗开
正月桃花树上发　雷鸣喷雾水元斋
莺歌燕舞迎春早　百花草水就春开
羊仔上山思嫩草　鱼仔下塘思嫩苔
二月惊蛰春分节　正春二月李花开
犁耙下地翻思转　禾秧田洞笑眉齐
水源便是黄龙殿　早种阳春在土伸
竹木桐油开地种　着服宝财叩苦心
三月清明谷雨节　禾秧田垌等人连
青山百鸟欢歌曲　念恩祖墓齐挂青
三月桐油花落地　百般早种都齐求
农夫早起齐耕种　春耕不种冬无收
四月立夏小满节　四月金斗发天开
耕种黄禾利当种　田垌禾秧衍整齐
修田间水管下肥　水里生禾又备灾
瓜菜生苗高三丈　田中奈看水平基
五月芒种夏至节　忙碌种过半春途
五月南求岗上发　土里分明种宝珠
耕种百般修根草　莫放草苗遮过头
百样工夫火样急　有种无收心里愁
六月小暑大暑节　六月芙蓉花又红
细看平田早禾熟　返春早插莫交秋
五荒六月无闲日　思路长深齐也慌
日过青天照下地　收归耕种慢思凉
七月立秋处暑节　不闻见火半年春

七月莲花塘上发　塘上开花月样圆
耕种修根佼不过　中心上节结头花
田中禾苗肌又饿　思望农夫担肥加
八月白露秋分节　八月禾花谷里生
田间里水奈心淹　油茶山下修根行
芥菜园里开嫩叶　开眉笑望异拥根
手上功夫如火急　有粮无菜也难安
九月寒露霜降节　黄禾地上熟双双
九月葛藤生过路　收集黄禾归转仓
重阳相对九月九　收转黄禾做糯糍
人家有禾暗糯酒　自己未种枉可思
十月立冬小雪节　十月鸡公花又红
四处茶子摘下晒　莫把茶油落乱蒙
收茶收冬火样急　冬晒禾冬阳不雄
耕种百般熟落地　十分可惜挂心中
十一月大雪冬至节　归冬百样都全收
十一月梅花谢落地　齐家欢喜得丰收
年少婚姻有缘分　红鸾酒席婚礼筵
未有缘分随时过　奈等年龄好过年
十二月小寒大寒节　十二月山茶满树红
寒冬腊月岁寒了　富贵贫穷过一年
雪上加霜岁寒日　保护耕牛好过冬

上面这首歌谣的主题是农耕活动和一年生活的场景，细腻描绘农作物的生长：春天隐喻着播种和作物的生长；夏季则是稻谷等作物的采摘季节以及夏收夏种的农忙时节，隐喻农事的繁忙；秋季更是收获的季节，隐喻着收获，歌中的谷子、芥菜、茶子、糯等就是瑶族山民收获的劳动成果。“耕种百般熟落地”之后的冬季是举办婚礼的高潮，同时也是一年当中的寒冷季节，此时，瑶族人特别重视耕牛的保暖过冬，筹备年货准备过年了，所以冬天隐喻着年终岁末。

《蝴蝶歌》是贺州市富川瑶族民间文学的宝贵财富，歌谣传唱神话故事、民间传说、宗教信仰、道德法规、生活经验、民风民俗等，代代相传。《蝴蝶歌》的题材非常广泛，内容十分丰富，是富川瑶族人们生活的写照，每一首《蝴蝶歌》、每一句歌词都从不同侧面反映了富川瑶族的生产、生活面貌，都表达了瑶族人们的真实情感。《蝴蝶歌》种类齐全，大致可分为情歌、劳动歌、四季歌、颂歌四大类。

《蝴蝶歌》的四季歌唱出了不同季节的景象：

《蝴蝶歌》

瑞雪纷纷梅花艳，杨柳随风染绿林，
新阳日丽迎春到，雁行知寒报佳音；
正月出门无家记，二月归家柳发芽，
三月桃子枝头挂，四月立夏叫知喧。

当人们遇到新生事物，发现其与现有概念框架之间缺乏一一对应关系，原有范畴和概念不再能充分反映新生事物时，必然依赖已知概念和语言表达方式，将熟悉和不熟悉的事物做不寻常的并列，从而加深对不熟悉事物的认识。[1] 这些熟悉的四季概念都是瑶族人在长期的生活生产实践中得出的经验。“春”（spring）风和日丽，人类通过自身的体验把它隐喻为“欢乐”“美好”“甜蜜”的语义。唐朝诗人孟郊的《登科后》“昔日龌龊不足夸，今日放荡思无涯。春风得意马蹄疾，一日看尽长安花”，宋代词人晏殊的《采桑子》“阳和二月芳菲遍，暖景溶溶。戏蝶游蜂，深入千花粉艳中。何人解系天边日，占取春风。免使繁红。一片西飞一片东”，两首诗词中的春天隐喻欢乐美好。而在英国，春天短促，所以弥足珍贵，象征着新生，常用来隐喻新的好开端。诗人也常借用主体意象词语“spring”来尽情地影射讴歌世间的“欢乐和美好”，如英国诗人纳许（Thomas Nashe）的《春》（*Spring，the Sweet Spring*）：

Spring, the Sweet Spring

Thomas Nashe（1567-1601）

SPRING, the sweet Spring, is the year’s pleasant king;
Then blooms each thing, then maids dance in a ring,

[1] 胡壮麟. 语言 认知 隐喻 [J]. 现代外语，1997（4）：51-59.

Cold doth not sting, the pretty birds do sing,
Cuckoo, jug, jug, pu-we, to-witta-woo!
The palm and may make country houses gay,
Lambs frisk and play, the shepherds pipe all day,
And we hear aye birds tune this merry lay,
Cuckoo, jug, jug, pu-we, to-witta-woo!
The fields breathe sweet, the daisies kiss our feet,
Young lovers meet, old wives a-sunning sit
In every street, these tunes our ears do greet,
Cuckoo, jug, jug, pu-we, to-witta-woo!
Spring, the sweet spring!

译文（郭沫若译）：

春

春，甘美之春，一年之中的尧舜，
处处都有花树，都有女儿环舞，
微寒但觉清和，佳禽争着唱歌，
啁啁，啾啾，哥哥，割麦、插一禾！
榆柳呀山楂，打扮着田舍人家，
羊羔嬉游，牧笛儿整日价吹奏，
百鸟总在和鸣，一片悠扬声韵，
啁啁，啾啾，哥哥，割麦、插一禾！
郊原荡漾香风，雏菊吻人脚踵，
情侣作对成双，老妪坐晒阳光，
走向任何通衢，都有歌声悦耳，
啁啁，啾啾，哥哥，割麦、插一禾！
春！甘美之春！

诗人选用生活中的各种具象性意象词语“男女老幼、禽兽花木”等围绕源域词语“spring”，影射了一幅生机盎然的春景图，使人们置身于一种欢乐、温馨的氛围中。再如英国诗人布莱克的《春之颂》（*Spring Song*）：

Spring Song

Spring is coming, spring is coming.

Birds, build your nest;

Weave together straw and feather,

Doing each your best.

Spring is coming, spring is coming,

Flowers are coming too.

Pansies, lilies, daffodils

Now are coming through.

春既是万物复苏的季节，给大地带来盎然生机，春也是最妩媚温馨的季节，具有一种女性美，中国自古就有“春女思，秋士悲”之说。因此，在中国诗歌作品中，诗人常常以“春”作为主体意象词语，表达爱情，抒发男女之间的相思、相恋之情，这是中华民族自古以来赋予“春”的独特的国俗语义，这些语义是英语诗歌中意象词语“spring”所没有的。如李白著名的《春思》，“春”是整首诗的中心意象，表现了妻子对丈夫的思念和对爱情的忠贞。诗题“春思”中的主体意象词语“春”一语双关，既指自然界的春天，又隐喻青年男女之间的爱情。诗中描写了思妇的心理活动，诗人以相隔遥远的燕、秦两地的春天景物起兴，别具一格。[1] 瑶族歌谣《贺婚歌》唱道：

《贺婚歌》

正月邋遢来不得　二月年年不得闲

三月要来春深了　四月要来又插田

如前所述，在中国“春”隐喻“爱情”，有“春风撩人”“春心荡漾”“春思缠绵”等。瑶族山境内的“插秧节”的产生也和生产劳动有关，农历四月春插到来时，各村开始春插，春天在瑶歌里除了隐喻农耕春播，也隐喻着爱情。

[1]　刘芳．诗歌意象语言研究 [M]. 上海：上海译文出版社，2012：239.

英国属于海洋性温带阔叶林气候，气候温和，春天被看作是生长、更新、新生命（植物和动物）诞生的时期。这个词也被更广泛地用来比喻更好的时代的开始。但受高纬度的影响，英国昼夜长短的变化特别明显，冬季日短夜长，夏季则日长夜短，春季温度适中，略带寒意，但是春天的到来隐喻着万物复苏。

24B.8 'Gae wash your hands in the cauld spring water,
And dry them on a towel a' giltit wi silver.

---*24B*：*Bonnie Annie*

歌谣 *Bonnie Annie* 中安妮是一个商人的女儿，爱上了一个船长，和他一起出海。之后船只抛锚，水手认为是安妮故意搞的鬼。她让船长把她抛下船舷之后游水逃跑。后来她的尸首被水手发现并埋葬。其实天有不测风云，船只抛锚是因为天气所致。所以天气经常被隐喻为世事的无常。在英国，春天的气温依然是较低的，歌中的春天依然凛冽，所以 cauld spring water 隐喻着冰凉，而随着时令的推移，在接近夏天的春季催开了烂漫春花，此时春天隐喻着繁花似锦季节的开端。

90C.1 WHEN spring appeard in all its bloom,
And flowers grew fresh and green,
As May-a-Roe she set her down,
To lay gowd on her seam.

---*90C*：*Jellon Grame*

Jellon Grame 杀死了他的情人莉莉花，莉莉花曾为他生了一个孩子。Jellon Grame 担心莉莉花的父亲察觉后算计他，所以 Jellon Grame 把男孩当作他姐姐的儿子抚养。歌谣中的 5 月是春天的季节，“WHEN spring appeard in all its bloom, And flowers grew fresh and green”，描述了夏季繁花似锦的景象，是他俩恋爱的日子。在英国，由于受地理环境的影响，“summer”是气候宜人、温暖如“春”的季节，因而，在英语诗歌中常以“summer”隐喻“温和、美好、快乐”。

如莎士比亚十四行诗的第 18 首：

Shall I compare thee to a summer's day?

Thou art more lovely and more temperate.
Rough winds do shake the darling buds of May,
And summer's lease hath all too short a date.
Sometime too hot the eye of heaven shines,
And often is his gold complexion dimmed;
And every fair from fair sometime declines,

英国之夏温暖而不炎热，是气候非常宜人的季节，因此，诗歌中，诗人把爱人的美貌和性格与夏天的美好、温和的特性相比较。再如英国女诗人郝维特（M. Howitt）《蜂鸟》（*The Humming-Bird*）中的后两节：

Thou happy, happy humming-bird,
No winter round thee lowers;

英国属温带海洋性气候，受西风控制，全年温和湿润，四季寒暑变化不大，夏季温暖湿润。Youth like summer morn（青春如夏日朝霞）；The summer flower is to the summer's sweet（夏天的花朵是芳香郁馥的）；summer's honeybreath（夏天的呼吸是温馨的）；thee summer pride（夏天为自己而骄傲）。莎士比亚《仲夏夜之梦》中的夏夜温婉美丽。莎士比亚在他的十四行诗的第18首中将心爱的人比喻成"夏日"：我可否拟君为夏日？君比夏日更加温馨（Shall I compare thee to a summer's day? Thou art more lovely and temperate）。英国歌谣里面也大量借用夏天这个季节作为隐喻的源域影射和煦的日子。

英国歌谣中历史题材的比重较大，富于传奇色彩的绿林豪杰Robin Hood（罗宾汉）的英勇事迹充满了传奇性，是英国民谣中特有的内容。

148A.1 IN summer time, when leaves grow green,
When they doe grow both green and long,
Of a bould outlaw, calld Robin Hood,
It is of him I sing this song.

---148A：The Noble Fisherman, or, Robin Hood's Preferment

歌谣 *The Noble Fisherman, or, Robin Hood's Preferment* 叙述了罗宾汉出海打鱼，

到夏季回归陆地后的故事。罗宾汉装扮成一名渔夫，受雇于一名寡妇在她的船上工作。船夫嘲笑罗宾汉缺乏航海技能，但当一艘法国船只威胁到他们时，罗宾汉用他的弓杀死了所有的袭击者，并夺走了他们的黄金货物，赢得了其他水手的钦佩。罗宾汉提出分享战利品的建议被拒绝，作为回应，他提议用黄金作价建造穷人的避难所。出海回归陆地的时间是夏季，歌谣中的夏季，树叶青翠舒展，隐喻自然界勃发的生命，也讴歌了夏季是生命蓬勃的季节。

66D.2　Lord Ingram courted Lady Maisery,
He courted her frae ha to bower;
And even sae did Childe Viat,
Amang the summer flowers.

---*66D*：*Lord Ingram and Chiel Wyet*

歌谣 *Lord Ingram and Chiel Wyet* 中，英格拉姆勋爵和 Chiel Wyet 是兄弟，他们爱上了同一个女人 Maisery，然而 Maisery 爱上了 Chiel Wyet，并怀有身孕。但是她父亲还是把 Maisery 嫁给英格拉姆勋爵。在婚礼上，英格拉姆勋爵了解到孕中的孩子是谁的，但他主动提出以后要把婴儿当作自己的孩子来抚养，但 Maisery 拒绝了，Chiel Wyet 也拒绝这个提议。英格拉姆勋爵和 Chiel Wyet 互相残杀。后来 Maisery 疯了，余生沿街乞讨，贫困潦倒而死去。而歌谣中的夏季是他们三角恋爱的季节，夏日的花丛即隐喻了三角恋爱的多姿多彩，而夏日是隐喻懒散漫长的源域。

73H.1　FAIR ANNIE and Sweet Willie,
As they talked on yon hill,
Though they had talked a lang summer day,
（绵延夏日）
They wad na hae talked their fill.

---*73H*：*Lord Thomas and Fair Annet*

如前所述，歌谣 *Lord Thomas and Fair Annet* 中，托马斯勋爵问他的母亲，他是娶漂亮的 Annet 还是娶有丰厚嫁妆的棕色女孩。母亲更喜欢那个富有的女孩。托马斯同意，但邀请 Annet 参加婚礼。因为嫉妒，棕色女孩刺死了 Annet，然后托马斯杀

死了棕色女孩，他自己也自杀身亡。在这里，夏天也是绵长的象征，象征着多角恋爱的爱情生活冗长和多灾多难性。

74A.1　As it fell out on a long summer's day,
（绵延夏日）
Two lovers they sat on a hill;
They sat together that long summer's day,
（他俩并坐在绵延的夏日）
And could not talk their fill.

---*74A*：*Fair Margaret and Sweet William*

歌谣 *Fair Margaret and Sweet William* 中，在和煦的夏日中，玛格丽特从窗口窥视到她的情人威廉和另一个女人的婚礼。然后她的鬼魂出现在威廉面前，问他是爱自己还是更爱新娘，威廉回答说他更爱玛格丽特。第二天早上，威廉开始寻找玛格丽特。一到她家，玛格丽特的家人就给威廉展示了玛格丽特的尸体。在其他版本中，威廉也因此伤心而死，他们被埋葬在彼此的旁边，宛如在夏日的时候相互偎依，度过漫漫长日。

100F.14　'I will take your dochter Jean,
By the faith of her richt hand,
And I will sup and dine with you,
But a fig for all your land;
For I've as much land in Winsberry
As we'll ride in a long summer's day.'
（绵延夏日）

---*100F*: *Willie O Winsbury*

在歌谣 *Willie O Winsbury* 中，国王不在时，他的女儿和威廉私通怀孕了。国王同意威廉和公主结婚，并赠送了黄金作为嫁妆。这样，威廉接受了国王的旨意迎娶公主。歌中的夏日被隐喻为巨大的财富。

110E.18　The knight he rode, the ladye ran,
A live-long summer's day,
（绵延夏日）
Till they came to the wan water
That all men do call Tay.

---*110E*：*The Knight and Shepherd's Daughter*

112C.53　Until the morning break of day,
And being warm summer weather,
（晨曦破晓，夏日温润）
A shepherd chanc'd to come that way,
Who pulld on his boots of leather.

---*112C*: *The Baffled Knight*

124A.6　He leaned his back fast unto a thorn,
And his foot unto a stone,
And there he fought a long summer's day,
A summer's day so long,
（夏日如此漫长）
Till that their swords, on their broad bucklers,
Were broken fast unto their hands.

---*124A*: *The Jolly Pinder of Wakefield*

131A.5　'These thirteen long summers,' quoth Robin, 'I'm sure,
（这个十三个夏季）
My arrows I here have let fly,
Where freely I range; methinks it is strange,
You should have more power than I.

---*131A: Robin Hood and the Ranger*

158C.8 The firsten steed that he drew out,
He was the penny-gray;
He wad hae ridden oer meel or mor
A Leve-lang summer's day.
（延绵的夏季）

---*158C: Hugh Spencer's Feats in France*

199C.1 IT fell on a day, on a bonny summer day,
（她在温馨的夏季到来）
When the corn grew green and yellow,
That there fell out a great dispute
Between Argyle and Airley.

---*199C: The Bonnie House o Airlie*

217E.14 It fell on a day, and a bonnie summer day,
（在温馨的夏日降临）
She was ca'ing out her father's kye,
And by came a troop of gentlemen,
And they rode by and by.

---*217E: Broom of the Cowdenknowes; or, Bonny May*

219A.7 'O fare you well, young man,' she says,
'Farewell, and I bid adieu;
Since you've provided a weed for me,
Among the summer flowers,
（夏季的花丛中）
Then I'll provide another for you,
Among the winter showers.

---*219A: The Gardener*

219B.6 'The summer hours and warm showers

（夏日与温润之花）

Make the trees yield in the ground,

And kindly words will woman win,

And this maid I'll surround.'

---*219B: The Gardener*

归纳以上英国歌谣可发现，英国的夏季往往和 time、flower、day、warm、bonnie、Leve-lang 等词连用。夏季是一年中最舒服的季节，白天长，黑夜短。歌谣使用夏天的绵长这一相似性（similarity）来影射绵长和温馨，所以英国歌谣中的夏天往往隐喻为 long summer days。

瑶族多数居住在热带和亚热带地区的南方五岭南北的高山密林中，大部分地区夏日绵长，高温多雨且往往伴随着艰辛的劳作，人多生病。故唐代刘恂《岭表录异》卷上记载："岭表山川，盘郁结聚，不易疏泄，故多岚雾作瘴，人感之多病。"宋范成大《桂海虞衡志》也记载："瘴，二广惟桂林无之。自是而南，皆瘴乡矣。瘴者，山岚水毒，与草莽诊气，郁勃蒸熏之所为也，其中人如疟状。"瑶族歌谣的夏季更多指代一个季节的名字，况且岭南长夏无冬，四季不很分明，没有像英国歌谣蕴含如此丰富的隐喻含义。

英国歌谣中的"autumn"（秋）是"宁静、丰硕"的，因此英美诗人笔下的源域语"autumn"也多影射"宁静、欢乐、收获、坚实"的语义，"autumn"常与"闲静的秋日情调"连在一起。如英国诗人休姆的《秋》（*Autumn*）：

A touch of cold in the Autumn night

I walked abroad

诗人面对丰裕的秋色而由衷地发出感叹和赞美，生动形象地表现了"秋"的"温暖、丰足、欢快"。此外，还有英国诗人布莱克的《咏秋》等用大量的笔墨咏唱秋天。这些诗中的"autumn"没有汉语诗歌中"秋"的"萧瑟、凄伤"意象，而展现给读者的却是"温暖、丰硕和快乐"。虽然秋天的意涵丰富，令人惊奇的是，305 首英国歌谣中竟然没有叙述 autumn 景象的，就好像瑶族歌谣也极少描述夏天一样。

在中国，秋是自然节序之一。春为岁之始，万物复苏，由衰转盛；秋乃年之半，万物萧条，由盛转衰。中国古代人民在叩问自然天道奥秘时，还赋予“秋”一层独特的文化意蕴：阴阳转化中，秋属阴，“秋”意象“悲凉沉慨的心绪”，形成了一种“悲秋模式”。所以，在中华民族的传统文化中，向来是“少女怀春，烈士悲秋”。人们看到春光的明媚就会产生陌头柳色之思，看到秋色的萧条从而产生华年易老之感。中国诗人往往以“秋”影射“悲、凉、伤、愁”，以“秋”为源域影射“离愁别绪、烈士悲情”的诗句俯拾皆是；与“秋”字组合的词语，如“秋风、秋雨、秋色、秋夜、秋思、秋语、秋韵”等，也大多影射“悲凉愁恨”这一国俗语义。如宋代词人卢炳的《诉衷情》：“无端风雨送清秋。天气冷飕飕。行人先自离索，直是不禁秋。思往事，忆前游。泪难收。重阳近也，黄花依。”

中国诗人写“秋”的基调主要是悲愁，往往缘情取景，或触景生情，执着于现实情感的表现，使怨愁借主体意象词语“秋”抒发出来。[1] 如“何处合成愁？离人心上秋”，再如南唐后主李煜的悲吟“春花秋月何时了”道出几多忧愁。唐戴叔伦《赠殷亮》则咏：“日月河边见水流，伤春未已复悲秋。”南宋淳熙己亥年（1179 年），辛弃疾从湖北转运副使改任湖南转运副使。同僚在湖北官衙内设宴为他送行。诗人感时伤世，写下《摸鱼儿·更能消》这首著名的伤春长调：“更能消、几番风雨？匆匆春又归去。惜春长恨花开早，何况落红无数。春且住。见说道、天涯芳草无归路。怨春不语。算只有殷勤、画檐蛛网，尽日惹飞絮。长门事，准拟佳期又误。蛾眉曾有人妒。千金纵买相如赋，脉脉此情谁诉。君莫舞。君不见、玉环飞燕皆尘土。闲愁最苦。休去倚危楼。斜阳正在，烟柳断肠处。”

和汉诗中秋的悲凉不一样，瑶族歌谣中的秋往往是指年岁，以秋天这个季节指代一年，没有承载过多的悲凉色彩：

《盘王大歌词》

山伯英台心欢喜，天堂结配万年秋。
踏上云梯第四步，一年四季看花球。
有缘得归阳间路，无缘天井万年秋。
退下云梯仅三步，山伯有缘得配珠。

[1] 居阅时，瞿明安. 中国象征文化 [M]. 上海：上海人民出版社，2011：303.

鸦鹊数尽林中竹，阎罗数得世间娘。
郎在桃源八百岁，住在桃源八百秋。
玉女担茶洞里卖，玉女买花面向流。
郎在桃源八百岁，住在桃源八百秋。

彭祖年生八百岁，彭祖年生八百秋。
彭祖样老不见快，江边放吊石头浮。

四得寒苗象半样，千秋世代得欢凉。
送到桥头各归去，再修世上万千秋。

汉、英诗人描写冬景时，都往往以冬日的寒冷凄凉为背景，烘托出人的“悲切冷落”之情，因此，汉、英诗歌中的主体意象词语“冬”“winter”通常抒发着一种“凄冷愁苦”，含“悲凉”之意。如宋代词人黄升的《南乡子·冬夜》：

万籁寂无声，衾铁棱棱近五更。
香断灯昏吟未稳，凄清，只有霜华伴月明。
应是夜寒凝，恼得梅花睡不成。
我念梅花花念我，关情，起看清冰满玉瓶。

词中的寒冬影射了词人凄凉之境和苦吟之状。词人以“冬夜”为源域和诗题，用冬夜的寂静无声，影射出一种悲凉冷落的气氛，表现出词人孤独、寒苦的心境。[1]此类诗句还有唐代高适《除夜作》的“旅馆寒灯独不眠，客心何事转凄然。故乡今夜思千里，霜鬓明朝又一年”，明代毛文贞《冬夜》的“玉井无声户已扃，一庭霜月冷如凝。谁怜寂寞书窗下，冻影梅花伴夜灯”，等等。

冬天在希腊神话中也有典故。哈迪斯（Hades）绑架了珀耳塞福涅（Persephone）作为他的妻子。宙斯命令哈迪斯把她归还给她的母亲得墨忒耳（Demeter）。然而，哈迪斯诱导珀耳塞福涅吃下产自冥界的食物（吃了冥界的食物意味着再也不能返回地面）。所以宙斯下令，一年当中珀耳塞福涅和母亲得墨忒耳生活六个月，与哈迪斯生活六个月。其间，当女儿和哈迪斯在一起，得墨忒耳就变得抑郁而给人间带来冷冽的冬季。缘于这样的神话，英美诗人笔下的“winter”作为源域词语，同样也影

[1] 刘芳．诗歌意象语言研究 [M]. 上海：上海译文出版社，2012：249.

射“凄冷悲凉”。如英国诗人菲茨杰拉德（E.Fitzgerald）《旧时的歌》（*Old Song*）中的诗句：

Tis a dull sight
To see the year dying,
When winter winds
Set the yellow wood sighing:
Sighing, O sighing!

以下几首歌谣中的 winter 分别有 cauld（cold），live-lang，lang（long）修饰，影射了漫长寒冷的冬季。

10N.2　The youngest was meek, and fair as the may
When she springs in the east wi the gowden day.
10N.3　The eldest austerne as the winter cauld,
（冷冬）
Ferce was her saul, and her seiming was bauld.

39[K.13]‘If it were to an earthly man,
As [it is] to an elphan knight,
I could walk for my true-love’s sake
All the long winter’s night.’
（漫长的冬夜）

---*39: Tam Lin*

A young woman saves her lover from being used for the teind on Hallows Eve.

68B.7　‘O lang, lang is the winter nicht,
（啊！漫长的冬夜）
And slawly daws the day;
There is a slain knicht in my bouer,
And I wish he war away.’

---*68B: Glasgerion*

77A.11　Now she has kilted her robes of green
A piece below her knee,
And a'the live-lang winter night
（这一漫长的冬夜）
The dead corp followed she.

---*77A: Sweet William's Ghost*

93B.15　'It's how can I come down,
this cauld winter nicht,
（这一凛冽的冬夜）
Without eer a coal,
or a clear candle-licht?'

---*93B: Lamkin*

人类通过观察季节的更替和气温的变化，用温度表达对自然界的反应。同时，季节的隐喻含义是语言中常常刻意使用的一种修辞手段，用来造成对日常语言规则的一种“偏离现象”。

第四章　情态隐喻

人类有表现喜怒哀乐的本能，这种本能从声音、语言、形体乃至音乐、文学、舞蹈表现出来。有学者认为文学起源于表现作者自我的心理变化、描写自己的心境、发现作者的自我的过程。《毛诗序》中的“情动于中而形于言，言之不足，故嗟叹之；嗟叹之不足，故咏歌之；咏歌之不足，不知手之舞之，足之蹈之也”，说明人在非常激动、内心情感用语言以至唱歌都难以充分表达的时候，会情不自禁地通过手舞足蹈来抒发情感。舞蹈表达感情的特点是形神结合，以感情引起体动，以体动表达感情，给人以生动的直观形象。孔子说：“诗可以兴，可以观，可以群，可以怨。”（《论语·阳货》）这里的“怨”，既指对不良政治的不满，也包括人生种种的忧伤、追求、感叹。中国汉代的大史学家司马迁也认为：“夫诗书隐约者，欲遂其志之思也。”“诗三百篇，大抵贤圣发愤之所为作也。此人皆意有所郁结，不得通其道也，故述往事，思来者。”（《太史公自序》）钟嵘的《诗品序》说“使贫贱易安，幽居靡闷，莫尚于诗矣”，认为诗歌是失意者的精神慰安或补偿。同样，古罗马诗人朱文纳尔有句名言：“愤怒出诗人。”钱钟书先生曾将钟嵘此说与西方精神分析派文评的创始人、奥地利精神病医生弗洛伊德的批评理论相提并论，指出“弗洛伊德这个理论早在钟嵘的三句话里稍露端倪”。弗洛伊德认为，凡在现实中不能得到实际满足的愿望，往往通过幻想制造出代用品来，给人以想象的满足，梦和文艺都是这样的代用品。[1] 从前人的论述中可以探求到作者在文学作品中的情态表现。

---

[1]　赵晓兰．歌谣学概要 [M]. 成都：电子科技大学出版社，1993：31.

Lemke 最先提出隐喻评价是全新的语篇语义现象[1]，之后 S.Hunston 和 G. Thompson 指出“评价的体现方式可涵盖一些语言偏离式的表达，隐喻就是重要的评价手段”[2]。无独有偶，Martin 和 White 认为措辞层与意义层之间的体现关系让隐喻评价成为可能，区分了“内在的”（inscribed）与“唤起的”（invoked）两种态度评价，前者显化情感而后者隐化情感，隐喻评价则属于后者。[3] 又明确指出在评价分析中“还需考虑其他许多相对被忽略的语言资源，如隐喻”[4]，所以歌谣的情感和情态表达可以借助多元方式进行。

韩礼德（Halliday）的系统功能语法以人类语言进化的历时规律为理据将语言功能的不同表现形式划分为“一致式”和“隐喻式”，将语法隐喻划分为概念语法隐喻、人际语法隐喻和语篇语法隐喻，是以相应的三个语言元功能划分为理据的；将人际隐喻划分为语气与情态，将语法隐喻的表现形式归纳为名词化、动词化等，都体现着人类对语言认知的元语言范畴化（metalinguistic categorization），将人类社会的各种活动经历划分为物质过程、心理过程、关系过程、言语过程、行为过程和存在过程是对客观世界的范畴化。语言以其隐喻性的特点促进人类认识发展的重要作用由此可见一斑。[5] 系统功能语法认为情态一般是由下列方式来表达：情态助动词（finite modal operator）、语气附加成分（mood adjunct）、形容词性谓语（adjectival predicator）、名物化（nominal equivalent）等。歌谣中的情态可被看作是作者或歌者对某一个状态的认知上、情感上和意愿在歌谣中的体现。福勒认为，情态能表现作者或说话人的“评价”或“态度”（Fowler，1991：85）。

英语情态通过主语和限定成分结构组成，可表示陈述、疑问等语气。除了语法结构，情态动词、情态状语、称呼语等，也可表达人际隐喻功能。汉语主要依靠词汇如语气词、语气副词、助动词、叹词、能愿动词和语气助词表示情态隐喻。英国

---

[1] LEMKE J. Resources for attitudinal meaning: evaluative orientations in text semantics[J]. Functions of Language, 1998(5): 33-56.

[2] HUNSTON S, THOMPSON G. Evaluation: An introduction[C]// HUNSTON S, THOMPSON G. Evaluation in Text: Authorial Stance and the Construction of Discourse[M]. Oxford: Oxford University Press, 2000: 5-7.

[3] MARTIN J R, WHITE P R R. The Language of Evaluation:Appraisal in English[M]. London: Palgrave Macmillan. Martin, 2007: 85.

[4] MARTIN J R. Comment[J]. World Englishes, 2007(26): 84-86.

[5] 张红深 . 英语模糊语法学 [M]. 武汉：武汉大学出版社，2010：82.

歌谣和瑶族歌谣的情态隐喻也充分反映了歌谣作者或传唱人的思想感情、与受话人之间的社会距离和权力关系等。汉语情态系统包括说话人对交互态度的选择，即情态语气；对言语行为类型的选择，即言语行为语气。而认识情态和道义情态可细分为可能性、必然性、强制度、意愿度，从情态意义的角度可以细分为评价情态。[1]

瑶族没有自己的文字，歌谣使用现代汉语记载，而现代汉语中，能够表达说话人对语句内容或听话人的主观态度和看法的语言形式是以情态助动词为媒介和工具，包括如下一些词：可能、会、能、能够、可以、应该、应当、该、得、许、准想、要、肯、愿意、情愿、乐意、敢等。[2] 也可以用句类（sentence type）和语气（mood）如陈述句、祈使句、直陈语气、祈使语气等表示情态隐喻。

《拾式年朝踏令歌壹本》

深山一物是兜桃　子孙将来做屋楼

情态包括了语义上种种微小的区别：故意的、假设的、怀疑的、赞叹的、潜在的、有必要而想得到的等。歌谣的情态化（modalisation）和意态化（modulation）等情态意义可以借助情态状语和情态动词得以实现，从而抒发歌谣唱者的情感。“将来”即是瑶民传承的价值观，表示歌者对子孙未来“做屋楼”的可能性或必然性的断定。

《愁歌》传唱的是瑶族人民心中所想象和生活中所碰到的忧郁愁闷的事情，人们甚至把忧虑生死喻为烦恼之源：

《愁歌》

愿别死，愿飘阴府怕欢游。
愿修阳桥修阴路，愿落阴泉阴世洲。

Thompson（1997）认为，意愿陈述句表达的是一个意愿行为（desiderative illocutionary acts）。歌者通过这样的歌谣表达自己的意愿，意愿行为与言语行为之间也有着密切的关联，情态助动词“愿”既可以用来表达歌者自己的意愿，并与道义情态紧密相关，歌者可以将自己的意愿变为承诺，歌者意愿中的行为其实也给听话人一个承诺。歌谣中四个“愿”道出了歌者宁死而忘忧的生活态度，也是给听者

[1] 徐晶凝．现代汉语话语情态研究 [M]. 北京：昆仑出版社，2008：69.
[2] 徐晶凝．现代汉语话语情态研究 [M]. 北京：昆仑出版社，2008：255.

一个赴死的承诺。

语气词“千万”犹“务必”，表示恳切叮咛。如唐元稹《莺莺传》卷上的“千万珍重，珍重千万！”，明李贽《复邓石阳》的“盖千古绝无之事，千万勿烦杞虑也”。汉语中存在着陈述句、疑问句、祈使句和感叹句四个句类和两个言语行为语气——直陈语气和祈使语气，以表示说话人的态度。

《拾式年朝踏阳歌曲壹本》

情途路远难相会　报龙千万莫抛蒙

《拾式年朝踏阳歌曲壹本》

唱：贵架行来无礼仪，未奉清茶未奉烟，一为荒滩地狭窄，千万莫传出外乡。

答：贱架移媚脚步贱，朝朝来看好花开，贱步行来有情义，贵锦奉烟又奉茶。

歌者使用了语气词，使这个期盼实际是在实施一个言语行为，指令表达得体。

《贺婚诗合订本》

来时留客住　去时留客人

主人留客客留心　千万宽宽坐酒罇

陈述句、疑问句、祈使句和感叹句各自具有彼此不同的句法特征，且分别对应着不同的初始用途（primary illocution）。[1] 瑶族歌谣中的“千万”道出了歌者强烈的语气。这是因为在主人发出这个指令中，客人是收益者，没有损失。

除了情态实义动词以外，瑶族歌谣还有专门的连词，如“如果、要是、假如、若是”等，用来明确表明语句的非现实性，是非现实情态的载体。《瑶族创世歌——造人》描述了女神密洛陀开天辟地、创造人类的壮烈功绩，讲述了瑶族始祖母密洛陀，借助蜂巢窝炼造人类的经历：

《瑶族创世歌——造人》

密洛陀在缸边：

“如果是鸡仔，

[1] 徐晶凝．现代汉语话语情态研究 [M]. 北京：昆仑出版社，2008：74.

二十天才生；

如果是狗仔，

两个月才出世；

如果是马仔，

十二个月才生；

如果是牛仔，

十个月才出世；

如果是人仔，

九个月才生。”

歌中叙述了瑶族女神密洛陀造人的各种假设，造的可能是鸡仔、马仔、牛仔或人仔，最后人是“九个月才生”的事实，这些传说包含着瑶族先民早期对动物、祖先崇拜等复杂的内容。此外，不少民间传说是瑶族人民历史生活的生动记录和真实写照表明，所描写的事件具有现实性（factuality）。

歌谣中的否定副词“没、不”和频度副词“又、再”分别与现实情态和非现实情态的意念有关。过去虚拟的事实、未来的事和未来虚拟的事都属于非现实情态，而过去的事实是现实情态，隐喻不确切的状态。

《贺婚诗合订本》

枱头枱尾一条心	点起龙烛拜六亲
拜得六亲千万岁	添财添库又添丁
今夜饮了新婚酒	子孙代代出官郎
再来贺	再来诚贺仔成亲
又拜三拜圣领过	后来世代出官郎
不在礼	众友多谢富贵家
家中结成新婚对	以后代代出莲花
红延再有明阳镜	叩广明阳遮贱龙

《贺婚诗》中“再来贺，再来诚贺仔成亲”的频度副词“再”用于虚拟的非现实句，不表示现实；同样，“添财添库又添丁”的“又”也是隐喻将来的事实。

徐晶凝认为，“得”用于认识情态表达的频率比较低，而且否定形式多为“还不得”，但当“得”用于道义情态和能动情态的时候，它们有一个共同的否定形式“不用、用不着”，一般不用于疑问句。[1]

《月亮亮》

月亮亮，月亮亮，亮下大州客卖糖，
卖糖不得糖淘饭，无糖当菜来下饭，
卖油不得煮油汤，无油来把菜汤煮。

韩礼德对情态的系统网络进行了详细的描述（2004：146-150），而且还对语法隐喻表达情态意义的情况做了精辟的论述（2004：613-635）。他认为，语法隐喻体现在结构组织中，隐喻导致了意义潜势的扩展。歌谣通过“不得”生成新的结构体现型式（patterns），其语法隐喻拓展了意义的系统范畴，把人际评价从词汇层次级阶上升到（upgrade）到句子层次。

《朝踏接客大讨路歌》唱道：

《朝踏接客大讨路歌》

客：初相僚乱客郎来　不得天光上路来
　　初声大步远尊神报　曾来贵地看贵乡
主：初相僚乱客郎来　担破凉伞踏破鞋
　　五百里路郎住处　为着宗祖也着来
客：初相僚乱客郎来　不得天光上路来
　　初声大步远尊神报　曾来贵地看贵家

“得”可以和道义情态副词搭配，歌谣中以否定式表示“还是不要、最好不”的含义，隐喻着一种建议、规劝。

《第八篇　愁歌》

唱：家丑不可外声去　三从四德莫抛移　夫妻本是前缘定　相亲相敬百年期
答：换下衣服出外去　三朝四日正归园　归家得见无人洗　抽水下盆

[1] 徐晶凝．现代汉语话语情态研究 [M]. 北京：昆仑出版社，2008：88.

“不”侧重于否定意愿，用于非过去事件，和否定经常性或习惯性的动作或状态，“不”否定形容词时否定的是性质，可以否定情态助动词、心理活动动词，多用于非现实句，使句子具有隐喻的特质。下面这首歌谣的“可”和“能” 的情态可以被隐喻性地编码在一个显性的句中，突出歌者的主观观点。

《瑶族歌词新造本》

社会主义平安世　夜门不关也可眠
三年四岁运动反　治国不平人斗人
可见世间子女众　生活负担苦禄多
若然犯下计生法　官人压令便抄家
一年三百六十日　能有几日应梅花
风过树头木子曹　茶林里内种红桃
人话红桃不生子　红桃生子半天高
日头出早照塘基　寒鹏一世也无憾

情态隐喻意义的多样性恰恰反映了人的情感的多样性。韩礼德等人把涉及发话人对命题可能性的判断叫作“情态”（modalization），把涉及发话人对命题的合意性的判断叫作“意态”（modulation）。歌谣也具有表意、人际、语篇三大元功能，即歌者用歌词表达自己的态度，并影响听歌人的态度和行为。歌谣语言中的情态梯度可以表达歌者在多大程度上要求听众做出一定行为，这就是认识情态和道义情态的梯度，歌谣中的情态梯度是通过情态助动词和核心情态副词来实现的。

《朝踏接客大讨路歌壹本》

主：不要紧时留下客　铺起毡条留客眠
留下客郎唱三夜　剩合客郎唱到年

“要”是歌者根据主观能动性做出的要求执行的动作，是规劝客人留下来继续唱歌的建议和邀请。

《拾弍年朝踏阳歌曲壹本》

不要紧　半夜响雷不要慌
半夜响雷不落雨　天光正落白头霜

韩礼德（1994，2000：355）认为情态动词能够较为含蓄地表现说话人判断的主观性，表达的说话人对语句内容或语句所处语境的主观态度和看法；一般而言，“不要紧”其实作为一个祈使句表明歌者安慰对方的认识情态，歌谣语言都为歌者提供了各种手段来表达认识的或道义的承诺，歌者可以用各种各样的方法来指示对方，“不要紧”即是安抚的情态隐喻手段。

《朝踏接客大讨路歌壹本》

客：一书二信请郎到　云牙校椅两边排

抽手依郎对面坐　果然肚里好文才

评价情态副词的证实类型包括“果然、果真”等，用于连接两个命题，对命题间的关系进行指定，除在句子中充当状语外，还可以连接两个句子或句群，也就是起到联加语（conjunct）的作用，表示因果或转折关系句群，对语句的某一部分内容做出主观评判。

Quirk 等人（1985：219）把情态意义看作是发话人对命题的真实性的判断。英语情态隐喻可以表示确定性、疑问、承诺、漠然、必要性、道义等情态功能。

1A.9　‘Now you have had your will,’ quoth she,

‘I pray, sir knight, will you marry me?

---*1A: Riddles Wisely Expounded*

歌谣 *Riddles Wisely Expounded* 中，情态助动词 will 在提议中要表达个人意愿，成了表达情态意义的一种主要方式，从属情态动词即是过去时形式的情态动词，如 could、might、would、ought to、should。Perkins 认为从属情态动词比主情态动词更具情态意义，因而也就更加礼貌。不同的情态意义表达了说话人对所谈主题不同的感情与态度。例如在征求意见和要求物品与服务的句子中，might、could、would 分别比 may、can、will 要委婉、客气一些，因而也就要礼貌一些。歌谣 *Riddles Wisely Expounded* 的 will 的情态隐喻表明歌者通过这一句歌词探究骑士与歌者结婚的意愿度和可能性。

1A.10　The young brave knight to her replyed,

'Thy suit, fair maid, shall not be deny.

---*1A: Riddles Wisely Expounded*

勇敢的骑士用 shall not 这一情态动词的否定式向美丽的情人做出一种承诺，而这种承诺带有强烈的义务性质，好像法律规定的义务一样，是一种道义情态。

9B.8　'O how can I have pity on thee?

Refrain: O why was your love so easy won!

---*9B*: *The Fair Flower of Northumberland*

歌谣 *The Fair Flower of Northumberland* 讲述一位苏格兰骑士被诺森伯兰伯爵俘虏，骑士向伯爵的女儿（芳名叫作"美丽的花朵"）求情，并保证如果她能够释放他，那么骑士就娶她，带她一起去苏格兰。但当她释放了他并与他一起回到他家的时候，他却告诉她回到诺森伯兰去吧，因为他已经有了妻子和孩子。她恳求他要么把她当作仆人，要么杀了她，他都拒绝了。她惊恐万分地回去了。在其他版本中，她的父亲或继母抱怨她爱得轻率和低贱，但总的来说，她的母亲或父亲把这一切归罪于苏格兰骑士的诱惑，并说她将来会拥有黄金和土地，还会嫁给更值得深爱的丈夫。歌谣中，"O how can I have pity on thee?（教我如何怜惜你）"的情态问句道出了多少无奈，can 隐喻了主人公的无奈口吻。

24A.11　'Lay about, steer about, lay our ship cannie,

Do all ye can to save my dear Annie.'

---*24A*: *Bonnie Annie*

10N.16　'My luve, my deir, how can ye sleip,

Whan your Isabel lyes in the deip!

---*10N: The Twa Sisters*

Fowler 认为，情态能表现作者或说话人的"评价"或"态度"（1979：85）。以上三例中的 can 表明歌者对命题所持的态度。歌谣的语境赋予情态动词的语用意义，语言语境、情景语境决定了第一个 can 所具备的一种情态意义是非语言形式的意义，即歌者"有机会、有时间"对你（thee）表达怜惜之心，第二个 can 则表示一种能力

（ability），而第三个 can 则与 may 的“偶然、让步和不确定”同义。

293B.6　Young Hazelgreen took her by the hand
And led her out and in:
Said, Bonnie lady, for your sake,
I could be baith rent and rien;
I wad gie aw my lands and rents,
Tho I had kingdoms three,
If I could hae the great pleasure
To enjoy thy fair bodie.
小哈泽格林拉着她的手
带她进出……
如果我能有莫大的荣幸
享受你美丽的身躯。
---*293B: John of Hazelgreen*

歌谣 *John of Hazelgreen* 讲述一个男子无意中听到一位女士为约翰爵士的爱而哭泣。男子建议女士嫁给他的长子，而她拒绝了。男子不顾女士的抗议，带她去买了一件漂亮的长袍。当他们到达男子的庄园时，女士发现男子的儿子原来就是约翰爵士。

系统功能语言学认为，情态是体现人际意义的语气系统中的一个子系统，是表现语言人际功能的手段之一。从属情态动词，如 could、might、would、ought to、should 比主情态动词更具情态意义，因而也就更加礼貌。以上歌谣中的两个 could 表达了小哈泽格林（Young Hazelgreen）个人对其心仪的女子所要表达的愿望、他要承担的义务和对婚后的爱情生活发展趋势的判断等。

4E.1　AN outlandish knight came from the north lands,
And he came a-wooing to me;
He told me he’d take me unto the north lands,
And there he would marry me.
---*4E: Lady Isabel and the Elf Knight*

歌谣 *Lady Isabel and the Elf Knight* 中，一个骑士追求伊莎贝尔夫人，说如果她骑着马跟他走，他就娶她。当他们到达森林（一说海岸）时，他准备谋杀她，就像他谋杀其他七个人一样。伊莎贝尔夫人利用智慧与骑士周旋，并杀死了他。歌谣中的 would 表达了骑士要迎娶伊莎贝尔夫人的意愿，同样，下面的两首歌谣 *5E: Gil Brenton* 和 *8C: Erlinton* 中的 would 也隐喻了主人公为迎娶心爱的女人而甘愿舍弃土地和财产乃至生命，而这种意愿也是一种虚设的情态表达。

5E.26 'Now I would give all my lands and tower,
To have that lady in my bower.

5E.27 'I would give all my lands and rents,
To have that lady in my tents.'

---*5E: Gil Brenton*

8C.31 Then to the greenewood did he fly,
And with him went the maide;
For him she vowd that she would dye,
He'd live for her, he said.

---*8C: Erlinton*

Roger Fowler 认为“意识形态”是指人们“理解世界、整理、归纳经验时所持的总的观点和看法”。读者基于对歌词的语境、功能和相关的社会关系的理解，以及歌谣语言结构，就可以对歌谣中的三个情态动词 would 所表达的山盟海誓这一意识形态或心路做出“有意义的概括”（Fowler，1991：90）。

冯·奈特（Von wright，1951）从模态逻辑的角度将情态划分为关于真值（truth）的真实情态（alethic mode）、关于所知（knowing）认识的情态（epistemic mode）、关于义务（obligation）的道义情态（deontic mode）、关于存在（existence）的情态（existential mode）和关于能力和意愿（ability and disposition）的能动情态（dynamic mode）。语言学和符号学表明，英国歌谣的文体色彩与感情色彩既体现了词语所传达的社会符号性，又体现了歌谣作者和传唱者的文化背景、民族心理、社会地位、社会作用和他对社会现象的看法、个人的情感以及意识形态。May 和 can 的意思是“环境不妨碍动作或状态的实现”，表达了歌者使事件得以实现所给予的许可，也可以说是歌者的一种能动情态建议，shall 则是指道义情态，而 might 则比 may 的语气更为婉转，可能性更低。在道义情态中 cannot、may not、won’t、shan’t 都是对情态的否定，mustn’t 是对命题的否定；在认识情态中，cannot、won’t、shan’t 是对本身情态的否定，而 may not 是对命题的否定。

295A.4　‘He sent me his letter back again,
That he lay dangerous sick,
That I might then go speedily
To give him up his faith.’

---*295A: The Brown Girl*

歌谣 *The Brown Girl* 是女主人公面对重病的情人，希望尽快回到他身旁给他安慰，然而事实可能不允许她这样做，或这样做的可能性不是很大，故而用了语气较弱的 might。

如前所述，Perkins 等人把情态动词分为主情态动词和从属情态动词，情态助动词 will、can、may 比其“过去形式”所表示的意义要强烈、肯定一些，其值也就要相应高一些；而 must 的意义最为强烈，因而所含的值最高；need 则表示一种必要性，口气比 shall 和 must 稍弱。按照功能语言学理论，歌谣的语言表达歌者的亲身经历和内心活动、身体、地位、态度、动机和他对事物的推断等功能，即韩礼德（2000：362-363）所说的语言的“人际功能”。这个功能可以通过情态隐喻表述出来。下面这首歌谣中的情态动词 need 表示一种必要性。

5E.29　‘You need not give all your lands and rents,
For you have that lady in your tents.’

---*5E: Gil Brenton*

英国歌谣和瑶族歌谣中所包含的两民族人民情感丰富多彩、包罗万象，甚至寓意深刻，当语言无法面面俱到精准而有效地描绘情感全貌时，转而诉诸隐喻思维来迁移、强调或具体化情感概念的某方面特征。情态隐喻作为一种重要的涉及感知、体验、突显、联想与解释的思维路径在构建情感评价中至关重要，歌者对歌谣内容

表示必需的态度时，通过使用情态动词 must 的方式来表达这种仅次于 shall 的客观情态。如果他的潜意识完全确信做某件事情的必要性，有时候也不再使用情态动词及任何其他情态表达式，而会采用祈使句的方式。事实上，在印欧语中，祈使语气（imperative mood）也常用来表示意愿、希望、意图等，如 Have a good time! / Get well soon! / Give us this day our daily bread!（Lyons，1977：826）

2A.7 'Married with me if thou wouldst be,
A courtesie thou must do to me.
2A.8 'For thou must shape a sark to me,
Without any cut or heme,' quoth he.
2A.9 'Thou must shape it knife-and-sheerlesse,
And also sue it needle-threedlesse.'
2A.10 'If that piece of courtesie I do to thee,
Another thou must do to me.
2A.11 'I have an aiker of good ley-land,
Which lyeth low by yon sea-strand.
2A.12 'For thou must eare it with thy horn,
So thou must sow it with thy corn.
2A.13 'And bigg a cart of stone and lyme,
Robin Redbreast he must trail it hame.
2A.14 'Thou must barn it in a mouse-holl,
And thrash it into thy shoes soll.
2A.15 thou must winnow it in thy looff,
And also seck it in thy glove.
2A.16 'For thou must bring it over the sea,
And thou must bring it dry home to me.
2A.17 en thou hast gotten thy turns well done,
Then come to me and get thy sark then.'
2A.18 'I'l not quite my plaid for my life;

It haps my seven bairns and my wife.'
2A.18r The wind shall not blow my plaid awa
2A.19 'My maidenhead I'l then keep still,
Let the elphin knight do what he will.'
2A.19r The wind's not blown my plaid awa.

---*2A: The Elfin Knight*

Gee（2000：2）认为情态系统表明说话人对“世界”采取一个特定的看法。歌谣是在歌词的外壳下起操纵作用的社会化意识形态，歌词是歌谣的形式，歌谣所传达的意识形态才是歌谣所要传递的内容。歌谣 *The Elfin Knight* 中用了 15 个情态动词，其中表示强烈语气的 must 就有 10 个，是道义情态动词，使得 thou 在这样一个表示婚恋对白的爱情歌谣中承载着更多的爱情道义。

批评语言学家如 David Hodge（1990）等通过对情态的分析看到了权力和知识的关系。Weber（1989）认为情态和意识形态具有关联性。歌谣 *The Friar in the Well* 的情态词 shall 准确地记录了歌者对言语的一系列操作，彰显歌者对现实生活的态度等意识形态。

276A.4 'But one thing,' quoth she, 'I do desire,
Before you have what you require;
Before that you shall do the thing,
An angel of mony thou shalt me bring.'
276A.11 'Thou sayst thou couldst sing me out of hell,
Now prithee sing thy self out of the well:'
The fryer sung with a pittiful sound,
Oh help me out, or I shall be dround!

---*276A: The Friar in the Well*

歌谣中的情态动词 shall 表明歌者对他所传唱的内容的态度和道义，以叙事的方法揭示叙事者（歌者）所表明的意识形态和意识形态之间的张力，即 you、I 和 thou 等人物所要实施的道义动作 do、bring 和 be。

英国歌谣和瑶族歌谣的情态是人际元功能的主要实现手段，它可以表达歌者的愿望、要求他人承担的义务、对事物发展趋势的判断等。情态隐喻投射有别于常规的词汇和概念隐喻投射，根据 Croft 和 Cruse（2004）的观点，源域和目标域的联接分为本体联接（ontological correspondence）和认识联接（epistemic correspondence）。前者指源域中的元素和目标领域的元素之间的联系，后者指源域中元素之间的关系和目标领域中元素之间的关系的联接。这些元素和目标之间的情态隐喻影射关系深刻剖析了英国歌谣和瑶族歌谣的情感因素，让歌者挥洒自身的情感，让听者感悟其中的生活和爱情真谛。

第五章　色彩隐喻

阿恩海姆曾说：“色彩能够表现感情，这是一个无可辩驳的事实。”[1] 中国古诗“记得绿罗裙，处处怜芳草”“忽见陌头杨柳色，悔教夫婿觅封侯”中的色彩是诗人借以表达人的心理的隐喻手法。狄德罗的《论绘画》论及“素描赋予本质以形体，色彩赋予本质以生命”[2]。瑞士语言学家索绪尔（Saussure，1980：101）认为，符号有能指和所指两种基本成分，“语言符号连接的不是事物和名称，而是概念和音响形象”。丹麦语言学家叶尔姆斯列夫（Louis Hjemslev）把能指和所指这两个方面分别称为“表达平面”和“内容平面”（见皮埃尔・吉罗，1988：8）。[3] 而法国符号学家罗兰・巴特（Roland Barthes，1987：34）说：“表示成分和被表示成分，它们的联合构成了符号，这是最高的主张。”[4] 色彩是通过温度图式构筑的另一个重要范畴。现代汉语中把各种色彩分为热、暖、冷三个范畴。热范畴的色彩包括一些明亮的、与火接近的色彩，包括强烈的红色、黄色或橙色，如“火红、火腿、火树银花、火云、赫日（火红色的太阳）”。暖范畴色彩一般称作暖色调，包括不太强烈的黄色、红色或橙色。冷范畴的色彩一般称作寒色、冷色或冷调，包括青色、紫色、蓝色和灰色。[5] 颜色就是一种符号，世界各地因文化迥然而对颜色的解读不尽相同，并随着时间而改变。古埃及人过去用颜色代表他们信奉的神的权力。古代玛雅人以颜色替代北、南、

---

[1]　阿恩海姆 . 艺术与视知觉 [M]. 北京：中国社会科学出版社，1984：4.

[2]　周正 . 绘画色彩学概要 [M]. 太原：山西人民美术出版社，1986：19 .

[3]　吉罗 . 符号学概论 [M]. 怀宇，译 . 成都：四川人民出版社，1988：8.

[4]　巴特 . 符号学美学 [M]. 董学文，等，译 . 沈阳：辽宁人民出版社，1987：34.

[5]　高航，严辰松 . 汉语温度图式所衍生的概念隐喻 [J]. 四川外语学院学报，2008（2）：7-12.

东、西，也用颜色代表他们信仰体系中的众神。在中国，红色并不是一直最受欢迎的颜色，黄色才是。“颜色是一种客观存在的事物，它的本质对各个民族是一样的，但各个民族对颜色的认识，特别是各民族赋予它的比喻和联想意义是不尽相同的。”（邵志洪，1997：82）“颜色词虽然数量很有限，但却反映了不同民族、不同时代人们的文化心理、审美情趣和时代风尚，记录了贵与贱、尊与卑、上与下的历史等级制度，代表了正邪、好坏、是非、善恶、阴阳、冷热、刚柔、婚丧、祸福、方位和季节之类的观念。”（熊文华，1997：357）以上林林总总，无不彰显色彩与情感的隐喻影射关系。

歌谣的色彩来自大自然，英国人和中国瑶族人将色彩引入歌谣中，假借斑斓色彩寄托两国人民的认知和情感，使得歌谣意蕴更加丰富和复杂。颜色是表达歌者情感的媒介，蕴含歌者的情感和意志。

颜色丰富的隐喻意义受民俗、地理环境、宗教等因素的制约，因而时有共同之处，如在大多数文化中红色与“热情奔放”、黑色与“庄严肃穆”、绿色与“生机勃勃”等联系在一起，但有时因文化的差异，联想又存在着巨大的差异。由于生活环境和文化传统的不同，英语在使用颜色词时所选择的喻体与汉语的就不尽相同。歌谣中的颜色无处不在，中西对颜色有不同的解释，并随着时间而改变，所以颜色承载深厚的隐喻含义。

英国艺术中的蓝色表示高雅和忠诚：天使的蓝衣服隐喻忠诚（loyalty），圣母的蓝衣服隐喻端庄（handsome）；天主教堂的蓝色装饰布局隐喻谦卑（humble）、赎罪，基督教堂用蓝色基调装饰；在葬礼中蓝色隐喻永恒（immortality），对死者而言则隐喻不朽和长生；浅蓝色隐喻和平以及基督徒的深谋远虑。英国人把蓝色作为议会报告和重要文件合订本的封面，叫 Blue Book（蓝皮书）。英美各式时装的 mediterranean（地中海蓝）系列突出“蔚蓝”或“碧蓝”的基调，隐喻安详和平，与汉语的“天蓝”“湖蓝”和“海蓝”具有异曲同工之妙。[1] 色彩词 blue 表达一种特殊的情感，表示忧伤、忧愁等情感隐喻，相当于 sad，这与英语文化背景有关，类似的词组还有 feel blue、be in a blue mood、have the blues、have an attack of the blues 等，与瑶族的蓝色有很大的差异。

[1] 李然，戴卫平，李焱．英语词汇文化喻义研究 [M]. 天津：天津科学技术出版社，2014：33.

7[I.9]　He lifted her on a milk-white steed,
And himself on a dapple grey,
With a blue gilded horn hanging by his side,
And they slowly both rode away.

---*7C: Earl Brand*

歌谣 *Earl Brand* 中，伯爵 Earl 爱上了一位高贵的女士，然而女士的父亲不赞成他们结婚，当这对情人私奔时，他派儿子去追他们。伯爵 Earl 屠杀了大部分追捕者，但自己也受了重伤。这对情人继续奔逃，直到伯爵因伤势恶化死了。歌中的马匹用两个颜色来修饰，女主角骑的是乳白色的骏马，隐喻女性的纯洁无瑕；男主角骑的是灰色斑点的马，隐喻男主人公有灰暗的心情。蓝色镀金的喇叭则略带忧郁的基调。一系列的颜色组合意象衬托出主人公复杂的爱情心路。

12[S.3]　'What was the colour of it, Randal, my son?
What was the colour of it, my only man?'
'It was neither green, grey, blue nor black,
But speckled on the back; make,' etc.

---*12[S]: Lord Rendal*

歌谣《兰达尔勋爵》（*Lord Randall*）通过已阴阳两隔的年轻人和他的母亲的对白，叙述了儿子为追求爱情最终被自己情人毒死了的故事。母亲询问器皿的颜色时，儿子说了绿、灰、蓝、黑各种颜色，却没有一种是他心仪的，隐喻了其对生活的困惑和迷茫。

瑶族居住区山清水秀，五彩斑斓的大自然颜色具有联想性，使自然颜色隐喻具有比喻性。瑶族民族服装主要用青、蓝土布制作，瑶族男子喜着对襟无领的短衫，下着长裤或过膝短裤，和所居住的青蓝山水环境融为一体，是对自然的图腾崇拜。《讨物歌》的“一身着起深蓝缎，安在笼箱不舍开”即是见证。另外，《讨物歌》中的蓝色、绿色和红色相搭配，彰显自然环境的融合。

《讨物歌》

四探心思过路去，三尺红蓝四尺金，见娘比象千金白，一年四季白演演。

五探枫木叶，落下地中地绿蓝，有花插在逍遥府，一心来遇贵花秧。

中世纪时，人们认为五颜六色的色彩会分散教徒的意志和注意力，是乱性之源，因而彩色隐喻着危险、暧昧，而黑色色调暗沉，隐喻为严肃、谦虚、朴素和隆重。黑色在英国艺术中具有深谋远虑、智慧和坚定的隐喻含义，在美术作品中表示邪恶、谎言和谬误。

59B.26 Before the hour the queen is brought,
The burning to proceed;
In a black velvet chair she's set,
A token for the dead.

---*59B: Sir Aldingar*

歌谣 *Sir Aldingar* 中，Aldingar 爵士被女王唾弃，所以他企图在女王床上放上一个麻风病人以报复她。Black velvet chair（黑天鹅绒椅子）和 A token for the dead（死者的令牌）构建了黑色和死亡的意象，在教堂装饰中表示"耶稣受难日"（复活节前的那个星期五），在丧葬中表示悲哀死亡。Black 表示忧伤、愤怒等情感，相当于 angry。

60.37 'There growes an hearbe within this field,
And iff it were but knowne,
His color, which is whyte and redd,
It will make blacke and browne.

60.38 'His color, which is browne and blacke,
Itt will make redd and whyte;
That sworde is not in all Englande
Upon his coate will byte.

---*60: King Estmere*

歌谣 *King Estmere* 讲述国王 Estmere 的弟弟 Alder 年轻俊朗，国王敦促他娶另一位国王 Adland 的女儿，并建议他仔细察看女人本身，而不要被任何描述所欺骗。歌

谣讲述了园中种植的植物的色泽有红、白、黑、棕，这些缤纷的色泽也隐喻着国王的弟弟 Alder 在择偶时的矛盾心理。

62F.13　'Cast off your gown of black, mother,
Put on your gown of brown,
And I'll put off my mourning weeds,
And we'll welcome him home.'
脱去你的黑色长袍，母亲，
穿上你棕色的礼服，
我将铲除我的哀草，
我们将欢迎他回家。

---*62F: Fair Annie*

歌谣 *Fair Annie* 中，上帝告诉美丽的安妮准备迎接勋爵的归来，让她把自己装扮得像个少女。安妮哀叹自己给勋爵生了七个儿子，且现在怀了第八个儿子，她怎么看都不像个少女。歌谣中的黑色长袍也构建了黑色和死亡的意象，安妮的长子劝说母亲脱掉黑色长袍，就像铲除哀草一样忘却往日的哀伤。而中国文化传说中的地狱暗无天日，和光明相对，所以黑色又隐喻着黑暗、死亡、邪恶、阴险、恐怖，赋予黑夜深沉、恐怖的隐喻内涵。如《拾弍年朝踏令歌》的歌词“黑夜去眠鸡栖上　野狸咬鸡唬惊郎”，唱到了野狸趁着黑夜咬鸡，惊吓到了梦中人。

绿色象征新生活、成长、金钱和安全。奥西里斯是埃及最重要的九大神明（Great Ennead）之一。他生前是一个开明的国王，死后是地界主宰和死亡判官，是复活、降雨和植物之神，被称为“丰饶之神”，是文明的赐予者，主管转世重生和生育，所以他被描绘成一个绿色的形象。绿色易识别，能够缓解眼睛疲劳，使人冷静，带来清新感觉。绿色在英国表示忠诚、愉快、永存、正义的回归。绿色衣服象征着虔诚信徒的快乐。艺术中的绿色象征热爱、欢乐和富足，隐喻希望、欢乐、青春和春天。在教堂装饰中，绿色仅用于周日和复活主日，表示上帝的恩泽、神秘、欢乐和再现于人世。如 in the green 在青春时期、a green old age 老当益壮、green grocery 蔬菜水果店、a green winter 温暖的冬天、in the green tree of wood 处于佳境。Green 作为英国一年四季大自然的主色调，有“气候温和的、无雪的”意思。如：a green Christmas

绿色的或无雪的圣诞节。

65F.14　It's whan he cam to broken brigg,
He bent his bow an swam,
An whan he cam whare green grass grew,
Set doon his feet an ran.

---*65F: Lady Maisry*

歌谣 *Lady Maisry* 叙述女主人公 Maisry 怀孕了，她宁死都不愿意说出她和情郎的爱情真相，也不愿把情郎供出来，就算是家人扬言不说真相的话就要把她烧死，她也宁死不屈。歌谣中的生机勃勃、绿油油的芳草隐喻女主人公的可可芳心以及对美好爱情生活的憧憬。

72C.13　'Where ye find the grass green growing,
Set down your heel and rin,
And where ye find the brigs broken,
Ye'll bend your bow and swim.

---*72C: The Clerk's Twa Sons O Owsenford*

贝尔也指出："色彩只有变成形式之时才有意义。"[1] 绿色通常被认为是大自然和健康的颜色，绿色是植物王国的颜色，象征着生命、新鲜、精力旺盛。*Lady Maisry* 和 *The Clerk's Twa Sons O Owsenford* 歌中的 green grass grew 和 grass green growing 隐喻着旺盛的生命力和积极向上的生活态度。瑶族歌谣里的绿是自然的色彩，岭南山水清嘉，绿色为自然界的基本基调，是植物的本质。如：

《贺婚诗合订本》

红水流来六条路　绿色茶林八色金
行过青山并绿水　接搧挠风榕树前
青云绿水齐相会　连台花结成朵球
绿山留得千年木　世上难逢百岁人

[1] 贝尔．艺术 [M]. 北京：中国文联出版公司，1994：161．

色彩增加了形象美与模糊美，歌中的绿茶、绿水、绿山反映的是瑶族居住区的绿色生态美。

列宾说过：“颜色对于我们乃是表现我们的思想的武器，我们的色彩不是漂亮的色块，它应当表现我们的情绪、心灵。”[1] 中世纪以降，绿色是英国新娘选择的颜色，新娘子往往偏爱绿色服饰，因为它象征生育能力。

64A.19　Some put on the gay green robes,
And some put on the brown;
But Janet put on the scarlet robes,
To shine foremost throw the town.

有人穿上绿色的长袍，
有的穿棕色的；
但是珍妮特穿上了红袍，

---*64A: Fair Janet*

歌谣 *Fair Janet* 叙述珍妮特爱上了威利，但珍妮特父亲坚持要她嫁给一个法国领主。珍妮特和威利试图逃跑，但珍妮特无法逃脱而只好违心穿着鲜红色的礼服去参加婚礼，并在婚礼舞会进行中发病死了。

68A.7　‘Lady, keep well thy green clothing
68A.8　‘O better
68K.20　‘Keep well, keep well your green claithing
68K.21　‘O I'll keep well my green claithing

I'll keep my green clothing

---*68A*: *Young Hunting*

歌谣 *Young Hunting* 叙述了一个女人与年轻猎手情人的爱恨情仇。猎手告诉她说他与另一个他更爱的女人约会。当猎手去吻女人（一说她把他灌醉，然后他们一起昏睡）时，她用刀狠狠地刺伤他。然后女人从一只鸟身上得知他只爱她。故事中，

[1]　周正 . 绘画色彩学概要 [M]. 太原：山西人民美术出版社，1986：20.

年轻猎手告诉自己的情人要穿绿色衣服，因为绿色隐喻高贵典雅。

歌中的claithing是苏格兰语的“衣服”，新娘子的绿色衣裳影射其对未来生男育女、创造美好生活的向往。

瑶族歌谣的歌词运用大量的红色意象，紧紧围绕着红的色彩，例如，用“红烛”“红袖”“红台红椅”等红色意象来描绘瑶族婚礼的生活场面，因为红色能引起人类的感情兴奋，是中国传统喜庆的颜色。

《贺婚诗合订本》

一对龙烛亮堂堂　红台红椅摆四方
两边座满人亲客　中间打鼓贺新娘
一对油烛亮堂堂　红烛滔滔放亮光
今夜祖堂来点烛　早生贵子管朝郎

九拜兴隆大结旺　十拜子孙满堂
十一拜红鸾天喜　十二拜富贵成双
五月岗逑岭上发　六月芙蓉花正红
七月莲花塘上发　八月禾花土里生
九月萬藤生过路　十月鸡公满地红
十一月梅花卸落地　十二月山茶花满树红

除了婚宴场景，在瑶族人描述梁山伯与祝英台的爱情的故事中无不充满红的色彩：红粉女、红榜、红罗等，红色完全贯穿于两人的爱情生活：

《拾式年朝踏令歌壹本》

生身便是红粉女　因何要去寻学觅
五色黄凉留连榜　留连红榜好因由
把文迎上弟五殿　文状随表到王州
三尺红罗未盖面　三朝掮开满街香

13世纪以前，红色是君主甲胄的服装和教堂装饰的专用颜色，象征着热烈、刺激、兴奋、勇敢、火、血、革命。英语的red有流血、牺牲、殉难的象征。《圣经》记载了耶稣在受难前“最后的晚宴”时说：“你们都喝我立约的血，为多人流出来，使罪得赦”。之后，耶稣愿被钉在十字架上，流血牺牲以救赎世人就是一幅血红的画面。血红色是坚韧不拔的象征，在教堂装饰中红色用于圣神降临节或用于怀念殉难先烈。歌谣 *Earl Brand* 和 *Gil Brenton* 中的 bloody wounds 和 red blood 也有所指：

7D.6　O she's taken her napkin frae her pocket,
Was made o the holland fine,
And ay as she dichted her father's bloody wounds,
They sprang as red as the wine.

---*7D*: *Earl Brand*

5F.30　He took up his foot and gave her sic a bang
Till owre the bed the red blood sprang.

---*5F*: *Gil Brenton*

歌谣中的红色表示为信仰和博爱献身。在圣餐仪式上，穿上红色表示圣爱。在纹章艺术中红色表示高兴。红色刺激感官，代表爱、热情、火焰，是表达最强烈感情的颜色：

5B.40　'To pu the red rose and the thyme,
To deck my mother's bour and mine.

---*5B*: *Gil Brenton*

7B.18　Lord William was buried in St. Mary'skirk,
Lady Margret in Mary's quire;
Out o the lady's grave grew a bonny red rose,
And out o the knight's a briar.

---*7B*: *Earl Brand*

鲜红的玫瑰花是灼热的爱的象征，通过与其他颜色相互映衬和点染，运用反差较大的色彩产生对比在歌谣中俯首皆是，使得色调的明暗和所描绘的景物层次感更加明显，空间立体感也会加强，歌谣的气韵变得更加生动与和谐，也更加丰富。

古埃及将蓝色和众神联系在一起，例如风神阿蒙神。蓝色是海洋和天空的颜色，和红色完全相反，蓝色激发冷静、平和和宁静的感觉。它象征着忠诚、智慧和信任。它能够激发创造力，让人们陷入沉思。蓝色对于人们心智的影响让它成为任何需要休息和冷静的地方最适合选择的颜色之一，例如卧室、图书馆或者医院。在英国的纹章艺术中，蓝色表示高雅和忠诚。在艺术表现手法层面，淡蓝色也用于和平，Mediterranean（地中海蓝）使人想起乘飞机越过地中海上空时看到的那种令人难忘的“蔚蓝”或“碧蓝”。这与汉语的“天蓝”“湖蓝”和“海蓝”具有异曲同工之妙。人们赋予了颜色各种不同的含义，有正面的，也有负面的。蓝色在英语里是个多义词，既可表示褒义，又可表示贬义。[1]蓝色在英语中的负面含义有“生疏、不老练”以及“抑郁、悲哀、空虚和阴冷”。所以在英语中，blue devils（蓝鬼）是沮丧、忧郁的代名词。

17F.5 She gave him back a gay gold ring,
With three bright diamonds glittering.
17F.6 ‘When this ring grows pale and blue,
Fair Jeanie’s love is lost to you.’

---*17F*: *Hind Horn*

歌谣*Hind Horn*讲述一个男人戴着一枚戒指离开了他的情人，当情人对他不忠时，戒指就会变白。当戒指变苍白时，他回来发现情人即将和别人结婚。他和乞丐交换衣服装扮成乞丐，向情人乞讨葡萄酒，然后把戒指放在玻璃杯里，戒指立刻变成蓝灰色，情人终于认出了他，抛弃了即将娶她的新郎。蓝灰的戒指，影射“青山遮不住，毕竟东流去”般泯灭的爱情，衬托沮丧、忧郁的氛围。在中国传统文化中，蓝色也蕴含了特定的寓意。《说文》：“蓝，染青草也。”《诗・小雅・采绿》：“终朝采蓝，不盈一襜。”《荀子・劝学》：“青，取之于蓝，而青于蓝。”“颜色词属于文化限定词，具有强烈的民族文化特征，每个民族都有自己的颜色观。在不同的民族文化中，同一种颜色表达不同的文化心理，引起不同的联想，具有不同的文化内涵。”（包惠南，2001：141）蓝色植物品种很多，如“蓼蓝”“菘蓝”“木蓝”“马蓝”等。蓼蓝是一年生草本植物，叶形似蓼而味不辛，干后变暗蓝色，可加工成靛青，作染料，叶也供药用，又泛指叶含蓝汁可制蓝靛作染料的植物。古代瑶族居住在植

[1] 李然，戴卫平，李焱．英语词汇文化喻义研究 [M]. 天津：天津科学技术出版社，2014：33.

物葱郁的山区，崇拜自然植物之蓝，因地取材，用靛青染布的颜色宛如晴天天空的颜色。另外，《探歌》（女唱）中的“蓝”与“绿”应是同一含义：

《探歌》

一探娘爹姐，爹姐下州买垌田，买得垌田来定锦，定得风流转贱园。

二探心里通，门前石壁挂灯笼，有缘一日见三面，无缘三日也难逢。

三探路三等，上路不逢下路逢，有缘等来富贵妹，无缘空等守单身。

四探心思过路去，三尺红蓝四尺金，见娘比象千金白，一年四季白演演。

五探枫木叶，落下地中地绿蓝，有花插在逍遥府，一心来遇贵花秧。

“三尺红蓝四尺金”的蓝隐喻回家探母所带的蓝色布料或衣裳，恰如金子般珍贵。

瑶族《创世歌——造人》中的蓝姓自然是图腾崇拜的产物，古人对某种植物的崇拜，故以此植物为姓。

《创世歌——造人》

密洛陀送他们走，
密洛陀叫他们结婚，
蓝和罗成双，
韦和蒙结对，
姓蓝到涅货涅东，
姓罗到坡山坡支，
姓蒙到坡细坡蒙，
姓韦到可昌可所。

在世界各地，黄色被认为是智慧和智力的象征，它能够提高积极性、逻辑性和集中注意力，可以加速新陈代谢。明亮而又欢快的黄色表达了无忧无虑的生活态度，一头金黄色的头发是美女最明显的特征：

76E.2　‘And wha will kaim my yellow hair,
Wi the new made silver kaim?

---*76E*: *The Lass of Roch Royal*

歌谣 *The Lass of Roch Royal* 讲述一个女人来到格雷戈瑞居住的城堡，恳求让她进入城堡，后来她怀孕了，生下一个新生儿。格雷戈瑞的母亲决定把她赶走，告诉她，格雷戈瑞出海了，于是女人跟着格雷戈瑞在沉船中死去。歌谣中对女人的金黄色秀发进行了仔细的描述，表示金黄色秀发是美女的标志，金黄色隐喻高贵典雅。

92B.4 'A handsome lad, wi shoulders broad,
Gold yellow was his hair;
None of our Scottish youths on earth
That with him could compare.'

---*92B*: *Bonny Bee Hom*

歌谣 *Bonny Bee Hom* 叙述一位女士思恋她远去的爱人，并发誓要等他。同时，女士送给爱人一枚红宝石戒指以保护他，并告诉他她是生是死。一年后，当女士的爱人乘船回家时，护身符变暗了，表明她死了。爱人也心碎而死了，他们的灵魂飞上天堂。歌谣中女主人公描述了自己的男人那金黄色的秀发美冠苏格兰，所以在英国歌谣中，金黄色的头发，无论男女，都隐喻美好秀丽。

在中国古代，黄色象征好运、高贵和成熟，常和金子联系在一起，金黄色的麦浪、稻谷是丰收的象征：

《拾弌年朝踏令歌壹本》

斤头捕白金灯火　人家富贵身着黄衣襖
斤头捕白金灯盏　人家富贵得骑驴
听着深文千声好　可然仙语象黄金
屋背种条挠钱树　日落黄金夜落银

九月寒露霜降节　黄禾地上熟又熟
九月葛藤生过路　收集黄禾归转仓
重阳相对九月九　收转黄禾做糯糍
人家有禾暗糯酒　自己未种枉可思

老人长有老人年　老竹皮黄面自严严
米是旧年黄糯米　酒是旧年黄酒酱

中国文化中，白色由于和白云、白雪、白玉同色，自古常用来象征高洁、纯洁、明亮、明净、高雅、坦白、光明等。古代迷信者认为，突然出现的白色禽兽为祥瑞之物，如白鹿、白鹤、白燕、白雁等。《盘王大歌词》中秀才骑的白马就是这个喻意，大有“一夜看尽长安花”的气象。

《盘王大歌词》

年穷了　家家白雪白批批
人屋有双送神去　仔屋无双送旧时
八月白露秋分节　禾花口里吐黄金
月亮何曾是白日　水大何曾浸巷头
养得爷娘老　老了头白胫良良
娘村秀才骑白马　琉璃瓦屋哪啰哩
一村白马真白马　一人出来见看哪啰哩
二人看　好作风流把眼看
黄铜生子里头垂　正是官人饮酒归
厅前白马踏蹄声　啰哩排行送上京
秀才着白对官坐　道士着青对伏名
桃源洞头七家屋　三家富贵四家穷
三家畊田吃白饭　四家贫泊吃钱龙
桃源洞头有七所　三所是人四所神
三所是人吃白饭　四所是神吃伏烟
银盏出来白又白　银瓶出来白又飞
郎老了　头白浲浲不出行门

在古埃及，白色象征着无限力量和纯洁，象征上帝最高最神圣的权力。它还代表一切好的、积极的、干净的、新鲜的和美好的事物。在英国的纹章艺术中，白色象征着纯洁、真实和清白无邪。在艺术表现层面，白色表示忠诚，纪念上帝和万圣的节日都用白色。在丧礼中白色表示希望。人们在特定的礼仪中穿戴某种颜色的服饰，这是一个民族传统文化长期积淀的结果，以此表达或寄托一定的感情。这方面最为明显的是婚礼的服饰颜色。在西方的婚礼上新娘总是身披白色婚纱，给人一种圣洁高雅的美感，象征着爱情的纯洁珍贵。英国歌谣里，白色的隐喻比比皆是。抽象画派创始人瓦西里·康定斯基认为："白色是一个世界的象征。白色带来了巨人的沉寂，像一堵冰冷的、坚固的和绵延不断的高墙。因此，白色对于我们的心理的作用就像一片毫无声息的静谧，如同音乐中倏然打断旋律的停顿。但白色并不是死亡的沉寂，而是一片孕育着希望的平静。白色的魅力犹如生命诞生之前的虚无和地球的冰河时期。"[1] 在世界范围内一般认为白色是纯洁、洁净、素雅、光明和坦率的象征。建筑用白色作基调给人明快、洁净的感觉。

64A.20 And some they mounted the black steed,
And some mounted the brown;
But Janet mounted the milk-white steed,
To ride foremost throw the town.

---*64A*: *Fair Janet*

歌谣 *Fair Janet* 叙述到珍妮特爱上了威利，珍妮特跨上白马。白马在欧洲文化中承载了很多的隐喻形象，隐喻了快捷活力的男主人公。

134A.29 Good Robin answerd never a word,
But lay still as a stane;
His cheeks were white as any clay,
And closed were his eyne.

---*134A*: *Robin Hood and the Beggar, II*

歌谣*Robin Hood and the Beggar, II*中，罗宾汉向乞丐索要钱财，当乞丐拒绝施舍时，罗宾汉再次鞠躬索取，但是被乞丐的同伙打得遍体鳞伤。罗宾汉的三个友人找到了他，开始为他雪耻报仇。当他们追上乞丐时，罗宾汉设计让乞丐逃走了。歌谣中的灰和白往往同义，灰白色代表心灰意冷，表示失恋的痛苦或失落的心事，还表示一种不吉祥的色调，隐喻没有血气、缺乏生机气息。所以罗宾汉的脸如灰色一般即是隐喻

[1] 嵇荨．康定斯基论艺 [M]. 北京：人民美术出版社，2002：59.

其此时郁闷的心情。

140C.15 'Soon granted, soon granted,' says great master sheriff,
'Soon granted unto thee;
And you shall have all their gay cloathing,
Aye, and all their white money.'
140C.16 'O I will have none of their gay cloathing,
Nor none of their white money'.

---140C: Robin Hood Rescuing Three Squires

歌谣 *Robin Hood Rescuing Three Squires* 中，一位老妇人告诉罗宾汉，她的三个儿子将因偷猎而被杀害。罗宾汉与一名乞丐换衣服，乔装打扮去诺丁汉，召集部下拯救老妇人的三个儿子。White money 指银币，缘于钱币由白银铸成。白色指代金钱，也隐喻财富。

145B.15 He cloathed his men in Lincoln green,
And himself in scarlet red,
Black hats, white feathers, all alike;
Now bold Robin Hood is rid.

---145: Robin Hood and Queen Katherine

罗宾汉是英国民谣中著名的英雄形象，因为救护自己的恋人贵族小姐玛丽安而射杀了一名权贵，被宣布为生命、财产不受法律保障的"法外人"。歌谣 *Robin Hood and Queen Katherine* 中的罗宾汉有多元色彩修饰，隐喻其全新、生动、丰满的形象，体现了中世纪英国人民反抗封建压迫的精神。

155B.3 Scho powd an apple reid and white,
To intice the young thing in:
Scho powd an apple white and reid,
And that the sweit bairne did win.

---155B: Sir Hugh, or, The Jew's Daughter

歌谣 *Sir Hugh, or, The Jew's Daughter* 中，Hugh 爵士不小心把球踢进了一个拥有犹太血统的主人的花园里。当 Hugh 去拿它时，他被主人的女儿诱惑了。她谋杀了 Hugh。死去的 Hugh 爵士托梦给他母亲，告诉她自己被埋葬的消息，要求在他头上放一本祈祷书，在他脚下放一本《圣经》。其中白里透红的苹果或许源自《圣经》中夏娃望着的那棵智慧树上的果子，那么鲜美悦目，还能赐人智慧！

167A.37 'Take in your ancyents and your standards,
Yea that no man shall them see,
And put me forth a white willow wand,
As merchants vse to sayle the sea.'

---*167A: Sir Andrew Barton*

歌谣 *Sir Andrew Barton* 中，伦敦商人向国王亨利八世抱怨说，苏格兰海盗安德烈爵士破坏了伦敦商人的贸易。国王下令霍华德勋爵派遣了一支部队前往征讨。在激烈的战斗中，安德烈爵士受了致命创伤。柳树在歌谣中是死亡之树，隐喻死亡和亡灵，因为《圣经》的白柳枝承载着死亡的含义，所以歌谣中"And put me forth a white willow wand"（给我一根白柳条）的柳枝条亦含此意。

169A.7 'Every won of you shall have his velvett coat,
Laced with silver lace so white;
O the golden bands an about your necks,
Black hatts, white feathers, all alyke.'

---*169A: Johnie Armstrong*

在歌谣 *Johnie Armstrong* 中，边境掠夺者 Johnie 是强大的 Armstrong 家族成员，收到了苏格兰法庭的传票。国王假装答应保证 Johnie 和他的部下安全，但最终却下令对他们施以死刑。Armstrong 拔剑反抗战死。歌谣的多彩服饰包括"天鹅绒外套（velvett coat）、镶银花边（silver lace）、金色的带子（golden bands）、黑色的帽子（black hats）、白色的羽毛（white feathers）"，隐喻主人公 Johnie 战斗中复杂的思想情感。

第六章　神话隐喻

神话（mythos）滥觞于希腊语，而其原意为“关于神祇和英雄的故事和传说”[1]。我国学者认为“神话是指文学尚未发生的时代，由后人所记述而成的史前人或原始人中长期流传的一些神奇故事”[2]，“有人则把神话称为上古时代的文学样式或艺术形式”。德国的学者巴霍芬（Bachofen）认为，宗教为神话提供了表现形式，但同时也认为“神话中往往包含着宗教和历史的事实，两者不是分离而是同一的”[3]。英国历史哲学家科林武德写道：“我们在美索不达米亚的文献中也找到了它的例子，那就是神话。尽管神权历史学根本不是有关人类的历史学，然而就故事中神明是人类社会的超人统治者这个意义来说，它仍与人类活动有关：因此他们的活动就部分地是和人类一起做出的，而部分地则是通过人类而做出的活动。”[4]他把神话称为一种“准历史学”（quasi-history）。许多史学家，特别是研究原始社会的学者，虽然断然否认神话就是历史的说法，但在考察上古史实时却并不排斥从神话中汲取某些内容，也不怀疑这些内容所具有的史料价值。伦理学家、法学家、天文学家等也都将本学科的发端与神话相联系。在专门研究神话的学者看来，神话的含义应该更加宽泛，“故事”只是它的外部表现形式，它“是初民对自然现象和社会生活的原始理解，并以超自然的形象和幻想的形式表现出来”[5]。《简明不列颠百科全书》中“神

---

[1]　鲍特文尼克 . 神话辞典 [M]. 北京：商务印书馆，1955：268.

[2]　朱狄 . 原始文化研究 [M]. 上海：上海三联书店，1988：651.

[3]　朱狄 . 原始文化研究 [M]. 上海：上海三联书店，1988：163.

[4]　科林武德 . 历史的观念 [M]. 北京：社会科学出版社，1986：16.

[5]　冯天瑜 . 上古神话纵横谈 [M]. 上海：上海文艺出版社，1983：3.

话”词条的这段话代表了当今神话学家的看法：“神话是一个集合名词，用以表示一种象征性的传达，尤指宗教象征主义的一种基本形式，以别于象征性行为（崇拜、仪式）和象征性的地点或物体（庙宇、偶像等）。”对同一种现象作出如此多样解释的，恐怕并不多见。这种情况本身就是饶有趣味的。它提示我们神话仍是一种文化力量，在外延上具有广阔性特点。瑞士心理学家卡尔·荣格（Carl Gustav Jung，1875—1961）从无意识心理学角度提出神话原型理论，发现了现代神话和古代神话的内在联系。荣格说：“形成‘神话’的结构单位应当存在于无意识心理中。”[1] 荣格解释神话“是一种形象，或为妖魔，或为人，或为某种活动，它们在历史过程中不断重现，凡是创造性幻想得以自由表现的地方，就有它们的踪迹。因而它们本质上是一种神话形象”。

瑶族歌谣中的神话传说非常丰富，主要叙述盘王的诞生。《岭外代答》中叙述：“瑶人每岁十月旦，举峒祭都贝大王于其庙前，男女之无夫家者，男女各群，连袂而舞，谓之踏摇。”由此可见，瑶族过盘王节的习俗由来已久。在漫长的历史长河中，瑶族人不断与当地汉人交流、融合，经营山林经济，也从事农耕以及经商，较早接受汉文“教化”，其文化习俗、宗教信仰与汉族相近；敬神灵、信巫术、信奉瑶传道教，各村寨均有“道师”或“师公”；逢节庆、喜日必歌以外，平日也是歌声不断，一般是同村人不对歌相邻的村落才对歌，既可对歌“耍客姑”，又可对歌怡情、择偶，婚否不限。对歌内容包罗万象，每村有“歌师”，对歌场所、时间不限。在瑶族祭祀歌《盘王书·流乐歌·入福江庙》中唱道：

《盘王书·流乐歌·入福江庙》

出世盘王先出世，盘王出世在福江。
出世盘王先出世，盘王出世在西天。
盘王头戴平天帽，帽带翅翅朝上天。
盘王出世先出世，盘王出世在福江。
盘王出世先出世，盘王出世在西天。
盘王出世福江庙，盘王着印十三双。
盘王出世西天庙，盘王着印十三千。

---

[1] 中国社会科学院文学研究所. 文艺理论译丛第一辑 [M]. 北京：知识产权出版社，2010：278.

盘王出世先出世，石蛤相刻在江河。
盘王出世先出世，石蛤相刻在江边。
盘王坐得三年半，石蛤背上出石螺。
盘王坐得三年半，石蛤背上出红莲。
出世盘王先出世，盘王出世在福江。
出世盘王先出世，盘王出世在西天。
出世圣王先出世，圣王出世没有娘。
圣王出世无衣着，路逢金骨拗遮身。
圣王出世无衣裳，路逢金骨拗遮阴。
盘王出世在福江，两个金童坐两行。
盘王出世在西天，两个金童坐两边。
高楼望见紫微岭，龙儿化粉在江村。
高楼望见紫微岭，龙儿化粉在江州。
盘王年生一对女，一年四季出行村。
盘王年生一对女，一年四季出行游。
盘王女，六姓金郎六姓儿。
分作瑶人十二姓，传宗接祖到今时。
分作瑶人十二姓，传宗接祖到今朝。
玉女梳头不乱发，圣女梳头发乱丝。
玉女梳头是佛样，正是盘王女子花。
玉女梳头是佛样，随着盘王双下归。
主人有事请王到，单请盘王到子村。
一声尚在福江庙，二声落马到坛前。
来到坛前道万福，得见五婆圣帝在先前。

对盘王创世神的伟大功绩，《盘王书》继续赞颂道：

《盘王书》

起计盘王先起计，初撒苎麻叶带花。
苎麻出来文钱大，一两称来准二钱。

起计盘王先起计，初发苎麻叶大花。
苎麻细小不成苎，蕉丝缉细便成花。
起计盘王先起计，盘王起计织苎麻。
苎麻细线高机织，布面又挑李柳丝。
起计盘王先起计，盘王起计斗高机。
斗得高台缉细布，三伏合来纱便齐。
起计盘王先起计，盘王起计斗高机。
斗得高加缉细布，儿孙世代绣罗衣。
斗得高加缉细布，儿孙世代绣罗花。
起计盘王先起计，盘王起计缉罗条。
绣得罗条高机缉，缉了依还箱里收。
着苎盘王先着苎，着罗唐皇先着罗。
着苎盘王先着苎，着罗唐皇先着青。
盘王着苎苎也好，唐王着罗更流罗。
盘王着苎苎也好，唐王着青更聪明。
起计盘王先起计，盘王起计立春名。
鲤鱼又共黄龙熟，守到春间来认亲。
起计盘王先起计，盘王起计立春齐。
鲤鱼水底偷欢喜，传望五雷转一声。
起计盘王先起计，盘王起计斗犁耙。
斗得犁耙尚未便，屋底大塘谷冒芽。
起计盘王先起计，盘王起计立清齐。
起计盘王先起计，盘王起计立清明。
立得清明水又足，田里早禾段段开。
立得清明水又足，田里早禾段段青。
起计盘王先起计，盘王起计斗犁头。
起计盘王先起计，盘王起计斗犁耙。
鼠王过海偷禾种，龙王运水喷禾头。
鼠王过海偷禾种，龙王运水喷禾花。

乖巧鲁班真花巧，鲁班乖巧更流罗。

乖巧鲁班真花巧，鲁班乖巧更聪明。

大州出得花巧匠，盘王迭木作阴声。

大州出得花巧匠，盘王迭木作阴沙。

刘三置歌又置曲，定把凡人传子孙。

刘三置歌又置曲，定把凡人传世间。

弗洛伊德说，神话是“为了使人的孤弱无助变得可以忍受这一需要产生的”，“无论是对个人还是整个人类，生活都是艰辛的”，人的境况既“孤苦无助”又“无法设防”。因而“人们受到严重威胁的自尊渴望得到安慰，生活和世界需要摆脱恐怖，相应地，人们受到强烈的实际动机强化的好奇心需要回答”。通过赋予自然以人性，神话“赢得了许多东西”。为我们创造了一个世界，在这里尽管仍受到威胁，但我们可以在某种程度上获得“家的感觉”[1]。歌谣中的神话里面充斥着无数的隐喻的源域，当我们进一步考察这些神话源域时，我们发现，它们就是我们祖先的丰富的生活经验形式。可以这样说，“神话就是同一类型的无数经验的心理残迹”[2]。

在中国古代神话传说中黄河鲤鱼跳过龙门，就会变化成龙，比喻事业成功或地位高升。龙门，又名禹门，在陕西省韩城市，据《禹贡》载：“导河积石，至于龙门。”据《名山记》载：“河水至此山，直下千仞，水浪起伏，如山如沸。”清乾隆《韩城县志》载：“两岸皆断山绝壁，相对如门，惟神龙可越，故曰龙门。”“龙门”相传为大禹治水时所凿，亦称禹门渡。关于“禹凿龙门”，《吕氏春秋》说：“禹立，勤劳天下，日夜不懈，通大川，决壅塞，凿龙门。”《三才图会》记载：“此处两山壁立，河出其中，赛约百步，两岸断壁，状尽斧凿，形状似门，故称‘龙门’。”《朝踏接客大讨路歌》也引用了鱼跃龙门的神话：

《朝踏接客大讨路歌》

三分鱼鳞四分肉　经过龙门水岸头

龙门水步里头居　里头水步啰哩

[1]　奥戴．宗教社会学 [M]. 胡荣，乐爱国，译．银川：宁夏人民出版社，1989：50.

[2]　荣格．论分析心理学与诗的关系 [A]// 叶舒宪，编．神话——原型批评 [M]. 西安：陕西师范大学出版总社有限公司，1987：101-102.

歌谣讴歌鲤鱼跃龙门的气魄和跃过龙门后的质变，隐喻人生的成就。鱼跃龙门的中国神话传说故事，正式见诸文字记载的是汉代辛氏所著《三秦记》“河津一名龙门，水险不通，鱼鳖之属莫能上。江海大鱼薄集龙门下数千，不得上，上则为龙也”，还有“龙门山在河东界……每暮春之际，有黄鲤鱼逆流而上，得者便化为龙”，等等。“鱼化为龙”的记载多出自汉代典籍，故神话故事的形成当在西汉初年，并且可能与汉初神龙崇拜观念强化有关。瑶族人尽管世居山区，但他们与周围的壮、汉民族深度融合，所以其神话隐喻有同质性。

在汉文历史文献记载中，明确地将盘古氏与盘古国和以盘为姓的群体紧密地联系起来，现在瑶族中，盘姓仍是第一大姓。瑶族人民都认同为盘王子孙，每年的农历十月十六日，盘王生日时，瑶族同胞都要举族热烈隆重虔诚地“跳盘王”，诵《盘王大歌》，缅怀盘王。[1]“跳盘王”是伴随音乐的节奏进行的，音乐就是一种法度。瑶族创世神盘王的传说使得盘王具有至高无上的神格，甚至隐喻为一种法度，规范瑶族人的言行。

瑶族的《蝴蝶歌》是沟通天地、人神的桥梁。瑶族人民很信仰刘仙娘和盘王，把刘仙娘奉为保佑他们富贵平安的神仙。在“刘仙娘出游”活动中，他们会唱：

富川地面刘仙娘，保佑天下应八方，
玉帝面前奏一本，新地福田大家旺。

在盘王节，他们会唱：

十月十六盘王节，岁岁年年敬盘王，
住旺地方祭地王，富川天地映灵光。

瑶歌的内容甚至可以隐喻为教化的内容。

《盘古记》对瑶族的伦理道德观阐述得十分透彻：

《盘古记》

自从盘古开天地，开天立地置乾坤，
劝人都做孝顺子，不孝便是忤逆人。

---

[1] 黄海，邢淑芳. 盘王大歌：瑶族图腾信仰与祭祀经典研究 [M]. 贵阳：贵州人民出版社，2006：53.

奉请老人论古记，男女后生说少年。
世人听得《盘古记》，后生且说教爷娘。
爷娘孝得时时应，不能高声应爷娘。
高声骂爷天地黑，反眼骂娘日月阴。
爷是天来娘是地，不敬父母敬何人！
兄是父来嫂是母，不敬兄嫂敬何人！
父母在堂不孝顺，死去何劳哭鬼神。
哭时哭得肝肠断，不见阎王放回乡。
千拜万拜一张纸，千哭万哭一炉香。
灵前果子千般有，不见爷娘亲口尝。
买得四块松木板，黄沙盖面不相逢。
棺材便是阴阳斗，山河便是水池堂。
奉劝人家归仙去，后生男女在阳间。
千两黄金买不得，哪买堂前父母亲。
街头只有杀猪卖，哪有开行买爷娘。
奉劝人家养男女，养大男女敬爷娘。
女大出嫁人家去，爷娘日夜守空房。
养大男女皆行孝，不能高声骂爹娘。
爹有三年多辛苦，娘有三年受苦辛。
左边湿了右边睡，右边湿了娘身当。
若是两边都湿了，双手抱儿肚上眠。
抱时抱得手脚痛，叫时叫得口也干。
九冬十月落霜雪，娘去溪边洗衣裳，
脚冷僵来无处立，手冷僵来怀里藏。
十指肤头冷脚冻，十指僵来口里含。
奉劝人家听古记，几时报得爹娘恩。
一日吃娘身上奶，三日吃娘九合浆，
点点吃娘身上血，老娘生病面皮黄。
男儿长大知高下，不能高声骂爹娘。

奉劝人家和兄弟，兄弟说话莫高强。
兄弟长大敬父母，早晨吩咐听言章。
兄弟有事同商议，正是同胞共娘生。
亲兄亲弟不孝顺，将钱去买别人亲。
千日有钱千日好，一日无钱不认亲。
茶酒将来为兄弟，急难何曾见一人。
打虎不如亲兄弟，仔细思量骨肉亲。
共父同母不和睦，三岁儿童笑煞人。
奉劝人家为夫妇，五百年前结成亲。
世间相配皆由命，十指何会一样长。
夫莫嫌妻生得丑，妻莫嫌夫运不通。
妻莫嫌夫生得丑，大难来时各自飞。
奉劝人家后生子，多买衣裳穿在身。
如今世上人眼贱，只重衣裳不重人。
有钱马上为君子，无钱马上走差人。
不信但看筵中酒，杯杯先敬有钱人。
也有同年走州府，也有同年不出乡。
也有同年骑白马，也有同年马后行。
也有同年穿细缎，也有同年穿破衣。
也有同年穿不了，也有同年无衣穿。
也有同年家中坐，也有同年草上眠。
也有同年无男女，也有同年子孙多。
也有同年有双对，也有同年无妇人。
也有同年生贵子，也有同年无后人。
也有同年走路水，也有同年爬茅坡。
也有同年牢中坐，也有同年路上亡。
也有同年为宰相，也有同年作庶民。
也有同年坐官府，也有同年变神仙。
也有同年弟骑马，也有同年兄吃亏。

也有同年无饭吃，也有同年万万千。
也有同年无眼见，也有同年无脚行。
奉劝人家后生子，老老少少吩咐人。
六十甲子轮流转，算来由命不由人。
万世不由人计较，一身都是命安排。
同时天光同时夜，有人富贵有人贫。
君子贫穷知礼义，小人乍富便欺人。
劝君莫睡日头出，早起三朝当日工。
若是全家都早起，免作求人各自丰。
好酒知饮两三盏，叩首生前拜爷边。
劝君恭谨为君子，任君买卖不知人。
世间莫要家中坐，便去挖田做工夫。
别人有事莫去听，会打官司也要钱。
争人屋居谋人田，富贵荣华有几年。
莫道眼前无报应，分明折在子孙边。
少年莫要白头翁，花落堂前也是空。
千两黄金万两福，一双空身见阎君。
奉劝人家男和女，诚心孝顺敬爷娘。
抄成一本盘古记，留传后代子孙贤。[1]

歌谣的内容已经化作村规民约，几乎相当于汉族的《增广贤文》。

英国歌谣直接从《圣经》中汲取隐喻的源域，基督教的艺术象征性深深影响英国歌谣的取材和叙事方式。圣托马斯（St. Thomas）通过研究后认为，任何真理都可以通过两种方法显示：事物和语言。言词能表示事物，一件事物也可以隐喻另一件事物。造物主不仅可以用语言表示任何事物，而且还可以使一件事隐喻另一件事。[2]

39D.23　'I'll grow into your arms two
Like an adder or a snake;

[1]　黄海，邢淑芳 . 盘王大歌：瑶族图腾信仰与祭祀经典研究 [M]. 贵阳：贵州人民出版社，2006：168.

[2]　居阅时，瞿明安 . 中国象征文化 [M]. 上海：上海人民出版社，2011：4.

But hold me fast, let me not go,

I'll be your earthly maick.

---*39D*: *Tam Lin*

我会长成你的双臂

像加法器或蛇；

但是你要紧紧抱住我，不让我去，

我将成为你生活中的女人。

歌谣 *Tam Lin* 讲述的是一个年轻的女人包庇并救了她的情人 Tam Lin 的故事。坦林（Tam Lin / Tom Lin / Tam-a-lyn ……）本是一个凡人，精灵女王（The Queen of the Fairies）把年少时的他掳走，让他每天白天守卫 Carterhaugh 森林，而夜晚则要回到精灵的王国里。珍妮特（Janet）从父亲手中继承了 Carterhaugh 城堡和森林，她来到了 Carterhaugh 森林，采了两支玫瑰，这时坦林出现了，质问她为什么不经允许便进入森林，并采摘这里的花草。珍妮特告诉坦林她是 Carterhaugh 的主人。两人一见钟情，云雨数度，珍妮特回到家里，发现自己怀孕了，她只对外人说孩子的父亲是个精灵，而且她很爱他。歌谣中的蛇被影射为两人紧密相依的纽带。蛇的形象随时代的变迁而有些变化。《圣经》中夏娃与亚当因蛇的诱引偷吃了禁果，从而走出了黑暗，沐浴光明，享受着泉水、阳光、美好、快乐，蛇与人类生命从此有了神秘关联。古人由此敬奉蛇神保佑平安求得康宁。歌谣中的隐喻与人肉体同在（I'll grow into your arms two, like an adder or a snake），与灵魂相伴（But hold me fast, let me not go, I'll be your earthly maick），与人相依，于生命的肉体里隐动，随时随地让肉体骚动、激荡，让灵魂熊熊燃烧。男女一体互相缠绵，燃成火焰，终又水乳交融，完成一首首无法言说的生命交响乐，激越，奔放，乃至惊心动魄。英国歌谣用神话故事中引诱亚当和夏娃的蛇来隐喻男女关系，瑶族歌谣用鲤鱼跃龙门来隐喻生活跃升的幸福。这些神话的生活画面影射了英国民族和瑶族人民对生活的期盼和寄托。

从历史角度来看，神话起源于习俗仪式并与之密切相关，它是“习俗仪式的口头部分，是宗教仪式表演的故事”。尼布尔（R. Niebuhr）把基督教的末世观点说成是神秘的耶稣复活与末日审判的意象。[1] 在西方语境下，蛇又隐喻智慧，神话中常常说到蛇守着洞中宝藏，这宝藏就象征着智慧。荣格指出，在埃斯库拉庇乌斯的神殿里，有一个被称为阿斯克勒皮亚的古代诊所。这个诊所就是一个洞，洞口用一块石头挡住，洞里住着一条圣蛇。石头上有一个孔，求医者把钱从孔丢进洞，钱就是他们所付医药费。所以，神话的符号媒介其实是作为一种语言意象和源域，其能指与所指的目标域是不固定的和多元的，可能会根据语境和文化背景的变化而变化。东方文化典籍中人类的始祖女娲被描绘成人首蛇身，女娲与伏羲氏都是人首蛇身，若蛇交尾，缠绵交合在一起，展现出一帧人类幽媾图，生动、形象而又充满神性。王逸在《天问集注》中说："女娲人头蛇身，一日七十化。"许慎的《说文解字》认为女娲是"古之圣女，化万物者"。夏娃与亚当，女娲与伏羲氏，两者殊途同归，以蛇的神性，昭示着人类生命的奥秘，让人类生命带上了浓厚而又诱人的神秘色彩。奥秘与神性的所在，就是蛇成了东西方文化的共同符号，甚至是一种图腾，即蛇乃性的象征，蛇为性的隐喻。瑶人用歌谣来祭拜天神、地神、山神等，用一种幻想的语言去取悦神灵、指令神灵，以达到消灾驱邪、求吉祈福的目的。祈祷性的歌谣，如盘王歌、流落歌、三庙歌、得符神歌等，分别在还盘王愿、祈天乐神、欢庆丰收等重大祭祀仪式中念唱。《朝踏接客大讨路歌》中的蛇也是隐喻为瑶族人的一种生活的图腾，也是一种隐喻的多元性目标域：

《朝踏接客大讨路歌》

主：九梅山头倒挂刺　九梅山下有蚺蛇
　　蚺蛇等断客郎路　等断客郎无路行
客：买罈烧酒请铁匠　十二斤铁炼条钢
　　衣袖里头撒铁尺　打倒蚺蛇客郎讨路行
客：今朝出门造化好　逢着蚺蛇结同年
　　我作蚺蛇搭过海　过了五湖四海客郎讨路行

《朝踏接客大讨路歌》中的蚺蛇俗称蟒蛇，是岭南瑶族居住山区常见的一种蛇类。蛇因为行动迅速，具有灵性，成了普遍崇拜的对象。再者，蛇蜕皮自新，隐喻生命

[1]　刘福春 . 西方现代诗论 [M]. 广州：花城出版社，1988：384.

的永恒。蛇状柔软委曲，隐喻女性。《诗经·小雅·斯干》有云：“维虺维蛇，女子之祥。”朱熹注曰：“虺、蛇，阴物穴处，柔弱隐伏女子之祥也。”《梦广杂记》卷十记载：“潮州土俗，以蛇之有青色者为青龙，奉之如神。每岁二月望到，经涂为舆，管弦钲鼓，舁之以迎。名曰迎青龙。”《左传》《孟子》诸书将龙、蛇并列，如“深山大泽，实生龙蛇”“龙蛇居之”等。可见东方文化中对龙、蛇的认识是一种历史文化现象，蛇与龙有着不可分割的联系。我国从神话中开天辟地的盘古，到华夏族的始祖女娲、伏羲、轩辕帝，都是“人首蛇身”。尧母庆都，与赤蛇合婚生尧；舜母握登见大虹而生舜；夏为龙族，“夏后氏蛇身人首”。相传夏禹凿龙门之山，至空岩，有神蛇身人面，示禹八卦图，并授之玉简。禹即执此简以平定水土。中国封建时代的皇妃们，自刘邦的母亲“梦与龙交”生刘邦后，大都梦想在深宫作一次蛇的“情人”，以便早生“龙子”。[1]

《月正中》

南蛇过海变成龙
南蛇过海也难见
好双过路也难逢

瑶族歌谣《月正中》中的南蛇实则是蟒蛇，在瑶族人心目中，龙、蛇是不分的，蛇变成龙是吉祥的蜕变，是为大喜，所以蛇隐喻着升腾和发达。

东晋的史学家干宝的《搜神记》叙述：汉董永，千乘人。少偏孤，与父居，肆力田亩，鹿车载自随。父亡，无以葬，乃自卖为奴，以供丧事。主人知其贤，与钱一万，遣之。永行三年丧毕。欲还主人，供其奴职。道逢一妇人曰：“愿为子妻。”遂与之俱。主人谓永曰：“以钱与君矣。”永曰：“蒙君之惠，父丧收藏。永虽小人，必欲服勤致力，以报厚德。”主曰：“妇人何能？”永曰：“能织。”主曰：“必尔者，但令妇为我织缣百匹。”于是永妻为主人家织，十日而毕。女出门，谓永曰：“我，天之织女也。缘君至孝，天帝令我助君偿债耳。”语毕，凌空而去，不知所在。民间广泛流传因董永孝心感动天地，玉皇大帝之女七仙女感动人间亲情，与其结为夫妻。瑶族人深受汉文化的影响，也借助汉族神话讴歌生活并作为生活道德的准绳和借鉴。

[1] 赵维森 . 隐喻文化学 [M]. 西安：西北大学出版社，2007：197.

《贺婚诗合订本》

前世修为天置定　今世学堂结配珠
冥王执镜通天照　鸳鸯相对好欢由
天上七星配北斗　同如山伯配英台
圣王开口哈哈笑　准旨团圆结配珠
七姐下凡董永配　同如山伯配英台
辞别天星郎归去　姐妹齐齐相送游
北斗七星齐抽手　相送二人下地修
退下云梯弟六步　六合团圆下地敷
六合姻缘齐相合　芙蓉结配牡丹花
山伯英台好缘分　名杨世上好欢由

梁山伯与众英台、董永和七仙女的神话故事相继出现在瑶族歌谣中，是瑶族人心理上的相关物，其神话故事已经变成了隐喻人间夫妻恩爱和忠贞的生活形象。其中，“鸳鸯”“七星配北斗”“七姐配董永”“芙蓉配牡丹花”等神话隐喻激起瑶族歌谣歌者的创作心理，即歌者通过他的意象来展示本民族的心理。[1] 曹植《洛神赋》中的洛神“其形也，翩若惊鸿，宛若游龙。荣曜秋菊，华茂春松。仿佛兮轻云之蔽月，飘飖兮若流风之回雪。远而望之，皎若太阳升朝霞；迫而察之，灼若芙蕖出渌波”，这美丽的洛神就是曹植心中最美好的艺术形象，也是苏珊·朗格在《艺术问题》中所说的“艺术中使用的符号”，它“是一种隐喻，一种包含着公开的或隐藏的真实意义的形象”。[2]

113.1　An eartly nourris sits and sing,
And aye she sings, Ba, lily wean!
Little ken I my bairnis father,
Far less the land that he staps in.
113.2　Then ane arose at her bed-fit,
An a grumly guest I’m sure was he:

[1]　杨匡汉，刘福春 . 西方现代诗论 [M]. 广州：花城出版社，1988：412.
[2]　陈敢，翟大炳 . 诗歌审美心理导引 [M]. 南宁：广西民族出版社，2008：132.

'Here am I, thy bairnis father,
Although that I be not comelie.
113.3 'I am a man, upo the lan,
An I am a silkie in the sea;
And when I'm far and far frae lan,
My dwelling is in Sule Skerrie.'
113.4 'It was na weel,' quo the maiden fair,
'It was na weel, indeed,' quo she,
'That the Great Silkie of Sule Skerrie
Suld hae come and aught a bairn to me.'
113.5 Now he has taen a purse of goud,
And he has pat it upo her knee,
Sayin, Gie to me my little young son,
An tak thee up thy nourris-fee.
113.6 An it sall come to pass on a simmer's day,
When the sin shines het on evera stane,
That I will tak my little young son,
An teach him for to swim the faem.
113.7 An thu sall marry a proud gunner,
An a proud gunner I'm sure he'll be,
An the very first schot that ere he schoots,
He'll schoot baith my young son and me.

---*113: The Great Silkie of Sule Skerry*

英国歌谣 *The Great Silkie of Sule Skerry* 讲述一个女人照顾一个婴儿，且时常哀叹她不知道孩子的父亲住在哪里。突然有一天来了一个男人，告诉女人他就是孩子的父亲，而他是海豹仙子，但是在陆地上他是人，在海里的时候是一只海豹，平时他生活在一个偏远的叫 Sule Skerry 的岛屿。男人给了女人一个装满金币的钱包，然后带着孩子走了，并预言女人将嫁给一个叉鱼炮手，而这个炮手会杀了他的孩子。神

话中的海豹仙子（Selkies，也可以拼写成 Sylkies、Selchies、Selkie），是爱尔兰、苏格兰和冰岛神话中的生物。[1] 据说海豹仙子在海里是海豹，但到了陆地上会蜕皮变成人类。故事反复讲述海豹仙子经常被迫扮演海豹和人的形象，直到抛弃了他们的人类家庭回到大海。神话流传于北苏格兰群岛 [2]，与天鹅少女神话非常相似。[3] 这一歌谣叙事的对象来自于神话的双性动物海豹仙子。

双性动物海豹仙子（Selkies）邮票

民俗传统中，人们经常把地狱描绘成在地球表面之下，是人死后灵魂受苦的地方。地狱的观念广泛分布于世界各地的信仰观念中，如佛教、印度教、现今的犹太教和基督宗教中的一些派别、伊斯兰教等，而原教旨主义的犹太教派别则并不承认地狱的存在，认为其是受异教观念影响而产生的异端概念。地狱特指囚禁和惩罚生前罪孽深重的亡魂的地方，可以说是阴间的监狱和刑场。基督信仰相信审判日，准确地说，应该是下火海。基督教《圣经》中的地狱主要来自耶稣在《新约》中的叙述和在《启示录》的描述。按照基督教普遍说法，地狱是"黑暗的无底坑，有不死的虫和不灭的火一直在焚烧，使人昼夜永远受痛苦"，是惩罚魔鬼和关押罪犯，以及"恶人受永刑之处"，是受痛苦的可怕地方，与天堂相对；地狱是上帝创造的，但不是物质的，如同另一个时空一样。此外，只要是恶人犯了罪，都要被扔在地狱的火海里受永刑。

---

[1]　SPENCE L. The minor traditions of British mythology[M]. New York: Ayer Publishing, 1948: 55.

[2]　WESTWOOD J, KINGSHILL S. The Lore of Scotland: A guide to Scottish legends[M]. London: Arrow Books, 2011: 404-405.

[3]　MONAGHAN P. The Encyclopedia of Celtic Mythology and Folklore[M]. New York: Infobase Publishing, 2009: 411.

基督信仰认为只要心中有爱，追求真理，得以认识神，就可以得到救赎。与此相对，罗马天主教会却认为“不信上帝的人，但具有善良和正直品质的人不至沦丧地狱”。地狱是天主惩罚恶人与魔鬼（犯罪的天使）之地。

歌谣 *Jock o the Side* 叙述了 Jock 和他的同父异母的兄弟 Hobie Noble 的故事。几个英国人去救 Jock，他们溜进城堡，穿过大厅，谋杀了看门人，找到并营救了被铁链禁闭的 Jock。

187A.14 ‘But fare thou well, thou good old man!
The devill in hell I leave with thee,
Noe better comfort heere this night
Thow giues my bretheren heere and me.’
---*187A*: *Jock o the Side*

Jock 在城堡中艰难度日，把地狱隐喻为城堡，所幸得到救赎，被解放出来重见天日。

276A.2 He came to the maid when she went to bed,
Desiring to have her maidenhead,
But she denied his desire,
And told him that she feard hell-fire.
276A.3 ‘Tush,’ quoth the fryer,’ Thou needst not doubt
If thou wert in hell I could sing thee out:’
‘Then,’ quoth the maid,’ Thou shalt have thy request;’
The fryer was glad as a fox in his nest.
---*276A*: *The Friar in the Well*

歌谣 *The Friar in the Well* 中，修士企图勾引少女，但少女索取金钱，当修士付钱给她时，她设计让修士掉进井里。修士请求少女帮助，最后，少女把修士拉了出来，但拒绝退钱，说他污染了水而必须支付清理费用。修士渴望得到少女的处女之身，但少女拒绝他的要求。歌谣中，地狱中的火被隐喻为放纵的欲望。

1A.16 ‘O love is longer than the way,
And hell is deeper than the sea.
1A.17 ‘And thunder is louder than the horn,
And hunger is sharper than a thorn.
1A.18 ‘And poyson is greener than the grass,
And the Devil is worse than woman was.’

---*1A: Riddles Wisely Expounded*

歌谣 *Riddles Wisely Expounded* 中的地狱被描绘为深不可测的地下世界，同时隐喻女人比魔鬼更为阴险。

在天主教的信仰中，“炼狱”被隐喻为天堂与地狱之间的地方。天主教认为没有百分之百的善人，人必须在“炼狱”炼净自己的罪过，才能上天堂。《圣经》中有经文描述到炼狱，但新教不承认这种说法。按照《圣经》原文的意义，地狱完全不含有死人受审受苦的意思。阴间、地狱只是被描述成死亡的坟墓，而不是烈火燃烧的地狱。Geenna（hell，地狱）是希腊文单词，是过去位于耶路撒冷城墙外的一个谷地，当时的以色列人在此焚烧罪犯尸体（如果人犯罪严重就不配复活，因此犹太人认为不知悔改的人不配进入墓地安葬，只能扔到这个谷地自然腐烂或者被焚烧）及生活垃圾。当时的人们还在垃圾上撒上硫磺以帮助燃烧，因此这个地方总是烟雾缭绕。所以地狱在西方文化中的隐喻含义不尽相同。

歌谣 *Sweet William's Ghost* 讲述一个年轻男子威廉，他通常以鬼魂身份出现在他的情人玛格丽特面前，他请求她解除他与她结婚的承诺，但玛格丽特坚持要威廉娶她；威廉说他已经死了，尽管如此，玛格丽特还是坚持要威廉吻她，但威廉说一个吻会置她于死地；玛格丽特还坚持要威廉讲述一些关于地狱和来世的故事，威廉也告诉她一些来世的故事，威廉告诉玛格丽特，如果她不释放他，娶她的会是一只地狱猎犬，这样就会毁了她一辈子。最后，玛格丽特总算是解除了婚约，尽管在其他版本中，她会死在他的坟墓上。

77D.12 ‘But gie me my faith and troth, Margret,
And let me pass on my way;

For the gates o heaven will be shut,

And I'll be mist away.'

---*77D: Sweet William's Ghost*

77E.13 'The pleasures of heaven I wat not of,

But the pains of hell I dree;

There some are hie hangd for huring,

And some for adulterie.'

---*77E: Sweet William's Ghost*

歌谣中的地狱（hell）就是痛苦生活和命运的写照，影射了痛苦（pains）。

美人鱼形象，源自德国传说及诗歌中常提及的美丽人鱼洛雷莱。她经常会在天色昏暗不明的时候出现在莱茵河畔，用她冷艳凄美的外表以及哀怨动人的歌声，迷惑过往的船夫，使其分心而失去方向，最后沉入河底。美人鱼是一种传奇的水生生物，以腰部为界，上半身是美丽的女人，下半身是披着鳞片的漂亮的鱼尾，整个躯体，既富有诱惑力，又便于迅速逃遁。她们没有灵魂，像海水一样无情；声音通常像其外表一样，具有欺骗性；一身兼有诱惑、虚荣、美丽、残忍和绝望的爱情等多种特性。一般认为美人鱼的生物原型是儒艮或海牛。美人鱼的形象出现在世界各地的许多文化民俗中，包括近东、欧洲、非洲、远东。神话的原型出现在古亚述（Assyria），女神在意外杀死她的情人后变成美人鱼，以洗刷自身耻辱。美人鱼有时与危险的事件如洪水、风暴、沉船和溺水联系在一起。在其他的文化背景的民间传统中，美人鱼是仁慈的化身，赐予人类以恩惠甚至爱上人类。美人鱼的男性就是人鱼，也是民间传说和纹章学中的一个形象。也有人认为美人鱼的形象可能来自希腊神话。有关于美人鱼的真实历史记载，如哥伦布（Christopher Columbus）说他在探索加勒比海的过程中，发现了诸如海牛和类似的水生哺乳动物。在 1078 年萨克森石匠建立的达拉谟城堡（Durham Castle）的诺尔曼教堂（Norman chapel）中，从朝南的诺尔曼石柱可以看到有可能是现存的最早的美人鱼的艺术创作形象。[1]

但是美人鱼在英国民间传说中却为不吉利的预兆，预示灾难。好几个版本的民

[1] WOOD R. The Norman Chapel in Durham Castle[J]. Northern History, 2010 (3): 31.

谣都描绘了一只美人鱼，只要这美人鱼和船主说话，这艘船就注定要沉没；在一些版本中，美人鱼告诉船夫，他们将永远也看不到陆地，永远在海上漂泊；而在另一些版本中，美人鱼却声称船员们最终可以靠岸。美人鱼还被描述为能够逆游到河流，到达淡水湖泊。传说一位领主 Lomtie 正想要救助跌落在他家附近的湖里的女人时，他的仆人把领主拉了回来，警告他说，这是一个美人鱼，但美人鱼尖叫说她要杀死领主。[1] 美人鱼偶尔也会是更加仁慈的形象，例如，美人鱼教会人类治疗某些疾病。但男性人鱼被描述为比美人鱼更难看，人类对其兴趣不大。

歌谣 *The Lass of Roch Royal* 讲述一个女人和格雷戈瑞爱得死去活来的爱情故事。

76D.11　'Awa, awa, you ill woman,
You've na come here for gude,
You're but a witch, or wile warlock,
Or mermaid o the flude.'
76D.12　'I'm na a witch, or wile warlock,
Nor mermaiden,' said she;
'I'm but Fair Anny o Roch-royal;
O open the door to me.'

---*76D*：*The Lass of Roch Royal*

这首歌谣中的美人鱼是负面形象，和女巫（witch）以及会使用魔法的男人（warlock）一样，而美人鱼则辩说自己是仙女 Anny，叫人开门让她进去。美人鱼影射的是坏女人（ill woman）。

隐喻是理解神话的关键，隐喻是神话表现原始人心灵活动的主要手段。甚至在某种程度上，我们可以说隐喻是浓缩的神话，神话是膨胀的隐喻，每一个隐喻都蕴涵着一个精练的神话故事。对语言、神话与隐喻的关系曾给以充分论证的人莫过于卡西尔。他认为“因为不论语言和神话在内容上有多么大的差异，同样一种心智概念的形式却在两者中相同地作用着。这就是可称作隐喻式思维的那种形式。因此，如果我们想要一方面找出语言和神话的世界的同一性，另一方面又找出其差异性，

---

[1]　BRIGGS K M. The Fairies in English Tradition and Literature[M]. London: University of Chicago Press, 1967: 57.

那么，我们就必须从隐喻的性质和意义着手”，“任何一个词，只要它最初被隐喻地使用，现在使用它时又对它从最初意义到隐喻意义之间所经过的各个步骤没有一个清楚的概念，那么就会有神话的危险；只要这些步骤被人忘却并被填上一些人为的步骤，那么，我们就有了神话……”[1] 可以说，神话思维体现了早期人类隐喻思维的全部特征。歌谣作为一种口头创作，它真实地反映了不同时期的社会面貌和人民心理，不仅极富生命力，并且具有很高的艺术价值和认识价值。通过对歌谣的研究，我们不难看出它所蕴涵的该民族独特的性格，以及从歌谣中反映出的他们的价值观、世界观、审美观等文化特色。

[1] 卡西尔 . 语言与神话 [M]. 于晓，译 . 上海：上海三联书店，1988：102-105.

第七章　时间空间隐喻

Lakoff 对意象图式（image schema）的定义是“相对简单的、在我们的日常身体体验中不断重复出现的结构，如容器、途径、联系、外力、平衡，或如某种空间方位或关系：上、下、前、后、部分、整体、中心、边缘”[1]。刘勰《文心雕龙·神思》也有“神与物游”“思接千载”“视通万里”之说。英国诗人布莱克（Blake）说“一粒沙里见世界，一朵花里见天国；手掌里盛住无限，一刹那便是永劫”，蕴含诗的心理时间与空间状态。诗人顿悟到人生的奥秘，形成无限的心理空间，诗意的线索而得以自由往来于所有的时空之间。如司空图的《二十四诗品·雄浑》的“具备万物，横绝太空；荒荒油运，寥寥长风”，陆机《文赋》的“收视返听，耽思傍讯，精骛八极，心游万仞”，就蕴含诗人文思中的时空隐喻。

人类通过语言描述客观世界、人类思维时，最常见的方法就是把抽象物形象化，通过形象化手段来传递抽象思想是最有效的途径。在认知语言学领域，Lakoff 认为：“人类的认知的意象图式阐释时间和空间概念隐喻。”[2]“时间是以事物以实体和位置的形象及其移动来理解的，主要涉及以下影射：时间是事物；时间的流逝是移动；将来的时间在观察者之前，过去的时间在观察者之后；某一物体在移动，另一物体

[1]　LAKOFF G. Women, Fire, and Dangerous Things[M]. Chicago: The University of Chicago Press, 1987: 267.

[2]　LAKOFF G. Women, Fire, and Dangerous Things[M]. Chicago: The University of Chicago Press, 1987: 202.

处于静止状态，静止的物体为指示中心。”[1]

这一形象化隐喻和符号图式是“点缀在风格上的高级饰物”，是通过时间空间隐喻完成的。Lakoff的《我们赖以生存的譬喻》有关时间概念隐喻就有“时间是金钱”，蕴含“时间是有限资源”“时间是珍贵物品”“时间是移动物”“时间的空间化”等，空间是时间隐喻的最重要源域。“空间”作为时间隐喻表征的原型，方位主义（localism）认为，空间关系及其词语是最基本的，这可能是因为人的最初感知是从感知自身运动和空间环境开始的。[2] 从本质上讲，时间观念必须通过空间概念才能有效表达。空间隐喻以空间域为始源域，将空间域的意象图式结构影射到非空间的、抽象域之上，使得我们可以通过空间概念来理解、思考和谈论非空间概念。比如 future is infront，past is behind 和 happiness is up，sadness is down。前一组隐喻赋予 time 一个前、后的空间方位，后一组隐喻赋予 emotions 一个上、下的空间方位。空间隐喻是一种意象图式隐喻，对于我们的概念形成过程和范畴化过程是不可或缺的，意象图式在构成空间隐喻时起了两方面的作用。空间是人类认知最基本的范畴，时间常常被理解为空间，在很多语言形式上都能表现出这两件事情在时间上相距甚远。[3] 很多表示时间的概念都是来自于空间的概念，研究也表明时间和空间范围之间有着系统的对应，如“空间”“时间”“在五分钟里”“经过两个小时”等。可以说，意象图式的形成，是空间隐喻化认知的根本基础，是隐喻投射的先决条件。具体的空间概念，只有在转化成了意象图式之后，才有可能作为一种基础认知结构投射到各个抽象概念域，帮助形成抽象概念。Sweetser 完善了 Lakoff 和 Johnson 关于时空隐喻的观点，指出还存在“时间序列”隐喻。[4] 因此，作为空间隐喻的核心成分，意象图式的形成机制和加工机制如果能够得到心理学实验的证明和解释，就能为空间隐喻的心理现实性提供极有力的支持。[5]

根据 Lakoff 所提出的空间隐喻的体验性特征可以得知，空间隐喻的意象图式影射过程可以分为三个步骤：首先，感知运动经验形成空间方位概念这个始源域；其

---

[1] LAKOFF G. The Contemporary Theory of Metaphor [C]// In Ortony, A (ed.) Metaphor and Thought. Cambridge: Cambridge University Press, 1993: 225.

[2] 赵艳芳 . 认知语言学概论 [M]. 上海：上海外语教育出版社，2001：48.

[3] 彭增安 . 隐喻研究的新视角 [M]. 济南：山东文艺出版社，2006：149.

[4] 张燕 . 语言中的时空隐喻 [M]. 北京：语文出版社，2013：11-15.

[5] 吴念阳 . 隐喻的心理学研究 [M]. 上海：百家出版社，2009：85.

次，人在现实世界的反复经历中抽取并运用空间图式对客观世界同一种关系进行理解和推理，形成主观体验和感知运动经验之间的对应或关联，即各抽象领域对应于空间方位；最后，对应关联通过神经联系在体内形成。Lakoff还提出过隐喻的“守恒原则”（invariance principle），即隐喻跨域影射过程并不违反目标域本身意象图式，而且保留来源域与目标域的认知即图式之间的固定对应（fixed correspondences）。[1]“上”和“下”均表现为一种空间意象图式。很多时候“上、下”是被用来描述次序和时间的先后。顺序或者时间在前的为上，顺序和时间在后的为下，时间上的先后顺序被理解为了上和下、贵和贱。瑶族歌谣中有关祭祀的内容分布了大量的时间空间隐喻，其中前后、上下用以隐喻祖先和后代。

《拾式年朝踏令歌壹本》

上世白公错葬祖　葬在江边着水推

上世白公会葬祖　葬在前面金绣山

《尔雅·释亲》说“父之党为宗族”，即宗族是由父系血缘关系联结而成的群体。东汉班固《白虎通义》进一步解释道：“宗者何谓也？宗者尊也。为先祖主者，宗人之所尊也。”《礼》曰：“宗人将有事，族人皆待。古代所以必有宗何也？所以长和睦也。大宗能率小宗，小宗能率群弟，通其有无，所以统理族人也……族者何也？族者凑也，聚也，谓恩爱相流也，上奏高祖，下凑玄孙，一家有吉，百家聚之，合而为亲，生相亲爱，死相哀痛，有合聚之道，故谓之族。”[2]瑶族和汉族一样有色彩浓重的宗族文化，恪守传统，慎终追远，这是祭拜祖先时候唱的歌谣，上世隐喻着祖先，并用“上”来隐喻对祖先的崇敬。

《拾式年朝踏阳歌曲壹本》

上村借线借不得，下村借线有人给。

上村去请出丝姐，下村去请出丝娘。

横书直下唱妆十，妆十歌章归本乡。

---

[1]　莱克夫．我们赖以生存的譬喻[M]．周世箴，译．台北：联经出版事业股份有限公司，2006：79.

[2]　班固．白虎通义·乾隆甲辰抱经堂版：卷3[M]．上海：上海古籍出版社，2002：14．

妆十歌章安笼底，十二年前归本乡。

此处的“上、下”应该是隐喻着先后次序，并非确切指上下关系，是指这个村借不到，然后到另外一个村去借。同样的还有《白公面前上香调》的歌词：

《白公面前上香调》

一衍初书，借问堂头福主上衍令官打赏一封钱银金纸，

浮过子孙，劝上泉州灌阳泉阳灌阳灌州，公爷父母，

前世前衍先亡，改世改衍先祖，上世中世下世，白公要先祖案前，

一世劝上一世，上世留名传下世，下世留名公祖堂。

中国在几千年的历史中都是等级森严的封建社会，等级制度在中国人的社会生活、政治生活乃至日常生活中都扮演重要角色。皇帝高于一切，正所谓“至高无上”，皇帝之下的各级官员必须无条件服从皇帝的旨意。家庭内部的结构也沿袭了这一套等级制度，父母在上，然后是儿子、孙子、曾孙。父母的意志子女不能违背。因此也可以用方位和空间概念隐喻时间的先后和辈分的序列。[1]

“空间”本身是一个多角度、多层次的复杂系统，因而通过空间来表达时间也必然体现在不同的层次、不同的方面。也就是说，时间概念是以一个或多个空间化隐喻（spatialization metaphors）组织而成的，“时空隐喻”可以看作一个包含多个子系统的顶级隐喻系统。如《拾式年朝踏令歌曲》中的方位词是多元的：

《拾式年朝踏令歌曲》

一行初书，请出前世，前行先亡，二行初书，

请出后世，后行先祖，三行初书，请出先祖。

铜盆载水翁洗面，翁在深房教后生。

郎老了，高山不乱水平流。

方位主义（localism）认为，空间关系及其词语是最基本的，这可能是因为人的最初感知是从感知自身运动和空间环境开始的。[2]张燕将汉语和西方的“空间—时间隐喻”进行对比，从时间的维度、形状、运动、指向、度量、容器六个方面描绘时

[1] 蓝纯．从认知角度看汉语的空间隐喻 [J]. 外语教学与研究，1999（4）：7-15.

[2] 赵艳芳．认知语言学概论 [M]. 上海：上海外语教育出版社，2001：48.

空隐喻的语言概貌，勾画了“时间是空间”的隐喻关系图，概括不同语言之间语言表达的多样性，总结了基本的和扩展的“空间—时间隐喻”模式。[1]歌谣《歌曲壹本》传唱汉族的梁山伯与祝英台的故事，其中的先祖、前世、后代等方位词都隐喻着辈分和时间的先后：

《歌曲壹本》

山伯英台都唱尽，那个聪明添一言，
那个聪明添一句，留传后代解愁情，
三拜先祖拜三拜，夫妻前世好姻缘，
前世修得双双拜，神仙赐福也周全，
前世姻缘相断定，今世学堂齐共游，
马家有钱别处念，莫望英台结配珠。

《瑶族创世歌——造天地》

很久很久以前，
什么造成密洛陀？
大风吹来了，
造成密洛陀。

很久很久以前，
什么造成大风？
大龙吹着气，
造成了大风。

很久很久以前，
什么造成上龙？
聪明的师傅，
造成了上龙。

Meier、Hauser、Robinson、Friesen 和 Schjeldahl（2007）的研究验证了宗教神魔

[1]　张燕．语言中的时空隐喻 [M]. 北京：语文出版社，2013：33-152.

概念也与空间垂直维度感知相互影响。无论在基督教还是其他宗教，一直用垂直的空间隐喻来描述神。例如，上帝被认为是“最高的”或者是居住在地球之上的高高的“天堂”。与高相反的垂直位置如下或低，也隐喻性地用来描述魔鬼。一方面，基于信仰的精神信念是完全独立于感知世界的；另一方面，上帝和魔鬼不能直接被感知，只能通过知觉性的隐喻来构成该领域的概念。空间隐喻的影射是建立在人类的身体和文化经验基础上的，是一个系统的概念构建过程。[1] 人类的认知思维具有同质性，所以西方的上帝和中国的龙都是超自然的力量的标志。瑶族歌谣《瑶族创世歌——造天地》的“上龙”即是给予精神信仰构成的隐喻，“上”即上天，“龙”是想象中翱翔于天云之间的神，瑶族人把上天的龙隐喻为自己的祖先，目的是把祖先神圣化，上既是方位空间词，也隐喻为高贵。

方位词除了可以如上所述表示辈分先后，也可以隐喻社会地位的高低和等级。社会地位和等级分为高、中、低三级。社会地位高为“上”，如上流社会、上层社会、上等人，社会地位和等级低为“下”，如下级、下等人、下人。这个隐喻是基于人类思维的经验，在很多场合，事物的重要性也根据“上—下”这一空间范畴来确定，如上座和下座。祖先崇拜是中国文化的一个显著特征。商代的商王把祭品供奉在高高筑起的祭坛之上，古代不少家庭还会将祖先的牌位供奉在祭坛之上。[2] 祭祀和道场的歌谣在瑶族歌谣中占有比较大的比重，其中表示隐喻的方位词“上、下”表现得更加明显。如：

《白公面前上香调》

白公面前，鱼见江水，子见父母，

低头为拜，白公面前亦来上香，

一拜献上明香，二拜献上渌水。

其中的“低头、上香、献上”的方位词隐喻了瑶族人在祭祀时的虔诚之心。

瑶族是热情好客的民族，在待客、婚嫁、农事时唱的歌谣中就用到一些方位词来隐喻瑶族人周到的礼仪。如：

---

[1] 吴念阳．隐喻的心理学研究 [M]. 上海：百家出版社，2009：92.

[2] 蓝纯．从认知角度看汉语的空间隐喻 [J]. 外语教学与研究，1999（4）：7-15.

《朝踏接客大讨路歌壹本》

主：至字扎刀请你到　未字画头请你来
请你到来厅上坐　茶巡转过酒巡来
主：白纸写书去请客　细书去请客郎来
请你到来厅上坐　强如山伯对英台
好男生两个　好女生一双

《贺婚诗合订本》

财上添财添富贵　官上加官座九州

《贺婚诗合订本》

天上移花下凡赐　随风扇到贵家堂

《贺婚诗合订本》

新人下礼拜祖宗十二拜
地下离高天万丈　齐上天宫念好双
踏上云梯弟二步　两边梯柱启修修

《盘王大歌词》

楼上点灯地下暗　地下点灯楼上光

《拾式年朝踏令歌壹本》

不打不成钱　打了便成钱　低头三两拜　拜了谢良缘
二十字青令　一生一熟　未曾就时年

《拾式年朝踏阳歌曲壹本》

一双富人来客　低头为拜　亦来上香　东边山头起云　西边山头起雨
各自田家各自屋　低头作揖各归乡

其中“上坐”“官上加官”“下凡赐”“下礼”“齐上天宫”“上香”“上云梯”“楼

上光”“低头”都表示方位，方位词同时也是一种语用策略上的敬辞。

Lakoff 和 Johnson（1980：17—19）认为大多数的基本概念都是通过一个或数个空间隐喻构建起来的，每一个空间隐喻都有自己的内在系统性，不同的空间隐喻之间存在整体的、协调一致的系统性，空间隐喻不是随意产生的，而是植根于我们的物质和精神经验，在很多情况下空间化已成为一个概念的核心部分，以至于离开了空间隐喻我们很难想象通过其他的隐喻来构建该概念。我们的物质和精神经验为空间隐喻的产生提供了很多可能性，但具体哪些待选空间隐喻被挑选出来、哪些又成为重要的空间隐喻，各个文化是不同的。[1]

表示空间的词还可以隐喻事物的品质和人的水平、年龄，如上乘的质量、上策、上品、高档物品和下品、下乘、下策、低贱、低档等。如《拜客接客安客谢客词》：

《拜客接客安客谢客词》

大樅生在武当山上，匠人砍倒，叔孙有人。
担归请到高手匠人，发子榴花开，老者高山松柏，
四季长青，少者下园班竹，年年出笋。

其中“高手”“老者高山松柏”“少者下园班竹”等方位词组隐喻着资历的深浅。

《拾式年朝踏阳歌曲壹本》

请起妹　请起幼妹下高楼
请起妹　请起幼妹出深房

瑶族仪式歌谣的求婚歌《拾式年朝踏阳歌曲壹本》中的“起”“下”“高”“深”也隐喻男方求婚的场景，即女子住在高高的闺房，男子要礼请女子走出闺房来到夫家，一如《凤求凰》“凤兮凤兮归故乡，遨游四海求其凰。时未遇兮无所将，何悟今兮升斯堂！有艳淑女在闺房，室迩人遐毒我肠。何缘交颈为鸳鸯，胡颉颃兮共翱翔！凰兮凰兮从我栖，得托孳尾永为妃。交情通意心和谐，中夜相从知者谁？双翼俱起翻高飞，无感我思使余悲”，画面栩栩如生。

瑶歌《香哩歌》歌词的方位隐喻透露着心中的凄苦：

[1]　蓝纯，顾曰国，陈国华，等. 认知语言学与隐喻研究 [M]. 北京：外语教学与研究出版社，2005：132.

《香哩歌》

你真富了呃，“香哩”！只有三双在冲尾，
有三百双在大垌中间，只有六把在岭脚，
有六百把（即禾把）在村子旁边。
我的天田呃，
黄猄走不完你的田垌，蚂蚱一次跳过三块，
小鸟飞不过你的田块，蚂蚱一次越得过六块；
你的田呃，东边田埂躲着山猪，
田埂像泥鳅背那么匀，西边田埂藏着山雀，
同墨斗线那么直。踩下去泥巴布满脚面。
泥土像锅底那么黑，抽起来满脚都是蚂蟥，
同猪板油那么浓。你叫我如何耕种呵？“香哩”！
可怜我呃，长嗨！你叫我怎不挨饿呵？长嗨！

《香哩歌》具有音调较高、曲调激昂奔放的特点，歌谣中的方位词隐喻状态、数量、时间和社会等级，唱出了茶山瑶人民的田产的多寡、富贵冷暖，以及耕作劳动时的辛苦。尤其是“冲尾”“中间”“岭脚”“旁边”“下去”“东边”“西边”等方位词，隐喻着茶山瑶人民饱受了大自然的无情摧残以及劳作的艰辛。

Langacker 则详细描述了意象图式的构成，即主要由动体、路标和路径构成，这三个都是对空间位置和关系起制约作用的重要因素。英语介词 after、ahead、among、before、beforehand、behind、between、down、during、for、from、hence、in、later、next、till 等表达时间概念，时间概念是在空间概念的基础上发展起来的。空间是时间的表征模式，时间的表示主要是通过空间的隐喻来实现的。人类语言的一个普遍特征，甚至说，人类思维的一个普遍特性，是系统地使用空间概念和词汇来隐喻时间概念。很早以前 Lakoff 就发现并指出，时间的空间隐喻特征主要基于两个隐喻系统，时间在动隐喻系统（time-moving metaphor system）和自我在动隐喻系统（ego-moving metaphor system）。[1] 前者把时间轴比拟为一条河流或一个传送带。

经过几千年的使用和发展，英、汉语的“上”概念和“下”概念都从原有的空间

[1]　彭增安. 隐喻研究的新视角 [M]. 济南：山东文艺出版社，2006：155.

意义中拓展出丰富的隐喻义，高兴时，人体呈向上挺拔状态；悲伤沮丧时，人体呈弯曲姿势：I'm feeling up. My spirits rose. He is in high spirits. She is a bit down today. I'm depressed. He sinks into grief.

2[M.1]　As I went up to the top o yon hill,
Refrain:　Every rose springs merry in' t' time
I met a fair maid, an her name it was Nell.

---2[M]: The Elfin Knight

歌谣 *The Elfin Knight* 中，一个自称为“国王”或“精灵”的骑士向一个姑娘求婚，如果她不答应就必须完成他指派的荒谬的任务。姑娘用自己的勇气回应这些挑战，最终拒绝了骑士的求婚。此时，歌中主人公的心情肯定是高涨的（As I went up to the top o yon hill），因为他要见到心仪的姑娘 Nell，所以每一朵玫瑰花都为他开放，衬托他喜悦的心情。

13A.11　'What wilt thou leave to thy old son,
Son Davie, son Davie?'
'I'll leave him the weary world to wander up and down,

---13A: Edward

歌谣 *Edward* 中，爱德华的母亲问他衣服和刀上的血是怎么回事。经过几次含糊回避之后，他承认谋杀了他的兄弟和父亲。然后母亲问他将给他的家庭留下什么。他沮丧地说留给妻子的是悲痛，留给儿子的是一个让人疲惫不堪的人生，留给母亲的则是地狱之火。歌中的方位词 up and down 隐喻的是颠沛流离的生活。

24B.4　'Gae up to your father, bring down gowd and money,

---24B: Bonnie Annie

歌谣 *Bonnie Annie* 中的 Gae up to 其实是 give up to，向某人投降称臣，up 隐喻对方是高高在上胜利的一方。

36.13　She has tane a siller wan,
An gien him strokes three,

And he has started up the bravest knight

That ever your eyes did see.

---*36: The Laily Worm and the Machrel of the Sea*

歌谣 *The Laily Worm and the Machrel of the Sea* 叙述一个年轻人变成了一条令人生厌的蠕虫。他讲述了自己的故事：他的父亲娶了一个邪恶的女人作为他的继母，继母把他变成了一条蠕虫，又把他的妹妹变成鲭鱼。他的父亲派人去找继母，要求继母用她的银魔杖把儿子从蠕虫变成人，然后用她的魔角把鲭鱼变回女儿，虽然女儿不让继母再次改变她。歌中的 started up the bravest knight 隐喻男孩长大成为勇士的过程，up 隐喻成长向上。

41A.44　'Win up, win up now, Young Akin,

Win up, and boun wi me;

We're messengers come from the court,

The king wants you to see.'

---*41A*: *Hind Etin*

歌谣 *Hind Etin* 中，Margaret 走到树林里，她弄断一根树枝，结果被 Hind Etin 发现并把她绑架到森林中强娶为妻。她给他生了七个儿子，但她哀叹七个儿子从未被洗礼，她自己也没有进过教堂。一天，她的大儿子和 Hind Etin 去打猎，大儿子问 Hind Etin 妈妈为什么总是哭泣。Hind Etin 告诉他真相之后，从此狩猎再没有带他一起去。大儿子带着他的母亲和兄弟们走出了树林。在另一些版本中，七个儿子受到欢迎，得到了洗礼，他们的母亲也进入了教堂。同样，歌谣中的 win up 以 up 作为方位副词，表明 up 是胜利的隐喻意义。

根据Lakoff的观点，英语中的空间位置关系是一种意象图式。社会地位高的是上，社会地位低的是下。社会地位、权力与空间上下结构相匹配，社会地位高、权力大为上，相反为下。如：He is high up in the party organization. He has come down in the world. He quickly rose to a position of importance. The government has fallen again. He is at the bottom of social hierarchy. She is full of ups and downs. More is up, less is down. Unemployment is up again this month. The temperature is up 10 degrees today. The birthrate was much down．英国歌谣中的方位词也隐喻事物的升降变化，如《两个魔术师》（*The Twa Magicians*）讲述的是铁匠欲追求一女士，而女士誓死不从，捍卫自己的贞洁，所以想方设法变成另外的动物，而铁匠也变化成相应的其他动物以降服女士的故事。歌谣中两人变化多端，或飞天，或潜入水中，或钻入地，其中的方位词 down 和 up 即分别隐喻为手段低劣和高强。

44.7 Then she became a turtle dow,
To fly up in the air,
And he became another dow,
And they flew pair and pair.
He held up great wrongs, he put down great right.
Refrain: Derry down, down hey, derry down

---*44: The Twa Magicians*

52B.6 He gript her by the middle sae sma,
He gently sat her down,
While the grass grew up on every side,
And the apple trees hang down.

---*52B: The King's Dochter Lady Jean*

歌谣 *The King's Dochter Lady Jean* 讲述女主角走进树林并遇见一个男子，该男子试图勾引她、强奸她。当他问她的名字，才知道他们是兄妹。在一些版本中，他杀死了她；在大多数版本中，她回家了，由她的家人负责看管她，不让她外出。歌中描述两人在初次见面时的一举一动，和周围的草木融为一体，方位词作为衬托隐喻两人忐忑不安的复杂心情。

按照空间隐喻（spatialization metaphor），英国歌谣的 up、down、high、low、in、out、front、back、far、near、left、right 等，本来是用于区分客观事物之间相对的空间方位的，是众多隐喻方式如本体隐喻、结构隐喻中极为常见、也是极为重要的一种。但这种区分常常被用于抽象领域，而表示人的喜与忧、物的优与劣等抽象概念。歌谣中的 down、up 隐喻草长果挂的形象，几个方位词铺设了一幅芳草萋萋、果压枝头的生动场景。

Lakoff 和 Johnson（1999）认为：“概念是通过身体、大脑和对世界的体验而形成的，并只有通过它们才能被理解，概念是通过体验（embodiment），特别是通过感知和肌肉运动能力而得到的。”因此，反映在歌谣语言中的现实结构是英国人民和瑶族人民心智的产物，心智又是两地人民身体经验的产物，空间隐喻是通过同时激活主观体验和空间感知经验而发展的神经联系，从而获得主观领域的推理结构；从概念影射角度看，它是跨领域影射并在目标域中保持始源域特征的推理结构。这种影射将整个图式的特征、轮廓用于构建目标域。Lakoff 和 Turner（1989）还认为，空间隐喻是一种意象图式隐喻，它将作为始源域的空间概念投射到抽象的目标域上，在这一过程中，空间意象及其内在的逻辑都被保留下来。也就是说，它将空间方位的图式结构影射到目标域上，用空间方位关系来建构其他领域尤其是抽象事物，被影射的目标域不但借用了空间域的词语，还借用了空间域的部分相关结构。上、下、先、后等构造歌谣中状态、数量、社会等级和时间等生活中基本的、重要的抽象概念，人们借助空间时间隐喻来设计和理解这些概念，这一点本身已经证明了空间隐喻对我们认识世界的重要性。

第八章　天象地理隐喻

瑶族是一个典型的亚热带季风高山丛林民族。日本人类学家、日本国立民族学博物院教授竹村卓二在专门研究中国南方和东南亚少数民族，特别是以瑶族为对象研究后指出，瑶族最适应的生态环境类型是“在以北纬 30 度和 20 度，东经 102 度和 120 度这四边围成的长方形之内。其分布则是沿着从四边形的东北角引向西南角的对角线伸展，呈现出一条很长的走廊形状”。乔治·B. 克雷西在《五亿人的土地——中国地理问题》一书中把中国长江以南包括台湾在内的 44.5 万平方英里，由一亿多人口（1955 年以前数）组成的中国亚热带地区分为六片，即东南沿海区（浙江、福建、广东的东端）、广东背面区（广西及广东的大部分）、贵州丘陵区、云南高原区、海南岛区、台湾。他明确指出，“这些片区，由于季风带来充沛的降雨量，促使山林茂盛，形成了即使在中国也数得上的林产资源地带，在这里，斯威顿耕作与林业相结合，发展了一种非常值得称道的特殊的生态类型”。[1]

瑶族人民就是生活在飞禽走兽出没的山林茂盛的山区。古时各氏族部落为了增强凝聚力，保证本部落在争夺中获胜，便幻想本部落的始祖是由某种具有非凡能力的怪兽转化而来，或与某种灵异之物有着亲属关系，于是他们认定这种力量非凡的怪兽、飞禽、日月等为本部落的保护神，祈求它们降福于部落人民，这就产生了图腾崇拜。原始人认为，人类除了肉体以外，还有不死的灵魂，其他自然物也是如此，所以图腾崇拜的对象，大都是动植物或其他自然物。在原始人的心目中，这些被崇

[1]　黄海，邢淑芳 . 盘王大歌：瑶族图腾信仰与祭祀经典研究 [M]. 贵阳：贵州人民出版社，2006：7.

拜的自然物，实际上被赋予了另一种意义。于是，客观存在的自然物，就不是独立存在的自然物，而是与人发生了密切的关系，成了一种“人化的自然”。大自然中的“日之艳、月之美、山之高、云之浮、溪之流”等，无不装扮着这个五彩缤纷的大世界。图腾在歌谣创作中往往成为意象。如“太阳”“雪”“向日葵”等，都是古今诗歌中很常见的意象，而借这些意象为象征或隐喻，也是歌谣的常用手法，不足为奇。歌者创造性地赋予这些意象以新奇的象征或隐喻意义，给人以更强烈的震撼，绝非文字符号所能完全表现，这些意象冲破语言的藩篱，去寻求一种超越语言表层意义的表达方式。[1] 如王安石《游褒禅山记》云：“古人之观于天地、山川、草木、虫鱼、鸟兽，往往有得，以其求思之深而无不在也。”[2] 其中的自然景观就是象征，是“自然的人化”的一种形式。歌谣的创作也以许许多多自然景观为意象、源域以丰富歌谣语言的表达方法。

歌谣中水的隐喻内涵非常丰富，在中国汉族古典传统中，海或者四海历来被认为是包围中国的最外部边界，提到它们就意味着“天下”，格外有壮阔之气，有“海上生明月，天涯共此时”“海日生残夜，江春入旧年”“海内存知己，天涯若比邻”等名句。胡朴安《中华风物志》记述安徽“婴儿三日后，必为之净洗，谓之洗三朝”。“奈河”则是传说中幽明间的界河；《后汉书·礼仪志》载大丧制的“登遐，沐浴如礼”；应劭《风俗通义》载“按《周礼》，女巫掌岁时以祓除疾病。禊者，洁也，故于水上盥洁之也。巳者，祉也，邪疾已去，祈介祉（大福）也”；上巳节这天王公平民多踏青水边，杜甫《丽人行》即有“三月三日天气新，长安水边多丽人”的吟咏。中国古人常因这种水畔聚会唱和而感知生命的意识。瑶族歌谣中水的隐喻功能也是丰富多彩，因为水无疑是瑶族人民得以农业生产的最重要的一个因素。水的清洁和滋生功能，使水象征了纯洁和生命，直接地渗透到丧葬、成年、婚嫁与诞生等重大人生礼仪中。英国作为海洋国家，是典型的海洋文化国家，歌谣中的水意象比比皆是，民谣的取材和叙事方式也经常以大海为源域。

1D.1　‘O WHAT is higher than the trees?

Refrain: Gar lay the bent to the bonny broom

[1]　王红，谢谦．中国诗歌艺术 [M]. 北京：高等教育出版社，2004：183.

[2]　王安石．王安石全集（卷二七）[M]. 台北：河洛图书出版社，1974：165.

And what is deeper than the seas?

---*1D: Riddles Wisely Expounded*

歌谣*Riddles Wisely Expounded*中的And what is deeper than the seas以大海影射“情深似海”的歌谣主题。

10B.7 ‘O sister, come to yon sea stran,
An see our father’s ships come to lan.’
10B.8 She’s taen her by the milk-white han,
An led her down to yon sea stran.

---*10B: The Twa Sisters*

歌谣 *The Twa Sisters* 讲述的是骑士同时爱上两姐妹，但是向小妹妹求爱。当两姐妹在水里玩耍时，姐姐溺死了妹妹。妹妹的遗骨被制作成了一种乐器。当骑士和姐姐即将结婚时，乐器唱出了真相。在这语境中，深不可测的海洋则被隐喻为杀人的凶手。

另外，水的隐喻手法作为“自然的人化”的一种形式，广泛地出现在审美的领域中。我国先秦时期开始出现的“比德”说，实际上就是把自然物作为一种象征看待。子贡问曰：“君子见大水必观焉，何也？”孔子曰：“夫水者，君子比德焉。”[1]将自然山水说成是人的品德的某种象征，这就是“比德”。按照“比德”说，当某种自然物与人的某种品德产生了特定的联系，它就显得很美了。诗歌是诗人的审美意识的物化形态，因而就成为诗人表达主观感受的一种积极形式。在诗歌中，象征的含义是通过某一特定的语言形象，暗示某种思想观念。它的基本图式是象征的本质，就是它的暗示性。黑格尔说：“象征所要使人意识到的却不应是它本身那样一个具体的个别事物，而是它所暗示的普遍性的意义。”[2]韦勒克、沃伦也认为：“在文学理论上，这一术语较为确当的含义应该是，甲事物暗示了乙事物，但甲事物本身作为一种表现手段，也要求给予充分的注意。”[3]瑶族人对自然、图腾、祖先的崇拜就起始于原始

[1] 刘向．说苑校证 [M]. 北京：中华书局，1987：434.
[2] 黑格尔．美学：第二卷 [M]. 北京：商务印书馆，1979：127.
[3] 韦勒克，沃伦．文学理论 [M]. 北京：生活•读书•新知三联书店，1984：204.

人的原始思维，在这种原始思维背景下，一个个神灵被创造出来。神灵们像人一样有意志，有个性，有七情六欲、喜怒哀乐。他们无所不在、无处不有。原始人还按照自己的生活方式、饮食起居，赋予他们行为规范，这就演绎附会出种种生动离奇的神话。正像美国人类学家基辛所言，“一切宗教共有的特征就是把人类的社会关系延伸到超自然的事物和力量”。[1] 神话作为宗教的雏形或作为宗教的反映，自然具备搬照人类生活模本形态的功能。[2] 瑶族人认为有一种神灵会掌控降雨，所以天旱之年要恳请上苍降雨，即“准令天时不雨，禾稼旱黄，仰王瑶子孙依时出巡县乡村，祈求雨泽，禳国利民”[3]。瑶族喜居深山，田土灌溉不易，望天田很多，潜意识中祈求上苍赐以甘露灌溉农田。《评皇券牒》载：“所属山场，离田三尺三锹戽水不上（之地），任从王瑶子孙耕管为业。”稍遇天时不利，风雨失调，瑶区就会出现旱灾，瑶族把求雨的祭祀活动看得很神圣。瑶族村寨附近只要有溪河的源头，村民就会在源头处设水神。在今富川县瑶族村寨中，古井附近都会设有井神以祈佑泉水常流。在特别干旱的年份，还要到一些较高的石山顶上设求雨台。[4]

《瑶族歌词新造本》

寅时天雷运落水　一天两夜不停休

山崩地裂满岗下　推没几多人屋苋

然而，水多则为患。歌谣《瑶族歌词新造本》传唱的是求雨后水量过大而导致山洪暴发的场景，雨水隐喻为可以灌溉滋润庄稼的甘霖，也可以隐喻为吞没房子人命的猛兽。

《白公面前上香调》

一行初书，请出前世，前行先亡，二行初书，请出后世，

后行先祖，三行初书，请出先祖，案前，叔孙有人，推出后生年少，

亦会拦门敷笛，亦会拦门敷陈，一双富人来客，到赴，白公面前，鱼见江水，

子见父母，低头为拜，白公面前亦来上香，一拜献上明香，二拜献上渌水。

[1] 基辛．当代文化人类学概要 [M]. 杭州：浙江人民出版社，1980：28.

[2] 吴家荣，江守义，钱奇佳．中西叙事精神之比较 [M]. 合肥：安徽大学出版社，2011：18.

[3] 黄钰．评皇券牒集编 [M]. 南宁：广西人民出版社，1990：71.

[4] 胡庆生，陶红云．贺州瑶族 [M]. 广州：世界图书出版广东有限公司，2015：9.

儒家经典《孟子·告子上》巧妙地用水性的善变隐喻人性的易为扭曲，而老子亦褒举流水“天下莫柔弱于水，而攻坚强者莫不能胜，以其无以易之”，褒举的实是以退为进、以柔克刚的道家理念。而《庄子·秋水》则以流水入海后的浩渺无垠隐喻得道后的境界。在唐代以后三教合流的文化氛围中，流水意象也呈现出多种文化“涵化”的倾向。于是流水意象藏蕴了无限人生之慨，因而流水总是被古人用来隐喻时光、机缘、情爱、功业乃至年华、生命、国力的不可复返性，发出惜时叹逝情愫的深长感喟。[1] 瑶族歌谣里的水也隐喻世事无常和时光和缘分的流失：

《贺婚诗合订本》

有缘千里齐相会　无缘对面也难逢
山伯得知真言语　共仙一世不分休
四句诚言想不出　各自分休当水流
英台报尽梁山伯　归乡千万到家览

《诗经·大雅·抑》即有“肆皇天弗尚，如彼泉流”的警句，用流水的永逝无回，譬喻君臣不勤于政则必失怙于天。在此将时间之流比作东去之水。《楚辞》中也出现了“临水送别”的意象。汉代古诗谓：“百川东到海，何时复西归。”陆机《叹逝赋》云：“悲夫！川阅水以成川，水滔滔而日变；世阅人而为世，人冉冉而行暮；人何世而弗新，世何人之能故？”瑶歌“桃源洞头七条水，三条恶浊四条青。流入桃源洞，四条流入广南京”既感叹时光如流水，又隐喻了迥然的个人命运。《晋书》载北朝乐府《陇上壮士歌》咏前赵的秦州刺史陈安兵败被害，亦痛惜道：“西流之水东流河”，重现了易水送别之恨。而爱情的易失不可重圆，又与上述的人生感慨何其相似：“黄葛结蒙笼，生在洛溪边。花落逐水去，何当顺流还？——还亦不复鲜！”唐宋以降，如李白《古风》其三九《江上吟》感流水悟富贵功名不可久驻：“荣华东流水，万事皆波澜”，“功名富贵若常在，汉水亦应西北流”；陆游《黄州》“江声不尽英雄恨”等，倾诉了岁月蹉跎给人难以排解的失落感。[2]《贺婚诗合订本》中的“各自分休当水流”隐喻两人情缘已尽、各归东西的状况。

瑶族人们形象思维发达，他们善于用象征思维方式来表达身边发生的各种现象。

[1] 居阅时，瞿明安．中国象征文化 [M]. 上海：上海人民出版社，2011：308.

[2] 居阅时，瞿明安．中国象征文化 [M]. 上海：上海人民出版社，2011：308.

除用“落花流水”隐喻无奈的心境之外，还用“水”象征孕育生命的女性，水孕育了包括人类生命在内的宇宙万物。在瑶族民间，“水”是有灵性、有神秘感的物质，以水喻女性只是一种表面现象，其本质是对女性生殖能力的膜拜，对生育万物的地姆神的崇拜，也是古人生命意识及男女之间的美好爱情的象征。歌词中就有用纯洁清澈的“水”来象征美好感情的例子，如：

《蝴蝶歌》

我妹柔情柔似水，哥约佳期如美梦，
一只凤凰云中落，算得世间花一枝。

中国传统文化除了用水来承载人类感情外，以“东风”为主体意象词语来表现“春天”、表达“欢乐”的诗歌作品比比皆是，如：唐代诗人李白《落日忆山中》中的“东风随春归，发我枝上花”，唐代诗人韩栩《寒食》中的“春城无处不飞花，寒食东风御柳斜”，南宋词人辛弃疾《青玉案》中“东风夜放花千树，更吹落，星如雨”，南宋哲学家朱熹《春日》中的“等闲识得东风面，万紫千红总是春”，现代诗人朱自清《春》的“盼望着，盼望着，东风来了，春天的脚步近了”，等等。[1]

《朝踏接客大讨路歌壹本》

主：昨夜午时天色好　今朝起来发大风
大风刮断客郎路　刮断客郎无路行
打开上园种甘蔗垂垂　打开下园种茼蒿垂三排
茼蒿生在南风路　南风吹发满园香
打开上园种韭菜　打开下园种官葱
官葱生在南风路　南风吹发满园香

瑶族居住区地处亚热带季风气候，年均气温 20℃，极端最高温度 38.9℃，极端最低温度－ 4℃，所以春风也称南风，常常隐喻为温暖湿润的清爽气候带来的舒适惬意，同时也是孕育丰收的象征，瑶族人心中美好的南风，如歌谣《朝踏接客大讨路歌壹本》中的“南风吹发满园香”，在英语诗歌中却是以“west wind”（西风）的形象出现的，常常隐喻“美好、欢乐”。“west wind”在欧洲，尤其在西欧，是温

[1]　刘芳 . 诗歌意象语言研究 [M]. 上海：上海译文出版社，2012：217.

和的风。由于地理位置的原因，大西洋暖流给西欧的冬季带来西风，西风给大地带来充沛的雨水，给万物带来勃勃生机，隐喻春天来临，如雪莱的《西风颂》中的西风即是隐喻温和和滋润。

日、月、星、风、雨、雪、雷等自然天象在歌谣中成为表达思想的传统源域。星象尤其突出，如《史记·天官书》的“辅星明近，辅臣亲强；斥小，疏弱”[1]，《晋书·天文志》的“辅星傅乎开阳，所以佐斗成功，丞相之象也。七政星明，其国昌，辅星明，则臣强”，宋何薳《春渚纪闻·歙山斗星砚》的“石色正天碧，细罗文中涵金星七，布列如斗宿状，辅星在焉。因目之为斗星砚”，明代的何景明《告咎文》也记载了“又使北斗以振纪兮，命辅星以佐之”。[2] 中国古人对于北斗的崇拜源远流长，诗经《尔雅·释天》云：“北极谓之北辰。”郭璞注：“北极，天之中，以正四时。”古人发现，北斗星不但是夜间指示方位的标志，其运行规律也可以作为制定历法的依据。现存最早的历书《夏小正》记载有“正月，斗柄悬在下；六月，初昏斗柄正在上；七月，斗柄悬在下则旦。”北斗围绕北天极而旋转，使斗柄在 12 个月中分别指向 12 个不同的方向，如果地平经度按正方形切割为 12 等份，北斗恰好每个月指向一份。对北斗星的观察使得中国传统的天官体系最终确立，也拥有了一定的社会象征。《史记》中曾说北斗可以“齐七政”，它在中国古代是作为天帝的象征而存在的。北斗永远指向正北，于是被人们想象为天帝的车乘，在天穹中旋转，如同天帝乘车巡游天界，这样更增添其神秘感和宗教色彩。在中央集权的封建社会，统治者需要在天上建立一个与地上相同的统治体系，而北斗所象征的天帝，可以使自己的统治带有“君权神授”“天人感应”的色彩。于是，对北斗的崇拜也就应运而生。[3] 如：

第十六篇　无题歌（二）

唱：天广地阔稳定意，天底换朝莫换心，有缘再修天分赐，北斗照东共在天。

答：在落桥头守缘分，奈何桥尾守缘齐，深塘鲤鱼成双对，二人结意象英台。

---

[1]　司马迁 . 史记：第 4 册 [M]. 北京：中华书局，1959：1291-1292.

[2]　徐祖祥 . 瑶族挂灯与道教北斗七星信仰 [J]. 云南民族大学学报（哲学社会科学版），2006（2）：102-107.

[3]　居阅时，高福进 . 中国象征文化图志 [M]. 济南：山东画报出版社，2010：234.

第十九篇　十二叹歌

（男唱）

东海游游广海岸，海水游游广亮滩，拜扣双灯月照影，东海投行西海凉。
一叹好仙花柳树，四边花发满天游，好花不到苗来摘，好情不到苗来修。
二叹梅花白云色，恨尽不得共娘缘，芙蓉色好人园安，青松难耐共遮荫。
三叹聪明礼仪众，身插金花朵朵齐，面容比象观音女，鸳鸯恨合万年台。
四叹广朝好礼仪，水船难耐共江河，投思不得船来渡，分花则色重愁多。
五叹龙王三太女，十分难见也难修，愁情不得重身现，珍珠水底亦难图。
六叹情由如海深，又怕花逑不赐街，抛思难插荒桥路，自怨苗单修福迟。
七叹花仙好礼仪，面修北斗照峨眉，北斗七星回照转，望天照转北南居。
八叹八仙多广凉，手拿花朵下连滩，人人思恨金花插，未晓花仙挂哪乡。
九叹风流富贵女，十品科堂难奈何，若从似回赐烦过，砂糖甘蔗奉前来。
十叹好花也难遇，心思细想也难连，四得有缘齐结义，一世不休放断桥。
十一叹尽年又到，又见东天月照街，东天得见天早了，如同北斗会天街。
十二叹尽年穷了，得见山茶满树红，正月飞来红桃发，四得有缘配一弓。

《贺婚诗合订本》

西天仙人架云路　踏上天堂千万年
踏上云梯弟六步　半天云雾暗蒙蒙
山伯英台心欢喜　天堂万岁看花行
踏上云梯弟七步　七星北斗两边排
七星姐妹挠扇执　团圆七姐守花街
踏上云梯弟八步　八洞仙人排四边
仙人挠扇齐相执　英台山伯入天苋
踏上云梯弟九步　九郎门外共拜齐
宫门挂启红凉榜　提名山伯祝英台
踏上云梯弟十八　抽头得见到青天
天门众对沙罗树　沙罗树底好相连
踏上云梯十一步　十一宫门踏入天

得见吴天通明殿　金花现影万千年
踏上云梯十二步　金童玉女笑吟吟
天师把笔天门外　英台山伯心便惊
天师借问有何事　因何乱得到天堂

《愁歌》

云台广阔朝阳案，好比红情挂贱机。
四得有缘齐修到，三伯英台共合丝。

恩斯特·卡西尔在《人论》中说："艺术确实是表现的，但是如果没有构型（formative）它就不可能表现。而这种构型过程是在某种感性媒介物中进行的。"[1]卡西尔所讲的"构型"，就是建构艺术形象，他所说的"感性媒介物"，对于音乐来说就是声音，对于绘画来说就是线条与色彩，对于诗歌来说就是语言。诗人创作，运用语言进行创造性思维，在思维展开时，它能把意象提供出来。诗歌的构型，是诗歌创作中的一项极其关键的工程。诗歌构型的核心问题，便是对意象进行整理。因此，我们研究诗歌的构型，主要就是研究意象。[2]《贺婚诗合订本》和《愁歌》的"云梯、云台"艺术形象则是瑶族文化中进阶的渠道。同时，瑶族的踏罡步斗运用也十分广泛，除在宗教仪式中普遍使用外，在日常生活中亦广泛使用，特别是在自卫防身、自我防御上。如旧时瑶山盛产香菇，但时有人上山盗采，瑶人无奈，只好步罡封山塞路。踏罡步斗之步伐，又称"禹步"。战国《尸子·广泽》载："禹于是疏河决江，十年不窥其家，足无爪，胫无毛，偏枯之病，步不能过，名日'禹步'。"《荀子》载："今羽士作法，步魁罡，即谓禹步也。"禹步，相传大禹治水时，至南海之滨，见有鸟禁咒，禁咒时必踩出奇异步伐，大禹遂模仿此步伐，运用于治水之方术，果甚灵验。

再如，唐朝孙光宪《北梦琐言》载："南方有鹳食蛇。每遇巨石，知其下有蛇，即于石前如道士禹步，其石力然而转，因而得啖。里人学其法者，伺其养雏，缘树以篾亘缚其巢，鹳必作法而解之。乃铺沙树底，俾足迹所印而仿学之。"明朝刘元卿

[1] 卡西尔．人论 [M]．上海：上海译文出版，1985：180.
[2] 王长俊．诗歌美学 [M]．桂林：漓江出版社，1992：139.

《贤弈编》载："鹤能巫步禁蛇，故食蛇，啄木鸟遇蠹穴，能以嘴画字而成符，蠹鱼自出……'此皆鸟之智者也'。"这些都是道士在祷神仪式中如踏在罡星斗宿之上的步法动作的例子。

《拾式年朝踏令歌壹本》

天上亦有七星　地下亦有百止之老人　收得六合通书　金鸡薄历
年头看到年尾　年尾看到年头　当用某年某月某日倍还

《拾式年朝踏阳歌曲壹本》

在落天堂月多久，比能七星伴月归。
协令鲤鱼三江口，见妹心中天上星。
七探七星七姊妹，七姐团圆朵朵齐。
三憾七星在天远，夜里现容照下田。

《贺婚诗合订本》

七拜七星堂上照　七星赐福结鸳鸯
七星团圆归堂照　千年万代共条心

七星又称"北斗七星"，指在北方天空排列成斗形或杓形的七颗亮星。七颗星的名称是：天枢、天璇、天玑、天权、玉衡、开阳、摇光，排列如斗杓，故称"北斗"。根据北斗星便能找到北极星，故又称"指极星"。北斗的斗柄能指示季节：北斗东指，天下皆春；北斗南指，天下皆夏；北斗西指，天下皆秋；北斗北指，天下皆冬。北斗星命名的时候，可能已经出现了天子。因为北斗绕北极旋转，这隐含着"帝王居中（居北极）"的概念。在瑶族歌谣中，北斗七星影射星伴月和团圆美满的和谐理念。

关于"北斗七星"，瑶族盘王经书《添粮立马·奏星》中记为：

子生第一位贪狼星，贪狼星君速上来。
丑生第二位巨门生，巨门星君速上来。
寅戌第三位禄存星，禄存星君速上来。
卯酉第四位文曲星，文曲星君速上来。
辰申第五位廉贞星，廉贞星君速上来。

巳未第六位武曲星，武曲星君速上来。

午亥第七位破军星，破军星君速上来。

诵过《奏星》咒后，即行踏罡步。瑶族的“罡步”，有“双罡”“三台罡”“四步罡”“七步罡”“八步罡”“九步罡”等基本步伐。[1]

《盘王大歌词》

鱼在水中转　鳖在海中沙

天上满天星　借问地下有几多

“水中鱼”“海中沙”“满天星”在瑶族歌谣中影射为数不胜数的“繁多”概念。

“雷”字在甲骨文中的写法是古人对闪电雷鸣的一种描绘，中间表示闪电，两个小菱形表示雷声，因打雷一般要下雨；金文中的字形便发生了类变：在表示闪电雷鸣形状的上面增加了“雨”旁，表明其类属；小篆演变成“靁”，以后又简省为“雷”。[2] 雷雨之梦象主号令和恩泽。在古人的心目中，雷隐喻为最高的天神，打雷则是天神发怒的声音。天神之发怒象征着天谴天惩，由此古人认为，上天明察秋毫，雷神专门扶持正义、除恶罚罪。

《瑶族创世歌——造天地》

密洛陀造了天空，
又造什么在天上？
密洛陀造日月在天上，
密洛陀造星星在天上，
密洛陀造雷公在天上。

密洛陀造了大地，
又造什么在地上？
密洛陀造水渠田埂，
密洛陀造五谷杂粮，

[1] 黄海，邢淑芳．盘王大歌：瑶族图腾信仰与祭祀经典研究 [M]. 贵阳：贵州人民出版社，2006：100.

[2] 居阅时，瞿明安．中国象征文化 [M]. 上海：上海人民出版社，2011：208.

密洛陀造飞禽走兽，

密洛陀造鱼虾河网。

《朝踏接客大讨路歌壹本》

主：昨夜半夜五雷响　今朝红水浸到门

发水等断客郎路　推了桥梁客郎无路行

客：昨夜果然雷公响　今朝推了楠木桥

抽手述头打一讨　租只小船渡过客郎讨路行

寅卯二年天大旱　雷公把火半天游

雷公把火半天转　甲子回头禾正收

雷落歌地词

《盘王大歌词》

寅卯二年洪水发　乌云雷公天上声

天上五雷有五個　地下江河无万千条

寅卯二年雷发令　速泰二年雷发颠

寅卯二年雷落地　速泰二年雷落江

像家有盐来收捉　像家妆捉搵禾仓

寅卯二年雷落地　速泰二年雷落田

像家有盐醃雷酢　僧家传奏报雷娘

寅卯二年雷落地　速泰二年雷落边

天上三朝脂潸雾　潸霰三朝雷上天

雷深刻地影响了人类早期的文明。瑶族歌谣中的雷主宰着雨水，令雨滋润万物，促进植物生长，带来丰收和富饶，因而隐喻为恩惠。雷雨这种观念转换成梦象则有：梦打雷，吉。雷有声，名誉传也。主名利之客，誉起业。[1]

希腊人相信雷电是希腊神话中的主神宙斯（Zeus）发动的战斗，他用赫菲斯托斯神（Hephaestus）发起闪电。一些美洲印第安部落把雷暴和雷鸟（Thunderbird，北

[1]　居阅时，瞿明安．中国象征文化 [M]. 上海：上海人民出版社，2011：170.

美印第安人神话中的一种能呼唤雷电的巨鸟）联系在一起，认为雷电是伟大灵魂的仆人。挪威人认为雷是在雷神托尔（Thor，北欧神话中的雷神）去打巨人欧纳塔尔（Jötnar）时发生的，雷声和闪电是他与雷神锤（Mjölnir）撞击的结果。基督教学说接受了亚里士多德最初的著作《气象学》的观点，认为风是由地球的呼气引起的，狂暴的风暴是上帝的杰作。这些观点直到18世纪仍然是主流的观点。据传每当打雷时，马丁·路德都要外出散步，祈求上帝保佑他，并允许他成为僧侣。

1A.16 ‘O love is longer than the way,
And hell is deeper than the sea.
1A.17 ‘And thunder is louder than the horn,
And hunger is sharper than a thorn.

爱比路长，
地狱比海还深。
雷声比号角大，
饥饿比荆棘还尖锐。

---*1A: Riddles Wisely Expounded*

歌谣 *Riddles Wisely Expounded* 讴歌了情深似海、对爱的呐喊呼唤一如雷声的狂野情怀：雷声大如号角声（And thunder is louder than the horn）。

在各种文化和宗教传统中，云扮演着重要的角色。古老的阿卡迪亚人（Akkadians）相信云是天空女神安图的乳房，而雨是她乳房里的乳汁。[1] 在《出埃及记 13：21-22》中有“在埃及营和以色列营中间有云柱，一边黑暗，一边发光，终夜两下不得相近”。耶和华被描述为在白天以“云柱”的形式引导以色列人穿越沙漠，并在夜晚也起引导作用。由阿里斯多芬尼斯撰写的古希腊喜剧《云》公元前423年首次在城市狄奥尼西亚演出，哲学家 Socrates 宣称云彩是唯一真正的神祇，并告诉主角 Strepsiades 不能崇拜云以外的任何神灵。在剧中，云层可以改变形状，以向众人展示

[1] NEMET-NEJAT, RHEA K. Daily Life in Ancient Mesopotamia[M]. Greenwood Press, 1998: 182.

自身的真实本性。[1] 在中国，云是吉祥、性爱的象征。《诗经·郑风·风雨》有“风雨如晦，鸡鸣不已。既见君子，云胡不喜”等句，写妇人思夫得见的喜悦。此处风雨，隐指性行为。《易》的有关表述“云行雨施，品物流行”为较早来源。《高唐赋》《神女赋》等文章问世之后，在后世引起了极大反响，“云雨”一词也越来越多地见于各种诗文辞赋。唐代著名诗人李商隐就曾写《有感》一诗，诗中写道，“一自高唐赋成后，楚天云雨尽堪疑”。著名诗人杜甫也有云雨的描述，“摇落深知宋玉悲，风流儒雅亦吾师。怅然千秋一洒泪，萧条异代不同时。江山故宅空文藻，云雨荒台岂梦思？最是楚宫俱泯灭，舟人指点到今疑”。久而久之，“云雨”渐渐地被人们所接受。人们认为用“云雨”一词形容男欢女爱既生动形象，又文雅贴切，于是“云雨”便成为了古代小说中描写男女房事的常用词语。重叠的云彩被认为意味着永恒的幸福，不同颜色的云被表示为“鸿福”。[2] 如：

《拾弍年朝踏阳歌曲壹本》

东边山头起云　西边山头起雨　细雨霏霏　百草乱生　百鸟乱啼

所以，“东边山头起云，西边山头起雨”隐喻男女新婚燕尔的鱼水之欢。

174A.1　WOE worth thee, woe worth thee, false Scottlande!
For thou hast ever wrought by a sleight;
For the worthyest prince that ever was borne,
You hanged under a cloud by night.

---*174A: Earl Bothwell*

歌谣 *Earl Bothwell* 讲述的是居住在苏格兰宫廷的法国女王，打算嫁给 David Riccio 勋爵。苏格兰国王心生嫉妒，用匕首刺了 David Riccio 勋爵 12 下，谋杀了他。几位勋爵发誓要国王以命抵命。他们用火药炸毁他的房间，并在 Bothwell 勋爵的带领下，把国王吊死在白云缭绕的树上。由此引起的愤怒蔓延到苏格兰，女王不得不

[1]　STRAUSS L. Socrates and Aristophanes[M]. Chicago: The University of Chicago Press, 1966: 17-21.

[2]　DING E. Parallels, Interactions, and Illuminations: Traversing Chinese and Western Theories of the Sign[M]. Toronto: University of Toronto Press, 2010: 118.

逃往英国。歌谣哀叹道：悲哀的你，你值得悲哀，虚假的苏格兰！因为你创造这出悲剧：为了这个最高贵的王子，夜里你竟吊死在一朵云之下。歌谣中的白云也隐喻了西天世界。

A cloud o mist them weel conceald,
As close as eer might be.
---202A: The Battle of Philiphaugh

歌谣 *The Battle of Philiphaugh* 讲述了戴维爵士（Sir David）带领 3000 个苏格兰人来到 Philiphaugh。他碰到一位老人，询问老人在哪里可以找到 Montrose 和他的北方军队。这名老人不仅带领戴维到了 Montrose，而且还给了他锦囊妙计，戴维爵士的军队因此占上风，打败了 15000 名士兵。歌谣中的云层隐喻为护身符，笼罩着苏格兰士兵，好像上帝给他们增添了一层护身符般的盔甲。

47B.32Wi that he vanishd frae her sight,
Wi the twinkling o an eye;
Naething mair the lady saw
But the gloomy clouds and sky.
---47C: Proud Lady Margaret

歌谣 *Proud Lady Margaret* 讲述的是男主人公来到女主人公的城堡并向她求爱。但是她经常讥笑他，理由是他的衣服邋遢，不是她心目中的绅士。而他经常给她猜谜语，比如“什么是花魁？”（樱草花）。最后，她接受了他的追求。歌谣中的云层暗淡（gloomy clouds），影射男主人公当时心灰意冷的心态。

77A.15 No more the ghost to Margret said,
But, with a grievous groan,
Evanishd in a cloud of mist,
And left her all alone.
---77A: Sweet William's Ghost

歌谣 *Sweet William's Ghost* 讲述的是男主人公威廉平时以鬼魂之形出现，与玛格丽特相爱。威廉要求她解除她与他结婚的约定，可她坚持要他娶她。威廉说他其实已经死了，她坚持要威廉吻她，但威廉说一个吻会置她于死地。她坚信会有来世之说，威廉告诉她要是一定要嫁给他，对她来说将是灭顶之灾，如果她不放过他，她就会死在他的坟墓上。歌谣结尾叙述了再也没有鬼魂与玛格丽特诉说了，他带着悲痛的呻吟，在云雾中消失，留下她一个人。那云雾影射着世事无常和对逝去的爱的无奈。

世界各地对雨的文化态度各不相同。在温带气候中，人们往往在天气不稳定或多云时更加紧张。雨对男性的影响比女性更大，暴雨则表示超自然而不可抗拒的力量。[1] 雨也能带来快乐，因为有些人认为它能抚慰人们的心灵，人们还可以享受雨水的魅力。比如在印度等地方，干旱期间的雨水会激发人们高昂的情绪，足见雨水对该国经济的重要性。雨水在世界各民族的许多文化中都具有重要的宗教意义。[2] 古代苏美尔人认为雨是天空神的精液，从天上落下，使其配偶、大地女神安娜（An）授精，使她生下地球上所有的植物。阿卡迪亚人相信云是安努（Anu）的配偶安图（Antu）的乳房，而雨水是她乳房的乳汁。[3] 根据犹太教的传统，在公元前 1 世纪，犹太奇迹创造者霍尼 - 哈格尔（Honi ha-M’agel）在沙地上画了象征云彩和降雨的圆圈，结束了在犹太的三年干旱。在罗马皇帝 Marcus Aurelius 的冥想中，他心中一直惦记着雅典人对宙斯的降雨祈祷。

219A.8　‘The new-fallen snow to be your smock;
Becomes your body neat;
And your head shall be deckd with the eastern wind,
And the cold rain on your breast.’

---*The Gardener*

歌谣 *The Gardener* 讲述的是一个园丁对心仪的女主人公说如果她愿意嫁给他，

[1]　BARNSTON A G. The effect of weather on mood, productivity, and frequency of emotional crisis in a temperate continental climate[J]. International Journal of Biometeorology, Vol. 32, 1986: 134-143.

[2]　BEAR I J, THOMAS R G. Nature of argillaceous odour[J]. Nature, 1964 (3): 993-995.

[3]　NEMET-NEJAT, RHEA K. Daily Life in Ancient Mesopotamia[M]. Greenwood Press, 1998: 181-182.

他承诺给她穿上鲜花霓裳，而女主人公不感兴趣，她建议他给她穿上一套抵挡雪、风和雨的冬季服装。歌谣唱道：新的降雪是你的罩衫，清洁你的身躯；东风吹拂你的头发，而冰冷的雨水冲刷你的胸膛。与传统文化的雨水的滋润作用不同，歌谣中的雨水是冰冷的，隐喻了主人公当时的失意的心情。

64A.13 'O open, open, mother,' he says,
'O open, and let me in;
The rain rains on my yellow hair,
And the dew drops oer my chin,
And I hae my young son in my arms,
I fear that his days are dune.'
---*Fair Janet*

歌谣 *Fair Janet* 讲述的是珍妮特（Janet）爱上了威利（Willie），但珍妮特的父亲坚持要她嫁给一个法国领主。他们试图逃跑，但珍妮特无法逃脱而只好违心穿着灰绿色的礼服去参加婚礼，并在婚礼舞会中发病死了。在其他版本中，新郎发誓，教堂的钟声不会为她而响起，而在威利的婚礼进行时则会响起。歌谣中威利呼叫母亲开门让他进来，因为雨水不断打在威利的身上，雨水在故事情节中影射两人相爱所遭遇的阻力。

“雨”一词在中华民族审美心理中，具有多重意蕴，在中国古代被称为“天水”。中国自古以来以农业为主，雨水对谷物的生长有着极其重要的作用，所以古人希望下雨的数量和时间要适当，即所谓“甘雨时降，万物以嘉”，也正是在这个基础上，产生了对雨、雨神的崇拜。先人对雨的祈求和对雨神的崇拜也雕塑着人类的情感模式，孕育了对雨的原始赞美，因此原始的祈雨祭雨仪式具有宗教活动和艺术活动的双重性质，在对雨咏赞的过程中出现了人类最早的原始歌谣，从而也使雨与诗歌有了必然的联系。大自然的雨景从《诗经》开始，就一直牵动着中国文人墨客的情怀。但在中国诗歌中，词语“雨”作为主体意象词语，用以表达的主导情感应该是“悲凉无奈、惆怅迷茫”。人们可以从“细雨”中感受它的纤柔悠长，从中引发出绵绵不断的愁丝；也可从“烟雨”中体会它的迷离，来抒发一种依稀飘忽的情怀；还可从“冷雨”中感受凄清的意境，来表达悲哀、忧伤、抑郁和怅惘的心绪。所以，“雨”含有“离愁别绪”的国俗语义，也是中国传统文学程式化的表示“感伤”主题的主体意象词语，以抒发“雨中别绪、雨中思念、雨中惆怅”。如唐朝诗人王昌龄的《芙蓉楼送辛渐》：

寒雨连江夜入吴，平明送客楚山孤。
洛阳亲友如相问，一片冰心在玉壶。

诗歌描写了诗人与朋友分手时的情景。诗人面对即将分别的朋友，心情无限惆怅，而那漫天绵绵不断的雨丝，更给离人增添了凄凉的愁绪。又如宋代万俟咏的《长相思·雨》：

一声声，一更更。窗外芭蕉窗里灯，此时无限情。
梦难成，恨难平。不道愁人不喜听，空阶滴到明。

在瑶族歌谣中，因为雨水滋润万物，农事的收成也主要依赖于风调雨顺，所以雨水这一源域也经常会影射美好吉祥。如：

《贺婚诗合订本》

福雨天地开张　今日谋事明忠
且信归堂　洞房花庚　今拜左添明
大灯科龙凤花烛　小灯科今拜右添明
龙凤双双来相会　今日相会万千年

《贺婚诗合订本》

正月立春雨水节　百般树上正开花
可见花仙象花朵　怎得风吹合上共家

《拾式年朝踏令歌壹本》

树头枫木树　经春叶便青　雨在天上落　落了街头明
高山松柏木　经过叶便青　雪在天上落　落了是清明

歌谣中的“福雨”、润物细无声的“立春雨水”、天上落的“雨”不但影射了雨水滋润的美好生活和希望这一目标域，也积淀了瑶族深邃的文化意味和心理审美趋向。那滋润万物、唤起勃勃生机的微风细雨融入大地，化作生命的光泽和亮色。

另外，瑶族人们非常热情好客，常以瑶族的特色油茶款待客人，并随口唱着：

《蝴蝶歌》

油茶香，滋粑香，兄弟姐妹聚一堂，
春风得意常入座，友谊千秋万代长。

歌谣让客人感受到他们浓浓的情义。自然意象的春风即作为源域影射待客之情。

歌谣中蜡烛、灯、春花、青山、流水等意象影射了瑶族歌者待客的热情[1]，体现了那种“温柔、淳朴、憨厚”人格的艺术写照。

《流水欢歌迎客来》是体现瑶族人们热情好客品质的经典代表作：

《流水欢歌迎客来》

蜡烛结荡灯结彩，百花争春朵朵开。
叠叠青山对面笑，雨水欢歌迎客来。

118A.4 ‘Sweauens are swift, master,’ quoth John,
‘As the wind that blowes ore a hill;
For if it be neuer soe lowde this night,
Tomorrow it may be still.’

---*118A: Robin Hood and Guy of Gisbourne*

歌谣 *Robin Hood and Guy of Gisbourne* 讲述了小约翰和罗宾汉争辩，小约翰怒气冲冲地离开了，结果被郡长抓住了。与此同时，罗宾汉遇到了被雇来杀死他的 Guy，于是他们就打了起来，罗宾汉被刺伤，但他用刀砍下了 Guy 的头。罗宾汉随后射出一支箭穿过郡长的心，营救了小约翰。歌谣把风停止了吹拂隐喻为纷繁世事中纷争的停止。

158A.5 The wind it serued, and they sayled,
And towards France thus they be gone;
The wind did bring them safe to shore,

[1] 刘芳 . 诗歌意象语言研究 [M]. 上海：上海译文出版社，2012：221.

And safely landed everyone.

---158A: Hugh Spencer's Feats in France

歌谣 *Hugh Spencer's Feats in France* 讲述的是 Hugh 爵士被派往法国做大使并探问法国国王是会有和平还是战争，国王的答案是战争。后来 Hugh 爵士打败了法国国王的骑士，杀死了国王的护卫，最后，国王要求和平。歌谣唱道：风吹起，于是，法国就这样被风带到安全的彼岸，消失在地平线上。歌谣中的风影射自然神奇的巨大力量。

中国诗人笔下表示“离愁别绪”的“雨”意象与英美诗人笔下的“rain”意象不同，rain 是一种“性爱、情爱”的象征。[1] 这源自于希腊神话传说，“据希腊神话，阿耳戈斯国王阿克里西俄斯得到神谕，说他必将死于外孙之手。于是阿克里西俄斯决心不让女儿出嫁，把公主达那厄囚禁在一座铜塔之中，塔里只有一个天窗。但众神之王宙斯却化作一场金雨自天而降，来与她相配，使她受孕。由此在西方人的观念中，rain 成为性爱、情爱的隐喻，表达对情人、爱情的渴念和追求”[2]。在英语诗歌中，词语 rain 亦常作为具有“爱情”象征义的主体意象词语而被诗人所青睐。如美国女诗人狄金森的《暴风雨夜，暴风雨夜》（*Wild Nights, Wild Nights*），美国学者评论说，这首诗表达了一个渴望爱情的人的内心炽热情感。诗人狄金森有过失败的初恋，也许是这样的原因使她归隐家中，深居简出，终身未嫁。此首诗是她三十一岁时的作品，这时面对无望爱情的她已在家中隐居了六年，这首诗正是她感情达到最高点，几乎无法控制时的最集中、最强烈和最富有诗意的抒写。诗歌中的意象语言“暴风雨夜”象征着“爱情”，“我爱和你同在一起，/暴风雨夜就是/豪奢的喜悦！”语言不事雕琢，质朴、清新、凝练，表现了诗人情绪的激越和对爱情的渴望。

在中国传统文化中，日为阳，月为阴；男性为阳，女性为阴。月亮就是母亲和女性的化身，代表着女性的静温与和谐，也反映着女性世界的失意和忧伤。中国诗人写月往往是借题发挥，言在此而意在彼，很少描写月本身。因而，汉语词语“月”就蕴含着一种“游子思归，两地相思，望月怀远，共生情思”的意味。中国诗词中亦常常有大量以“月”为主体意象词语的作品，表现出“望月思归的主题，旧梦重

---

[1]　刘芳．诗歌意象语言研究 [M]. 上海：上海译文出版社，2012：222.

[2]　张德明．诗歌意象的跨文化比较 [J]. 中国比较文学，1997（2）：57.

温的情结”。当孤臣浪子云游天涯之际，总是把明月与故乡联系起来，意象词语“月”即蕴含有“启动乡愁、寄托情思”的国俗语义。如唐朝诗人张九龄的《望月怀远》：

海上生明月，天涯共此时。
情人怨遥夜，竟夕起相思。
灭烛怜光满，披衣觉露滋。
不堪盈手赠，还寝梦佳期。

诗中通过对主人公望月时思潮起伏的描写，来表达诗人对远方之人殷切怀念的情思。[1] 月隐喻悲欢离合，是隐喻人种种情思的感伤意象词语，它积淀着深厚的中华民族内涵，散发着浓郁的中华民族气息。美国汉学家克兰默·宾（L. Cranmer Byng）在谈到我国古代诗人传统的吟咏对象时说：“月亮高悬在中国古典诗坛的上空……”[2] 瑶族歌谣也大量运用月作为源域，影射瑶族人民的内心情感。

然而，明亮的月亮在不同文化背景下影射不同的目标域，创造了不同的文化，如影射兔子、水牛等人们从地球观察到的月中所形成的图案。在许多史前和古代文化中，月亮被人格化为神或其他超自然现象，月亮所暗含的占星观点直到今天依然继续传播。在原始印欧宗教中，月亮被人格化为男神。古苏美尔人认为月亮有多元身份，即代表女神娜娜（Nanna）、圣女伊南娜（Inanna）之父、金星女神维纳斯（Venus）和太阳之神（UTU），Nanna 后来被称为“太阳神”。在希腊、罗马神话中，太阳和月亮分别代表男性和女性。月亮的月度周期与太阳路径的年周期形成鲜明对比，它被许多文化影射为女性的月经周期，在许多语言中月经和月亮之间的联系是显而易见的。最著名的神话中的月亮神有希腊女神菲比、阿尔忒弥斯、赫卡特以及中国的嫦娥。英美诗人，自产生写月作品起，就自觉地把月亮作为一种自然美来加以描写和歌咏。诗人在借月抒情时，始终不离描写月之本体，读者从月这一抒情对象上便可以发现诗人的思想感情。如文艺复兴时期英国诗人锡得尼（S. P. Sidney）的《月啊，你用悲哀的步伐》（*With how sad steps, O Moon*）：[3]

With how sad steps, O Moon, thou climb'st the skies!

---

[1] 刘芳 . 诗歌意象语言研究 [M]. 上海：上海译文出版社，2012：227.
[2] 张德明 . 诗歌意象的跨文化比较 [J]. 中国比较文学，1997（2）：57.
[3] 刘芳 . 诗歌意象语言研究 [M]. 上海：上海译文出版社，2012：229.

How silently, and with how wan a face!
What, may it be that e'en in heavenly place
That busy archer his sharp arrows tries!

Sure, if that long-with-love-acquainted eyes
Can judge of love, thou feel'st a lover's case,
I read it in thy looks; thy languish'd grace,
To me, that feel the like, thy state descries.

Then, e'en of fellowship, O Moon, tell me,
Is constant love deem'd there but want of wit?
Are beauties there as proud as here they be?
Do they above love to be loved, and yet
Those lovers scorn whom that love doth possess?
Do they call virtue, there, ungratefulness?

多么悲伤的步子，啊，月亮，你攀到了天空！
多么寂静，你一副苍白的面容！
什么，天堂上的忙碌的射手
也要将他的利箭舞弄！

真的，如果长久以来熟悉爱情的眼睛
能够识别到爱，我从你的憔悴的面容
可以看出，你正在为爱情所烦恼，
对同病相怜的我来说，你诉说了你的处境
同是天涯沦落人，啊，月亮，以实相告，
忠贞的爱情是否被看成缺乏理智？
那里的美人是否和这里的一样骄傲？
天上的他们是否也喜欢被爱，但是，
他们又轻视那些痴情者？
他们是否把忘恩当作美德？

（徐翰林　译）

诗人锡得尼在诗中用拟人的手法，抓住月亮的一些表面特征，如“苍白”“憔悴”“无声无息”等，把它塑造成一位同自己一样的失恋者形象，赋予它人的属性，这样，“moon”意象便带有思想情感和性格特征。再如雪莱的《咏月》（*To the Moon*）[1]：

Art thou pale for weariness
Of climbing heaven and gazing on the earth,
Wandering companionless
Among the stars that have a different birth,
And ever changing, like a joyless eye
That finds no object worth its constancy?
"Thou chosen sister of the Spirit,
That gazes on thee till in thee it pities..."

你的脸色苍白，是因为
倦于攀登天空、注视地面，
孤零零地流浪在
身世不同的群星之间——
而且不停地变化，像一只寡欢的眼，
找不到什么景物值得长久留恋？
“你啊，那出色的精灵姐妹，
它注视着你，直到对你产生了怜悯……”

（陈柏松　译）（1997：220-221）

“你”既是月亮，又是诗人的代称。诗人在这节诗中通过对月亮自然属性“冷清、苍白、孤独、盈缺变化”的描写，表达了诗人对人生深刻的主观感受。“倦于攀登天空”是诗人自己在复杂纷乱的现实斗争中感到精疲力竭的写照。诗人在世间众人之中，就如同月亮“孤零零地流浪在身世不同的群星之间”，感到孤独、疲惫、忧愁，“找不到什么景物值得长久留恋”也表达了诗人对人生充满了失望。

英国诗人关注月亮本体的自然属性，如“凄凉孤独”“模糊朦胧”“盈缺无常”

---

[1]　刘芳 . 诗歌意象语言研究 [M]. 上海：上海译文出版社，2012：231.

等，源域“moon”在英语影射“人生的变化莫测”“人生旅途者疲惫、怠倦、茫然、哀伤等”的国俗语义。[1]

5C.44　‘Now tell to me, ye Billie Blin,

If this fair dame be a leal maiden.’

5C.45　‘I wat she is as leal a wight

As the moon shines on in a simmer night.

---*5C*: *Gil Brenton*

歌谣 *Gil Brenton* 讲述的是 Gil Brenton 带着新娘回家，但新娘知道如果他发现自己不是处女，他会割掉她的乳房。她以前在树林里遇到一位领主，并和他有过云雨之欢，且现在她已经怀孕了。但最后的真相是那位领主就是 Gil Brenton 本人。歌谣中的月色是暗淡的，隐喻着主人公前程的不确定性和心路的曲折性。

49F.24　‘O when will ye come back again,

My dear son, tell to me?’

‘When sun and moon gae three times round,

And this will never be.’

‘When the sun and the moon passes over the broom,

That’s the day you’ll never see.’

---*49: The Twa Brothers*

“你什么时候再来？

亲爱的儿子，告诉我吧？”

“当太阳和月亮萦绕三圈时，

但是这情景永远都不会发生。”

“当太阳和月亮经过扫帚时，

那是你永远也看不到的日子。”

歌谣 *The Twa Brothers* 讲述的是两兄弟相争而祸起萧墙的故事。母亲盼望儿子早

[1]　刘芳．诗歌意象语言研究 [M]. 上海：上海译文出版社，2012：233.

日归来，用太阳和月亮轨迹的相交隐喻兄弟和好团聚，但是这种自然现象是不可能出现的，隐喻两人重归于好的梦幻性。

67B.18 He neither kist her when he cam,
Nor clappit her when he gaed,
And in and at her bower window,
The moon shone like the gleed.
---*67B: Glasgerion*

歌谣 *Glasgerion* 讲述的是王子格拉斯格利翁（Glasgerion）是一名琴师，在给另一位国王弹琴的时候，国王的女儿心生爱慕之情并约他幽会。格拉斯格利翁告诉仆人叫醒他去幽会。仆人竟然冒充王子强奸了公主。公主知道真相后自杀身亡，因为她不能做格拉斯格利翁的新娘了。格拉斯格利翁疯狂地杀死了自己的仆人后也自杀了。歌谣中的月亮发出淡淡的荧光，衬托情人间幽会寂静的夜晚。

190A.7 The sun was na up, but the moon was down,
It was the gryming of a new-fa'n snaw;
Jamie Telfer has run ten myles a-foot,
Between the Dodhead and the Stobs's Ha.
---*190A: Jamie Telfer of the Fair Dodhead*

歌谣 *Jamie Telfer of the Fair Dodhead* 讲述的是船长 BeWasCalk 袭击了村庄 Fair Dodhead，偷走了杰米的牛群，杰米在乡间聚集一股武装力量追赶偷盗者，虽然他们遭受了一些伤亡，但为了复仇杰米还是重创了船长并把他俘获，勒令他把偷去的 33 头牛归还给自己。歌谣中的“太阳升起来了，但月亮落下”的自然现象其实是影射时光日夜更替，没有多大的内涵。

中国传统文化中，把太阳和月亮看成是权力和富贵的象征。现代梦学认为，太阳是所有活动的能源，象征生命力、精力。光耀的阳光表示飞黄腾达、开创光明的前程。日出指机会的出现，乌云遮住太阳则表示家人有麻烦，卷入纠纷。而梦及月亮，象征母亲、妻子、姐妹诸事，也暗示金钱、财产。[1] 瑶族也是一样，常用日月影射某

[1] 浅野八郎 . 解梦大师 [M]. 沈阳：辽宁画报出版社，1998：25.

种吉祥的目标域。如：

《盘王大歌词》

细弯弯　便是月头初出山

青眉头巾兰眉过　金丝罗带兰腰伏

满身装叶哪啰哩　是官人

《拾式年朝踏阳歌曲壹本》

聪明总是月女姐，得见月丝能状元。

《拾式年朝踏阳歌曲壹本》

天上也有高明月，地下也有几朵花。

青铜配金几等对，不知哪等过龙心。

月亮隐喻幸福美满，常用作祝颂之词，语出宋晁端礼《行香子》词："莫思身外，且斗樽前，原花长好，人长健，月长圆。"月也隐喻良辰美景。以上三首瑶族歌谣的月亮传承了汉文化的美满、朦胧的意象特征，影射了女子眉毛之美宛如一弯新月，而满月洒放清辉，影射了爱情生活的美满。

第十一篇《互换礼物歌》

天高亦见太阳月，水深亦见海中鱼。

抽头得见太阳月，得见月头上半天。

齐齐蝶出姊妹见，蝶出手丝齐换情。

瑶族歌谣隐含很多日月天象的象征，天象包括日月、风雨、雷电、云霞、星宿等，如上面这首《互换礼物歌》。以天而论，诚如《周易·说卦》言，乾为天、为君、为父、为玉、为金、为寒、为冰、为马等，是高大、广阔、至尊、珍贵（金和玉）、威严（高处不胜寒）、刚强的象征。而天象内的存在如日月、风雨、雷电等便具有其衍生意义，天象的隐喻和象征也就构成相关的梦的意义。[1]歌谣中的太阳影射白天，月亮影射夜晚。太阳影射着光明、男性、生命、兴旺、阳刚、幸福等意象，月亮则影射黑暗、

[1] 居阅时，瞿明安 . 中国象征文化 [M]. 上海：上海人民出版社，2001：177.

休眠、平安、女性、阴柔等意象相关联。花卉草木在自然界中形态各异，富有性格（如岁寒三友），而且有拟人化的特质。陈士元认为："草木入梦，各以类应。"[1] 瑶族歌谣中的地理景观的象征也很丰富，高山湖海、花草树木、河流桥路等作为实体源域影射瑶族人生活的方方面面。如：

《拾式年朝踏阳歌曲壹本》

架定缘桥稳万岁，万步桥梁莫断丝。
听着娘言真有意，二人算得好姻缘。

二俩齐留意，留意架桥修路来。
谈情齐有意，齐齐修福共阴泉。

我俩无缘也是定，架起云桥相偶思。
千般行为同一样，伏耐天堂细步时。

哪个九十七岁死，奈何桥上等三年。
像样留来不枉可，同如山伯配英台。

"桥梁"指的是为道路跨越天然或人工障碍物而修建的建筑物，它架设在江河湖海上，使车辆行人等能顺利通行。由于时代的进步，"桥梁"被赋予了新的词义，泛指为机构与机构之间、地区与地区之间、国家与国家之间，沟通有无、建立合作关系、促进友好交流等的媒介，也指人与人之间相遇的途径。桥在文学作品中是一种常见的意象，民间传说天上的织女七夕渡银河与牛郎相会，喜鹊来搭成桥，称鹊桥，常用以比喻男女结合的途径。唐韩鄂《岁华纪丽·七夕》云："七夕鹊桥已成，织女将渡。"原注引《风俗通》云："织女七夕当渡河，使鹊为桥。"明陆采《怀香记·相思露意》也说："若得鹊桥通一渡，管教织女会牛郎。"奈何桥在中国道教和中国民间神话观念中是送人转世投胎的地点，在这里会有一名称作孟婆的年长女性神，给予每个鬼魂一碗孟婆汤以遗忘前世记忆，好投胎到下一世。《宣室志》第四卷对此有所记载"行十余里，至一水，广不数尺，流而西南。观问习，习曰：'此俗所谓奈河，其源出地府'。观即视，其水皆血，而腥秽不可近。"因河上有桥，故名"奈河桥"。另一种叫作奈何桥。一说因地府有河名为奈河，一说因为汉语中"无可奈何"之意，刚好对应

[1] 居阅时，瞿明安．中国象征文化 [M]. 上海：上海人民出版社，2011：171.

了人在转世投胎时对自己生前愿望的遗憾和无奈。歌谣《拾式年朝踏阳歌曲壹本》中桥和奈何桥影射了梁祝相识相知的、欢渡鹊桥的美好愿景以及不克终身相守的爱情无奈。

瑶族史诗《密洛陀》的隐喻丰瞻，创造出深邃超然的意境。

《密洛陀》

东海深一千三百丈，
淹不过她的一双脚板，
罗力山高三千三百尺，
高不到她的膝盖缘。
九州平地三千里，
放不满她那双大手掌。
大江大河千里长，
比不过她的头发截成三。

通过深海高山的源域影射密洛陀形象的高大、丰满，同时也反映瑶人对密洛陀的崇拜，以及战胜自然、改造自然的美好愿望。密洛陀不仅亲自开天辟地，创造万物，创造人类，还带领儿女们改造山河，铲除兽怪，不畏艰险，战胜重重困难。她给瑶人带来了希望，她是瑶民族智慧与力量的象征。[1]

《密洛陀》

天拱起像锅盖，
地坡起像褶裙。
褶裙一叠叠，
西起成山岭，
褶裙一层层，
凹下成平坝。
从此苍天宽昊昊，
从此大地广连连。

[1]　谢少万，刘小春．瑶族史诗《密洛陀》的认知语言学视角 [J]. 广西民族研究 2010（2）：123-127.

歌谣以“锅盖、褶裙”影射苍天，以起伏的山岭平坝点染烘托，苍天大地不仅浩瀚壮，而且美丽多姿。

《密洛陀》

九十九万年过去了，
宇宙间头一次雷鸣电闪，
大龙齐长啸，
凤凰齐鸣唱。

歌谣中的大龙和凤凰，衬托雷鸣电闪，影射历史的时空，龙啸凤鸣唱竟都包蕴在这广袤时空当中，创造了一个极其开阔的意境，给诗歌增添了积极的浪漫主义的色彩。它不仅反映了人类童年时期伟大的想象力，表现出一个民族对未来理想的寄托，还凸显了一个民族奋发向上、刚强坚韧的伟大精神。这是人类与大自然做斗争的号角，也是人类征服自然、改造自然的序曲。诗句告诉人们凭借着自己的力量与智慧，一定能战胜自然，开创美好幸福的生活。[1]

王充的“山陵楼台，官位之象也。人梦升山陵、上楼台则得官位”（《论衡》）和《梦林元解》的“梦山行，大吉。履高山，居高位，亨通尊贵之象。此乃梦中山之吉兆上升、显达”中的山水田园、建筑物等构成的地理景观如自然景象和人文景观，也在瑶族文化心理结构中衍化成系列隐喻符号。如：

《盘王大歌词》

高王在天置天地　平王在地立青山
立得青山向水口　又置河江弯对弯
高王在天置天地　平王在地置江河
置得江河鱼万阔　又置鲤鱼鱼万多
高王在天置天地　平王在地置坪田
置得平田鱼万阔　又置客舡鱼万千
高王在天置天地　平王在地置江沙河
仙人造得天子殿　鲁班造得僧家梳

---

[1]　谢少万，刘小春．瑶族史诗《密洛陀》的认知语言学视角 [J]. 广西民族研究 2010（2）：123-127.

高王在天置天地　平王在地置平田

置得平田鱼万阔　又置早禾鱼万千

高王在天置天地　平王在地置坪田

Lakoff和Johnson认为隐喻是人类建立及组织概念系统的根本手段，人类的感知、思维和行为在很大程度上是受隐喻支配的。由于人体本身的构造及其对外部世界的体验，人类把由自身产生的一些基本认知结构即图式或意象图式投射到其他事物上，由此隐喻性地构筑抽象范畴。瑶族居住在山区，巍峨壮丽的山峦在瑶族人心目中有高贵、伟大的意蕴，所谓“高山仰止，景行行止”（《诗经·小雅》）。岭南江河密布，而江河的象征意义主要的与财富有关，如“梦溪水流汩汩，大吉，通达之兆。文人梦此功名立效；常人梦此，财利立到，病中梦之，寿增耋耄。梦泛海张帆，大吉。主文士高飞，经商大利，讼必胜，战必利。疾病梦之，不为佳。梦海水忽涸，凶。梦之者，当有奇异之灾，不祥之事。为好饮者梦之，当主戒饮，延年吉兆也”。水为财源、财水，水中多生物，源源不断，喻财源不断；而水流又为生命之流，能汩汩长流，自然为长寿之兆。以上江河的隐喻从财富衍化为气运、生命、功名、喜庆等。

《梁山伯与祝英台》

山伯去到纯阳洞，
洞宾老祖多关怀，
学了移山倒水法，
妖精八怪深深埋。
一日无事心想起，
眼泪双双两边排，
想起英台一段事，
心中强如钢银割。
山伯出了纯阳洞，
随路来到路家门，
停是墙角讨一下，
天宫落雨又声雷。
山伯起头望一望，

绣楼上头美女陪，

山伯好诗念一首，

好个姑娘诗相回。[1]

隐喻抓住源域和目标域两种不同事物在某点上的相同、相似或相通之处，进行影射，从而把形、情、理有机地结合起来，借具体可感的形象来表达内心的情感。上面这首《梁山伯与祝英台》很具体生动地描述了梁山伯与祝英台从相识、相知到不得不分离的凄美的爱情故事。歌谣中的“山”“水”“雷”“雨”“路”“洞”等人生活中与之密切相关源域影射了梁祝爱情沉重如山、柔情似水、泪如飞雨、心路曲折的情感生活。

蝴蝶歌中隐喻的表现手法运用得特别多。

《蝴蝶歌》

莲塘洞七寨人，东南西北圈一轮，

山清水秀风光美，重重叠叠像龙麟。

这里把山峰比喻成龙鳞，把山峰写活了。这种比喻的手法是源域和目标域同时出现，使人觉得生动形象、具体可感、通俗易懂，有着浓郁的生活趣味，有很强的感染力。蝴蝶歌手抄本歌词中，有一些歌词运用了暗喻的手法。虽然瑶族人民文化水平并不高，但他们能发挥想象，借助一些意象来表达自己隐晦、含蓄的心灵世界。

隐喻借某一事物来引起正题所要描述的事物或需要表达的情感，即先咏叹其他事物，来引出要表达的主题，所咏之物与所表达的主题有时有联系，有时没有联系，多是触景生情、即兴联想而作，通过眼前的景物联想到某件事，借以表达自己内心的感受。如：

《蝴蝶歌》

借钱桃园就结义，问回三请当孔明。

有了好心会好报，因才失义就分情。

这里用桃园结义的典故表达了人应该重情义、轻财物的道理。蝴蝶歌代表作《流

[1] 蒙冠雄．瑶族风情歌 [M]．南宁：广西人民出版社，1983：205.

水欢歌迎客来》也巧妙地运用了隐喻表现手法，用富川的美好风光，来表达出富川瑶族人民的热情好客。

除了隐喻及象征，在蝴蝶歌的手抄本歌词中还运用了对比、烘托等多种表现手法。如：

《蝴蝶歌》

做官做府风水好，四柱运开命招财。

种田种地当百姓，为人为家无自在。

这里用对比的手法表达了官与民之间不可否认的贫富差距，以风水隐喻运气。

瑶族人在大山生活过程中观察到自然界的变化现象，他们看到的天象、自然变化，想象着冥冥之中一定有超常的神主宰着一切，支配着各种现象的发生。在主宰神下面，又有各司其职的神，执掌某一方面的事务，河有河神，山有山神，雷有雷神，火有火神。正如《礼记·祭法》的“山林川谷丘陵，能出云，为风雨，见怪物，皆曰神。”对于自然现象的膜拜，瑶族人民把自然现象作为隐喻的源域，通过认知和推理将一个自然现象的概念域系统地、对应地影射到另一个概念域的过程，即跨域影射体现的是两个认知域的语义互动。自然现象隐喻影射并非任意的，其前提和基础是事物之间具有的可比性和相似性，以意象图式为基础并受意象图式控制的，是英国人和瑶族人民的一种基本的认知能力和认知方式，语言反映认知世界也是隐喻的，“在语言中无处不在，隐喻是人们将经验和外部世界概念化的基本图式”[1]。

226B.22　Thro glens and oure mountains they wanderd,
Till Lizie had scantlie a shoe;
‘Alas and ohone!’ says fair Lizie,
‘Sad was the first day I saw you!
I wish I war in Edinbruch city;
Fu sair, sair this pastime I rue.’

226B.27　He led her up to a hie mountain

[1]　汤敬安，央泉 . 英语情态范畴的多视角研究 [M]. 西安：西北工业大学出版社，2008：45.

And bade her look out far and wide:
'I'm lord o thae isles and thae mountains,
And ye're now my beautiful bride.

---266B: John Thomson and the Turk

歌谣 *John Thomson and the Turk* 讲述了约翰·汤姆逊和土耳其人战斗了三年后，他的妻子前来探访。她没有前往苏格兰，而是做了土耳其首领的情妇。过了一年，汤姆逊才知道他的妻子失踪了。约翰·汤姆森伪装成朝圣者并被允许进入土耳其人的城堡，发现背叛了他的妻子藏在地窖里。汤姆逊召集他的部下，杀死土耳其人并绞死了他的妻子。峡谷（glens）和山峦在歌谣中隐喻爱情路上的艰难和险阻。在歌谣的另一行中，土耳其首领把约翰·汤姆森的妻子带到了城堡上眺望一座座高山，并对她说：我是奥斯岛和群山的领主，现在你是我美丽的新娘。此处，高山则隐喻着土耳其首领所占有的领土和财富。

226G.4 But the roads grew broad and broad,
And the mountains grew high and high,
Which caused many a tear
To fall from Leezie's eye.

---226G: Lizie Lindsay

歌谣 *Lizie Lindsay* 讲述一个年轻人追求美丽姑娘 Lizzie Lindsay，但 Lizzie Lindsay 和她的父母都不同意这婚事。当年轻人透露他是一个高地领主时，她改变了主意，他们结婚了，他把她的夫人变成为城堡的主人。歌谣中作为源域的宽阔道路和高耸的山峰隐喻婚后美好的前程和幸福的生活的物质财富，使得 Lizzie Lindsay 的眼睛饱噙热泪，也抒发了女主人公对婚后生活的憧憬。

243F.14 'O whaten a mountain is yon,' she said,
'All so dreary wi frost and snow?'
'O yon is the mountain of hell,' he cried,
'Where you and I will go.'

---243F: James Harris (The Daemon Lover)

“哦，山是什么呀，”她说，
“冰冷的雪花如此凄凉？”
“那是地狱之山，”
他喊道，
“你和我去哪儿。”

歌谣 *James Harris* 讲述一个男人，其实他是魔鬼，经过长途航行后回到他以前的爱人身边，却得知她嫁给了一个木匠并生了一个男孩，他怂恿她和他一起远航奔走。他们刚出海不久她就想念她的儿子了。在远方海平面上，她看到一座美丽的山。男人告诉她这是天堂，但实际上他们正朝着另一个方向前进，走向他们的最终目的地 —— 地狱。歌谣中的山在男主人公眼中是地狱之山。

7D.10　They rode oer hill, they rode oer dale,
They rode oer mountains so high,
Until they came to that beautiful place
Where Sir William's mother did lie.

---*7D: Earl Brand*

歌谣 *Earl Brand* 讲述 Earl 爱上了一位高贵的女士。但是女士的父亲不赞成两人相爱，当这对有情人私奔时，他派儿子去追他们。Earl 杀死了大部分追捕者，但也受了重伤。这对有情人继续奔走直到 Earl 因病情恶化而死。他们穿过山谷，他们踏上高山，直到他们来到了一个美丽的地方 ——Earl 的母亲安息的地方。歌谣中的高山也隐喻着两人在私奔路上所遇到的艰难险阻。

歌谣是民族传统文化的精粹，体现民族的精神、性格、气质、心理素质和风俗人情，是一个民族的历史和社会的宝贵财富，具有人文研究价值。英瑶民族在理解抽象目的域时，各民族倾向于相同的隐喻影射，造就了英国歌谣和瑶族歌谣的山水天象隐喻影射的共性，又由于两地人民在体验相同的现实表征时不同的认知视角才造成英国歌谣和瑶族歌谣中山水天象的隐喻影射各具特质。歌谣山水天象的隐喻投射的异同说明了空间隐喻具有普遍性、理据性和民族性。

第九章　温度隐喻

认知语言学认为，隐喻基本图式直接来源于人类的生活体验，是构筑概念系统的基础，对各种意义范畴的理解依赖于一些基本图式。认知语言学的隐喻图式大部分是以视觉形象为基础的，在人类与世界的互动中，身体是人类感知世界的主要器官，同时也是人们了解世界、获取知识的源泉，人的体验是多方面的，包括触觉、味觉、嗅觉等诸多方面。人是恒温动物，当皮肤受到外界温度刺激时，会产生冷暖感觉。地球永不停息的自转和公转，产生昼夜更替和四季轮回，同时也造成昼夜温差和寒冬热夏。生活在地球上的人类，日复一日、年复一年地感受着此种温度变化，由此产生温度概念结构。Kövecses（2000：38—39）在探究情感隐喻时发现，作为源域概念的“热、火”的意象常用来表达愤怒、情爱等概念，而“冷、暖”的意象则分别影射悲伤和幸福。[1] 体验哲学认为，人类与外界互动形成的体验产生了意象图式（Johnson，1987：19—23）[2]，而意象图式又通过隐喻投射的方式形成了抽象的意义结构和思维模式。任晓艳（2006）则分析了温度词语语义演变的过程，认为温度词语语义引申遵循着“温度现象→生理现象→心理现象→抽象概念”这一发展顺序，为源域概念的“热、火”的意象常用来表达愤怒、情爱等概念。Deignan（2005：171—173）从语义场的角度，基于语料库，试图寻找“热、温、凉、冷”等作为源

---

[1]　KÖVECSES Z. Metaphor and Emotion [M]. Cambridge: Cambridge University Press, 2000: 38-39.

[2]　JOHNSON M. The Body in the Mind [M]. Chicago/London: The University of Chicago Press, 1987: 19-23.

域的温度概念和作为目标域的情感概念之间的系统对应性，结果发现只有部分温度词的语义关系影射到情感目标域中，而其他部分并不明显。[1] 覃修桂认为，许多抽象概念及其变化都是可以用温度域的概念及其变化来加以理解和推理的。说明我们所揭示的温度域隐喻系统还活跃在英语民族的思维之中，人们还运用这一隐喻系统创造出很多新的隐喻表达，是英语民族无意识的、不可或缺的一个概念系统，是人们赖以思考、理解、认识和创造新的抽象概念的一个重要认知机制。[2] 情绪是抽象概念，难以把握。人在表达情绪时往往借助于温度隐喻。例如，将“悲伤”称为“悲凉”，将“愤怒”称为“发火”，将“激情”称为“热血沸腾”。雷丹、覃修桂（2013）还通过对比分析英、汉两个民族对“热”具有基本相同或相似的生理和心理感受，结果如下图所示。[3]

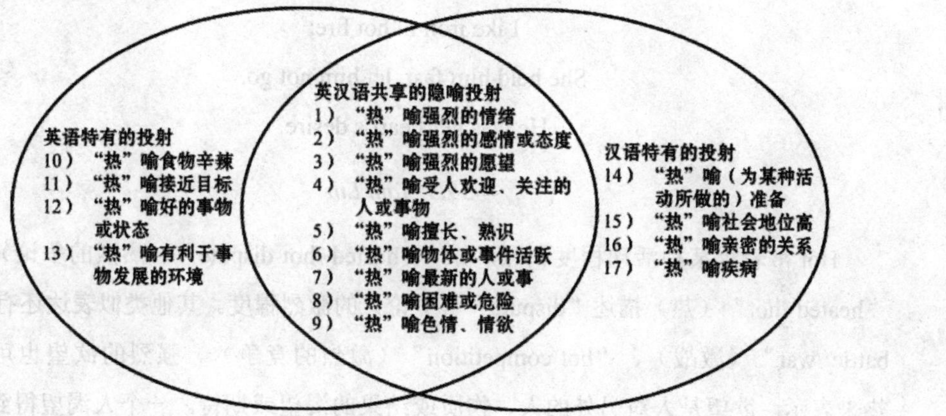

110[M.40]‘Lie yont, lie yont, ye carl’s daughter, Yer hot skin burns me;

---*110[M]: The Knight and the Shepherd’s Daughter*

歌谣*The Knight and the Shepherd’s Daughter*讲述一个骑士占有了一个女仆的贞操，所以女仆向国王请求嫁给骑士。骑士试图贿赂女仆让她撤回请求，但她坚持要和骑

---

[1] DEIGNAN A. Metaphor and Corpus Linguistics [M]. Amsterdam/Philadelphia: John Benjamins, 2005: 171-173.

[2] 覃修桂，李颖杰 . 英语温度域的意象图式及其隐喻系统 [J]. 当代外语研究，2014（6）：70-76.

[3] 雷丹，覃修桂 . 体验认知视角下“热”的概念隐喻——一项英汉对比实证研究 [J]. 当代外语研究，2013（3）：24-28.

士结婚。他们结婚后，女仆才显露出她真正的高贵身份。歌谣中的“冷”“热”是人物对外界温度的一种身体体验，常伴随一定的生理和心理反应。反之，当主角情绪发生变化时，体温也随之相应改变，如人们情绪亢奋时，会感到身体发热，体温上升，而当人们情绪稳定后，体温则下降。所以下面这首歌谣中的 hot 和 fire 隐喻了主人公情绪的起伏变化过程。

39D.24 ‘I’ll grow into your arms two
Like iron in strong fire;
But hold me fast, let me not go,
Then you’ll have your desire.’

39D.31 He grew into her arms two
Like iron in hot fire;
She held him fast, let him not go,
He was her heart’s desire.

---*39D: Tam Lin*

Hot 常表示某种活动程度剧烈，如“a heated /hot dispute”（热烈的争论）中的“heated /hot”（热）描述“dispute”（争论）的激烈程度。其他类似表达还有“hot battle /war”（激战）、“hot competition”（激烈的竞争）。强烈的欲望也可以用热来表示。欲望是人对另外的人、物质或结果的渴望或期待。一个人渴望得到某物或某人，是因为被渴求的物品或人所带来的享受激发，他们想要采取行动来达到他们的目标。欲望的动机方面长期以来被哲学家所注意；托马斯·霍布斯（1588—1679）断言人类欲望是所有人类行为的根本动因。欲望常常被外行分类为情绪，但是心理学家常常描述欲望不同于情绪；心理学家倾向于欲望来自身体结构，例如胃对食物的需求，而情绪来自于人的精神状态。欲望主题是浪漫主义作品的核心，它常常通过展示人类欲望受到社会习俗、阶级或文化障碍的阻碍而创造戏剧性结局。

歌谣 *Tam Lin* 讲述的是一个年轻的女人包庇并救了她的情人 Tam Lin 的故事。他躺在她的怀抱里，犹如铁在火中冶炼；她紧紧地抱着他，不让他走，他是她心中的欲望。歌谣中的 hot 影射的是灼热的情感，表示强烈的欲望。

39[J.8]　'I will wax in your twa hans
As hot as any coal;
But if you love me as you say,
You'll think of me and thole.
---*39[J]:Tam Lin*

人处于性生理反应时，血液循环加快，身体发热，体温升高。基于此种生理变化共现，人们采用直接感知的身体温度体验去概念化性生理反应。歌谣 *Tam Lin* 描述道：我使你双臂膨胀发热，像煤一样灼热；但如果你像我说的那样爱我，你会想到我。当人处于亢奋状态时，血液流动加快，产生热量，体温升高，所以 hot 影射的是激情燃烧的爱情欲望。

96C.23　Says, Drap the hot lead on her cheek,
And drop it on her chin,
And drop it on her rose-red lips,
And she will speak again:
For much a lady young will do,
To her true-love to win.
---*96C: The Gay Goshawk*

歌谣 *The Gay Goshawk* 讲述了一位苏格兰乡绅用苍鹰寄信给一个英国姑娘，并向她示爱。她父亲不允许他们结婚，姑娘要求父亲答应在她死后葬在苏格兰。她喝了一杯安眠药假装死亡。当她的尸体被带到苏格兰时，她的爱人苏格兰乡绅来悼念她。吻了她之后，她醒来，之后两个人就和美地生活在一起了。铅没有确切的生物学作用，但铅会对大脑和肾脏造成严重致命损害。铅可以穿过血脑屏障，能降解神经元的髓鞘，减少神经元的数量，干扰神经传递途径，并减少神经元的生长。歌谣中把热铅放置在姑娘的脸颊和嘴唇（Drap the hot lead on her cheek, And drop it on her chin, And drop it on her rose-red lips）以刺激她醒来。热铅隐喻为救命的仙丹。

105.7　As she went along the road,
The weather being hot and dry,
There was she aware of her true-love,

At length came riding by.

---105: The Bailiff's Daughter of Islington

歌谣 *The Bailiff's Daughter of Islington* 讲述的是乡绅的儿子爱上了法警的女儿。但乡绅及家人反对两人相爱，乡绅的儿子被派到伦敦进行了为期七年的学徒学习。七年后，法警的女儿乔装打扮，开始寻找他并验证他是否仍然爱着自己。在路上遇到他时，她向他乞讨一便士。当乡绅的儿子询问法警的女儿的近况时，她说她已经死了，他的心碎了。于是她表露自己的身份，答应了他的求婚。歌谣叙述她沿着路走去追寻爱人的时候，天气炎热干燥，隐喻着路途的艰辛，但是她知道她的真爱就在前方，终于盼到了他的归来。

225K.15 Without consent they joind their hands,
Which law ought not to carry;
His passion waxed now so hot
He could no longer tarry.

---225K: Rob Roy

歌谣 *Rob Roy* 讲述了 Rob Roy 和其他 20 个男人包围一个富有的女人的房子，并把她掠夺走了。牧师不经她同意就宣布她和 Rob Roy 结婚了。然后，Rob Roy 吩咐这位女人要提起精神以示爱情生活美满幸福，并告诉她他的高贵的出身。歌谣描述道："他的激情现在变得如此炽热 他欲火中烧，迫不及待。"

288A.10 With cannons hot and thundering shot,
These two gallants fought on the main,
And as it was young Essex's lot,
The emperor's son by him was taen.

288A.15 Essex he got this battle likewise,
Tho' twas the hotest that ever was seen;
Home he returnd with a wonderful prize,
And brought the emperor's son to the queen.

---288A: The Young Earl of Essex's Victory over the Emperor of Germany

歌谣 *The Young Earl of Essex's Victory over the Emperor of Germany* 讲述伊丽莎白女王派遣出一支强大的舰队，在埃塞克斯的年轻人 Earl 的率领下对决德国庞大的皇家海军。德国皇帝对英国军队不以为然，把他的儿子交给了德国海军指挥官指挥。最终，Earl 胜利了，俘虏了德国皇帝的儿子，并拒绝接受赎金归还德国皇帝的儿子。他把德国皇帝的儿子带回到英国女王面前。歌谣中加农炮火热（hot）的炮弹以及雷鸣（thundering）般发射都隐喻战斗的白热化程度。

12A.10　'What d'ye leave to your true-love, Lord Randal, my son?
What d'ye leave to your true-love, my handsome young man?'
'I leave her hell and fire; mother, mak my bed soon,
For I'm sick at the heart, and I fain wad lie down.'

---*12A: Lord Randal*

歌谣 *Lord Randal* 讲述兰德尔勋爵的母亲问了他一系列关于他的生活的问题。他简短地回答了母亲，但每次回答后都乞求休息一下。最后，他的母亲甚至担心他中毒了，兰德尔勋爵承认他已经中毒了。在做最后的遗言处分财产时，他透露他的情人就是毒杀他的凶手。歌谣中兰德尔勋爵在处分遗产时留给他情人的是地狱和火。这两个源域都和死亡毁灭有关联，影射着复仇，是对情人毒杀自己的一种报复。

17B.16　'I'll go thro nine fires so hot,
But I'll give him a drink for Young Hyn Horn's sake.'

---*17B: Hind Horn*

歌谣 *Hind Horn* 讲述一个人离开他的情人时戴着一枚戒指，当她对他不忠时，戒指就会变白。当戒指变苍白时，他回来发现她即将和别人结婚。他与乞丐交换了衣服，扮成一名乞丐向她乞讨葡萄酒，然后把戒指放在玻璃杯里。她认出了他，抛弃了她的新郎。歌谣中的 go thro nine fires so hot 和汉语的“赴汤蹈火”无论在源域和目标域上都具有同质性，影射不可逾越的困难。

292A.3　'Where thou shalt eat of the hips and haws,
And the roots that are so sweet,
And thou shalt drink of the cold water,

That runs underneath [thy] feet.’

社会认知隐喻效应可能源于知觉模拟的加工和情景性的行为，即“人际温暖”可能不是温度作用的结果，更可能源于人际交往的握手、拥抱等行为，甚至是目光的互相支持、眼神的亲切交流等。[1] 隐喻“悲哀是寒冷”源于人们对寒冷气候的生理和心理体验。温暖的气候下，草木繁荣，人也感到舒展愉快；而寒冷的气候往往带来草木的萧条与食物的匮乏，人也感到肢体僵硬麻木，生理上自然容易产生悲观哀伤的情绪。“寒 / 冷”等可用于概念化各种消极情感或不友好态度。如“a cool response”（冷淡的答复）、“a cool look”（冷眼）、“a cold man”（冷酷无情的人）、“cold reception”（冷待）、“cold-blooded”（冷血无情）、“cold-hearted”（冷酷狠心）、“be left out in the cold”（受到冷遇）、“say to sb in a cold way”（冷漠的口吻）、“cold eye”（冷眼旁观）、“make one’s blood run cold”（使人不寒而栗）、“a chill of fear”（毛骨悚然的恐惧）、“have cold feet”（畏缩不前）等。

292A.10 When sweet Will came and stood at her head,
And likewise stood at her feet,
A thousand times he kist her cold lips,
Her body being fast asleep.

292A.19 ‘Grim Death shall tye the marriage-bands,
Which jealousie shan’t divide;
Together shall tye our cold hands,
Whilst here we lye side by side.

---*292A: The West Country Damosel’s Complaint*

歌谣 *The West Country Damosel's Complaint* 讲述了少女要她的情人威廉要么娶她，要么结束她的生命。她的情人要她去森林里生活。三个月后，她因生活在森林里而精疲力尽，乞求姐姐把她从深林中解脱出来。姐姐显然是妹妹的情敌，继续把她禁锢在森林里，她病倒而亡。歌谣中出现的几个 cold 描述到冰凉的水、冰冷的手、冰

---

[1] 杜凯，马利军，张积家．情绪与温度的关系：情绪是否借助温度进行表征 [J]. 心理研究，2013（1）：20-25.

冷的嘴唇，映衬了森林里面的生活是如此之孤寂、冷清。

1D.4　'O what is longer than the way?

And what is colder than the clay?

---*1D: Riddles Wisely Expounded*

歌谣 *Riddles Wisely Expounded* 讲述骑士追求三姐妹。如果最小的妹妹能回答他的谜语，他就答应娶她。当她能回答他的谜语的时候，他娶了她而且透露说他其实是一个魔鬼。其中“colder than the clay”把两者进行比较，隐喻了人情冷淡的姐妹关系，如冷漠的泥土。

20[O.10]The coldest earth it was their bed,

The green grass was their cover lid.

As she was a going by her father's hall,

She see three children a playing at ball.

---*20[O]: The Cruel Mother*

歌谣 *The Cruel Mother* 讲述一个年轻女子未婚先孕，把孩子生下来后杀死，后来她常碰到鬼、受到神灵惩处的故事。其中 The coldest earth it was their bed（床笫如冰冷的泥土）是神灵故意使她的床永远和泥土一样冰冷。

Kövecses 认为，隐喻获取了认知性的表达抽象概念的方式，情绪概念常常通过隐喻的方式建构。[1] 按照隐喻影射理论，社会认知概念（如情绪）作为抽象概念不存在独立的表征，需要借助于更为简单的隐喻概念进行表征。表温度的英语词汇主要有“hot /heat”“warm”“cool”“cold /chill”，与之对应的汉语词有“热”“温 / 暖”“凉”和“寒 / 冷”。这些词不仅可作形容词，也可作动词和名词。Wilkowski、Meier、Robinson、Carter 和 Feltman 通过情绪词研究发现，“热”温度线索促进与“愤怒”相关的知识经验的表征。在“热”温度线索启动下，人对愤怒情绪识别得更快、更准。同时，情绪刺激也影响温度判断。同样，歌谣 *The Cruel Mother* 中把 coldest earth 和床进行影射，说明了主人公冷漠对待人际关系以及神灵以冷对冷的惩罚措施。

---

[1]　KÖVECSES Z. The concept of anger: Universal of culture specific? [J]. Psychopathology, 2000(33): 159-170.

汉语中的温度隐喻有“心凉”“凄凉”“悲凉”“凉思”“冷脸”“冷遇”“冷言冷语”“冷眉冷眼”“冷心冷面”“冷视”“冷观”“冷落”“冷酷无情”“表情冷漠”“态度冷淡”“心灰意冷”“寒心”等。

如以下两首歌谣：

《朝踏接客大讨路歌壹本》

主：蛋字戴日本当是　妆什歌章归本乡

妆什歌章安笼底　后来唱出心头凉

客：立日揪心唱有意　后来唱出心头凉

想耍一场唱两只　仔细想来路头长

《拾式年朝踏阳歌曲壹本》

不使惊，主人听闻心变凉。

报仙便立东台馆，立定二人情意长。

此外，汉英还采用“热”“冷”组合在一起表示消极情感态度，如“blow hot and cold”（忽冷忽热、喜怒无常）、“不冷不热”“冷嘲热讽”等。温度隐喻图式的另一个重要作用是影射性格或情感的抽象范畴，由此而衍生的许多概念隐喻已经成为概念系统的一部分。因此，英语词“hot”或“warm”可喻指性或色情，如“hot book”（色情书）、“hot girl”（辣妹，性感女郎）、“warm description”（色情描写）、“a man with warm temperament”（好色之徒）、“in heat”（发情期）等。

66A.21　When they were laid into their bed

It was baith soft and warm

He laid his hand over her side,

Says, I think you are with bairn.

---*66A: Lord Ingram and Chiel Wyet*

歌谣 *Lord Ingram and Chiel Wyet* 讲述的是英格拉姆勋爵和 Chiel Wyet 是兄弟，他们爱上了同一个女人 Maisry。而她只爱 Chiel Wyet，并怀上了他的孩子。但她父亲把她嫁给了英格拉姆勋爵。在婚礼上，英格拉姆勋爵了解到她怀了孩子并承诺把孩

子当自己亲生的一样对待，她却拒绝了。后来英格拉姆勋爵和 Chiel Wyet 兄弟相残。Maisry 疯了，只好沿街乞讨，最终因贫困潦倒而死去。“soft and warm”影射两人的肉体，与汉语成语“温香暖玉”一样。

81G.6 ‘Lord Barnard is a hunting gane,
I hope he’ll neer return,
And ye shall sleep into his bed,
And keep his lady warm.’

---*81G*：*Little Musgrave and Lady Barnard* (*or “Matty Groves”*)

歌谣 *Little Musgrave and Lady Barnard* 讲述高贵的女人引诱平民作为情人。她的丈夫在决斗中杀死了她的情人。在她继续表示对情人的喜爱之后，她的丈夫也杀死了她。歌谣的 warm 影射生命的体征和肉欲。

109A.76 Then into his sadle againe hee leepe;
The blood in his body began to warme;
He mist Lord Phenix bodye there,
But he run him quite throw the brawne of the arme.

---*109A: Tom Potts*

歌谣 *Tom Potts* 讲述一位身材高大的女人爱上了仆人 Tom Potts，并拒绝勋爵的求婚。她父亲愤怒地命令女儿马上嫁给勋爵并举行婚礼。女儿要求 Tom Potts 前来挑战新郎。在 Tom Potts 赢得几场对决后，父亲中止了女儿与勋爵的婚礼，并指定 Tom Potts 为他的继承人。歌谣中的 The blood in his body began to warme（体内的热血开始沸腾）中的 warm 影射了性爱的欲望。

216B.7 His heart was warm, his pride was up;
Sweet Willie kentna fear;
But yet his mither’s malison
Ay sounded in his ear.

---*216B: The Mother’s Malison, or, Clyde’s Water*

歌谣 *The Mother's Malison, or, Clyde's Water* 讲述威利违背母亲的意愿出发去见他的情人玛格丽特。他穿过波涛汹涌的克莱德海域来到玛格丽特家来见她，却被玛格丽特的母亲拒绝了。他返回时，淹死在克莱德海里。玛格丽特梦中得知威利不久前刚刚去过那里。她开始追赶他，但最终也淹死了，和“甜蜜的威利”在克莱德海的水里长眠。

以上几例的 soft、warm 影射的无非就是男女床第之欢中的温香暖玉。

西方有普罗米修斯盗火，中国有燧人氏钻木取火，说明人类早已知道如何获取热量，对物体进行加热。而在对“热”的种种主客观体验的基础上，人们逐渐形成了一系列“热”的概念隐喻，用“热”来理解其他抽象的意义。“热”的概念在英国歌谣和瑶族歌谣中的隐喻投射及其认知是基于人体对温度感觉的“热”这一具体概念有共性和差异性及其投射范围，当客观世界作用于人类的感觉器官时，人们头脑中形成反应，继而构成“感觉”，这是人类认识世界的最简单的形式，也是人类关于客观世界的所有知识的源泉。瑶族歌谣的“冷”“热”温度域中的“热”概念在歌谣里构建抽象概念中的作用及其语义扩展的机制，以此也印证了英国人和瑶族人民对同一具体概念的体验与认知的异同。如：

《朝踏接客大讨路歌壹本》

男女身前左右唱歌唱令、闹热道场、云头不散、车马
不移歇下云头落下车马（阿撒阿撒）。

《拾式年朝踏令歌壹本》

主：来到歌堂好闹热　十分耍乐朝过朝
来时手把菉豆撒　归家半路豆飘苗

九月要来禾热了　十月收禾入家
十一月要来年又到　十二月要来年又穷
年穷了　家家白雪白批批
人屋有双送神去　仔屋无双送旧时

手上工夫随时过　床头内等日头红
日热又话日毒晒　落水又怕被水淋

小箩载一石　今朝不酒吃　担瓶出圩沽

低头吃冷酒　额头撞着石　今朝不肉吃

Lakoff 和 Johnson（1980）论证了隐喻是人类概念系统的手段，人类的认知世界受隐喻支配。瑶族人对外部世界的体验，往往由自身产生的一些基本认知结构（即图式或意象图式）投射到其他事物上，由此隐喻性地构筑抽象范畴。歌谣中的冷热温度认知意象图式在英国人和瑶族人民的认知中起着至关重要的作用，所以“热”概念隐喻之所以有共性，是因为“人类相同的身体构造和类似的生活空间环境（感知体验虽有差异，但仍有很多共通之处），正是理解不同文化背景下语义结构的基础”[1]。英国人和瑶族人民都具有相同的身体构造，作为一个基本的认知图式，温度投射于许多抽象的范畴，构成人们易于理解的各种概念隐喻，使他们对“热”有着相同或相似的体验认知，因此“热”在两地人民思维里的隐喻投射存在着诸多共性，隐喻强烈的情绪、焦虑、急躁的情绪、强烈的感情或态度、强烈的愿望。

温度域意象图式以及基于其上的概念隐喻系统还能用来对某些抽象概念域进行推理，帮助人们从一个角度去理解这些抽象概念域。如性格冲动，情绪容易发生强烈的变化，尤其是愤怒；暖通常表示性格平和，不会出现狂暴的行为。冷通常指人们性格过于平和淡泊，不容易受到外界感情因素的影响。人类的思维和言语行为服从自然因果的必然性而彼此相似，但其思维和言语行为由于民族、个性、环境、历史和文化的差异而呈现出偶然性的区别。

[1]　王寅 . 语言的体验性——从体验哲学和认知语言学看语言体验观 [J]. 外语教学与研究，2005（1）：37-43.

第十章　饮食隐喻

英国、瑶族歌谣起源的劳动实践创造了文学艺术赖以产生的物质基础，在长期的劳动实践中，人类逐渐锻炼出灵巧的双手和发达的大脑，语言和思维能力也不断发展。瑶族人民多以歌来“叙述历史，表达爱情，传承习俗，歌唱生活，控诉黑暗，赞颂光明”，在婚丧嫁娶、走亲访友、劳动休息、赶集途中，都要歌唱。可见歌谣在民族生活中占有何等重要的地位。在瑶族地区，歌谣创作不仅作为一种创作活动而存在，实际上也是社会生活、习俗的重要内容，几乎贯穿社会生活的一切方面。歌谣的发展，与其他的文学形式一样，同样依附于经济基础及社会生活状况，反映民族独有的生活方式、生活状况、自然环境、风俗习惯、民族性格、文学传统等。英国歌谣植根于本民族生活的沃土中，用具有民族特色的语言、手法，表现同样具有民族特色的社会生活。这些歌谣，题材广泛，内容丰富，形式多样，色彩斑斓，影射着独特的鲜明的民族特色。[1]

《礼记·礼运》云:“饮食男女，人之大欲存焉。”《汉书·郦食其传》中也说:“王者以民为天，而民以食为天。”[2]《金史》卷一六“谕太府减损食品”有了“食品”一词。《明史》卷五六的“蕃国从官坐于西庑下，酒数食品同”以及卷八一的“自织布帛、农器、食品及买既税之物”可以说明“食品”一词固定成为了一个词组。在“食品”一词产生之前，“食”即指食品。食品，亦称饮食，包括主食、副食、饮料和调味品。[3]

[1]　赵晓兰 . 歌谣学概要 [M]. 成都：电子科技大学出版社，1993：192.

[2]　班固 . 汉书 [M]. 颜师古，注 . 北京：中华书局，1962：2108.

[3]　徐兴海，袁亚莉 . 中国食品文化文献举要 [M]. 贵阳：贵州人民出版社，2005：1.

瑶族人多居住在山区，瑶山群山连绵，峰峦叠嶂，溪水潺潺，古树参天，自然景观雄奇秀美，民族风情异彩纷呈。宋范成大《桂海虞衡志·志器》的“竹釜，瑶人所用。截大竹筒以当铛鼎，食物熟而竹不熠，盖物理自尔，非异也”记述了瑶族人竹筒饭的细节。清毛奇龄《蛮司合志》也说，瑶人“种芋菽为粮，截筒而炊”。由此可见，在陶器和铁器传入瑶区前，瑶族用竹作釜应是较为普遍的现象。贺州瑶族从事农耕经济，与汉族杂居，不但使农业经济得到较好的发展，也使其文化交流得到繁荣。一方面，瑶族保持着自己的古老传统色彩，另一方面又在不断“汉化”。由于复杂的族系来源，各土语群村落间不同的用语，使得他们的音乐文化各具特色，甚至是语言相通，传唱歌种、歌腔不同。[1]但是不管如何，农耕、捕猎文化必然反映在歌谣中，劳动果实演化而来的饮食品种也常常作为源域影射其他目标域，因为饮食是人类生存的需要，是人类适应自然、利用自然的结果。饮食隐喻作为人们表达观念意识和心理状态的符号形式，在沟通人与人、人与社会、人与自然和超自然联系的过程中起着重要的媒介作用，分别具有传递重要信息、规范行为活动、加强人际关系、确定社会角色和祭祀鬼神等多种社会功能。在中国传统社会中，人与人之间除了运用口头语言和书面文字来交流以外，还利用非语言形式的象征符号来传递各种不同的信息，以此表达人们复杂的感情和微妙的心理状态。而饮食隐喻就是其中一种具有普遍性的非语言信息传递方式，它为人们选择伴侣、缔结婚姻关系以及传达重要事务起着有效的沟通作用。饮食隐喻同时又是一种规范人们行为活动的传统教育工具，它对人们符合传统道德标准的行为活动给予提倡和鼓励，对违反社会规范的行为活动进行处罚和纠正，并对历史人物的高尚情操和美德加以褒扬和怀念，对人们起到潜移默化的教化作用。饮食隐喻在中国传统社会中还有利于加强主客之间、朋友之间的人际关系；在政治上则对建立军事联盟，化解敌我矛盾具有不可忽视的重要作用。[2]把饮食文化作为一种隐喻符号来看待，是由饮食文化本身具有的功能所决定的。所谓隐喻符号就是借助某些具有特定内涵的物质实体、行为方式及其他文化现象来影射主体观念意识和心理状态的一种信息传递方式，是以非语言的形式来表达语言内容的文化交流手段。饮食文化作为人们在摄取食物过程中形成的物

[1]　韦海曦．富川瑶族民歌述论 [J]. 艺术探索，1998（1）：344-354.

[2]　瞿明安．隐藏民族灵魂的符号：中国饮食象征文化论 [M]. 昆明：云南大学出版社，2001：182.

质实体、行为方式和价值观念的总和，是人类文化在饮食生活中的重要表现，它在特定的条件下具有传递信息的功能。列维・斯特劳斯“很少谈自然和自然现象的本来面目，而是着重人类思维对它的操作和处理。比如某些自然物种被选为图腾物种，并不是因为它们是受到人们敬畏、尊奉或嫉妒的生物，而是因为它们‘对思考有好处’，它们可以感知的实在是各种观念和关系的体现。人们选择食物是因为他们看中了食物所负载的信息而非它们含有的热量和蛋白质。一切文化都无意识地传递着在食物媒介和制作食物的方式中译成密码的信息”[1]。既然食物可以作为传递信息的媒介或载体，那么人们以食物为摄取对象而形成的饮食文化自然也就具有象征符号的性质和特征。作为象征符号的饮食文化并非包括人们所有的饮食活动。我们把饮食文化具有的功能概括为饮食对人们生理需要、心理需要和社会需要的满足这种三重属性。[2]

酒在中国传统文化中占有重要地位。有关酒的历史，《黄帝内经・素问》记载着黄帝与岐伯讨论酿酒的情况。《战国策・魏策一》载：“昔者，帝女令仪狄作酒而美。进之禹，禹饮而甘之，遂疏仪狄，绝旨酒。”禹臣仪狄是传说中的造酒者。不过《文选・曹植〈七启〉及张协〈七命〉》注引《战国策》，均作“昔帝女仪狄作酒而美，进之于禹”，那么又有“帝女仪狄”作酒之说。另外还有杜康造酒之说。《说文》说“杜康作秫酒”，“古者少康初作箕帚、秫酒。少康，杜康也”。晋江统《酒诰》中说远古时候，“有饭不尽，委以空桑，郁积成味，久蓄气芳。本出于此，不由奇方”[3]。

饮酒是中国各朝代文人的一种嗜好。梁范云《当对酒》诗云：“对酒心自足，故人来共持。方悦罗衿解，谁念发成丝。拘性良为达，求名本自欺。迨君当歌日，及我倾樽杯。”[4] 文人们借酒避世，消愁自解，心态上不快意在酒中觅天地成为定势。[5] 饮食隐喻不仅是一种语言现象，更是一种思维现象。饮食概念隐喻根植于瑶族人的身体经验，同时与文化息息相关。酒在瑶族人的不断使用过程中，结合不同的语境发生了隐喻，它的隐喻性体现在它的运用之中，是通过被借用至另一个认知域而获得隐喻意义的。两个认知域之间由于某种相似性而产生意象性，从而使两个认知域

[1] 哈里斯．文化唯物主义 [M]. 北京：华夏出版社 1989：115.

[2] 瞿明安．隐藏民族灵魂的符号：中国饮食象征文化论 [M]. 昆明：云南大学出版社，2001：4.

[3] 徐兴海．中国食品文化论稿 [M]. 贵阳：贵州人民出版社，2005：367.

[4] 逯钦立．先秦汉魏晋南北朝诗 [M]. 北京：中华书局，1983：1543.

[5] 吕华亮．六朝民俗诗学 [M]. 北京：中央编译出版社，2013：12.

产生互动，一认知域投射到另一认知域中，隐喻得以发生。文化构成概念隐喻形成的认知基础，同时概念隐喻对文化也产生影响。中华民族源远流长的酒文化，尤其是白酒文化对人们生活及思想各方面有广泛深刻的影响，构成酒隐喻形成的认知基础。如：

《朝踏接客大讨路歌壹本》

1. 主：至字扎刀请你到　未字画头请你来
请你到来厅上坐　茶巡转过酒巡来
客：言身安寸歌多谢　云牙校椅切帖新
因为歌堂那相会　茶巡过了酒巡斟

《朝踏接客大讨路歌壹本》

2. 客：十二斤铁把把刀　从小抛来丈二高
吃了三斤头烧酒　斩破杉排客郎讨路行

《朝踏接客大讨路歌壹本》

3. 客：买坛烧酒请铁匠　十二斤铁炼条钢
衣袖里头撒铁尺　打倒蚺蛇客郎讨路行

烧酒指各种透明无色的蒸馏酒，一般又称白酒。烧酒起源于唐朝，至宋元以后逐渐普及。明代药物学家李时珍对烧酒的制作方法做了这样的描述：“其法，用浓酒和糟入甑蒸，令气上，用器取酒滴。凡酸败之酒皆可蒸烧……其清如水，味极浓烈，盖酒露也。”瑶族地区烧酒始于何时，未见确切的记载。最迟在明代中后期，偏僻山区的少数民族也已经熟练地掌握蒸馏酒的技术了。至明末清初，瑶族的烧酒酿制技术已达到了很高的水平。清代以来，烧酒酿制技术在各少数民族中迅速普及。至今，不能掌握烧酒酿制工艺的民族仅有少数。酒作为一种饮料，其功能已经多元化。汉代王粲《酒赋》描述：“彰文德于庙堂，协武义于三军，致子弟之孝养，纠骨肉之睦亲，成朋友之欢好，赞交往之主宾。”瑶族人通过对比发现所要认识表达的目标域与本民族熟知的源域之间的相似性，从而为用源域来认识理解目标域打下基础。其中就有社交之中酒的功能，所以歌谣当中也常常作为源域出现影射目标域，分别影射瑶族人际交际的媒介、喝酒壮胆的行为。如：

《朝踏接客大讨路歌壹本》

4. 主：醋翁倒写底尚在　好酒潜归原旧酸

老镜不开原旧亮　老烛点燃原旧光

《贺婚诗合订本》

5. 今夜饮了新婚酒　子孙代代出官郎

Lakoff 认为，“隐喻的本质是以另一件事和经验来理解和经历一件事情”。由于人们认知思维的局限性，当遇到新事物与情况时，常常用简单易理解的源域概念来解释和理解目标域的意义。酒在瑶族文化中除了作为一种常用助兴饮料外，其实承载着丰富的文化隐喻内涵。在酒隐喻认知系统中，酒作为人们长久以来所熟知的事物，充当了始源域，而新婚酒这一源域性质是具体的，将酒的概念影射到人生的一个重要节点，说明酒的具体概念通过隐喻思维揭示婚后夫妻繁衍子孙的责任，已经成为认知思维的有机组成部分。《敬酒歌》（排瑶民歌）表示敬重：“伙计呃——汉人开门迎客敬茶水，瑶家以酒当茶敬你一杯。这是盘古皇留下的古规，让我们欢欢喜喜喝个醉。”通过歌声，表达瑶族人对客人到来的喜悦和欢迎。一曲瑶族民歌，“美酒清，美酒捧来敬客人；好酒待客千杯少，一道饮酒共谈心”。[1]

在《圣经》中，酒因为在日常生活中的广泛使用而承载了许多正面和负面的隐喻蕴含。积极方面，自由的酒象征神圣的恩典，隐喻为所罗门歌曲中亲密的爱。消极方面，葡萄酒在《箴言》却是被嘲讽的对象，其主要罪孽是酒是一个引起斗殴的因素。《圣经》中酒还被隐喻为祝福。艾萨克（Isaac）祝福雅各伯（Jacob）说，“愿上帝赐给你天上的露珠和大地的丰盛的谷物和新酒”；当雅各伯祝福他的儿子时，他用大量的酒作为犹大的优点的象征。喝一杯烈酒到醉，有时被隐喻为上帝的愤怒，耶稣也多次暗示了这杯酒所象征的愤怒，他多次说他自己会喝醉。主的日子（Day of the Lord）经常被基督徒理解为弥赛亚时代，这个时代被描绘成“当新酒从山上流下，从所有的小山中流出”的时候，当神的子民“种植葡萄园，喝他们的酒”时，上帝

[1] 周素莲 . 瑶乡风情 [M]. 贵阳：贵州民族出版社，2002：7.

准备了为所有人享用的丰富食物：盛宴的陈酿、最好的肉类和最好的葡萄酒。在《新约》中，耶稣在最后的晚餐中使用葡萄酒来表示“耶稣的血液中的新圣约”。

在英国歌谣里，各式酒品都被提及，如甜酒（Malmsey）是丝缎般柔滑细致的白葡萄酒，在16世纪，它被海风从希腊卷入英国。蜂蜜酒（Metheglin）更像是一种补酒。它糅合了葡萄酒的甘香醇厚、蜂蜜的绵甜滋润、丁香的简单清朗和水果的丰盛热烈。这种口感绵密的白葡萄酒总让人齿颊生香。在《温莎的风流娘儿们》里，埃文斯指责福斯塔夫喝着蜂蜜酒玩弄女人，而蜂蜜酒和福斯塔夫这个热切的胖子一样，总是给人带来久违的暖意，让我们欢笑，为我们驱散苍茫人生间的种种阴寒。所以可以看得出蜂蜜和酒是一种催情剂。

17B.23　'Thou need not cast off thy gowns of red,
For I can maintain thee with both wine and bread.'

---*17B: Hind Horn*

歌谣 *Hind Horn* 讲述一个人戴着一枚戒指离开了他的情人，当她对他不忠时，戒指就会变白。当戒指变苍白时，他回来了，发现她即将和别人结婚。他和乞丐交换衣服，装扮成乞丐，向她乞讨葡萄酒，然后把戒指放在玻璃杯里，她认出了他后抛弃了她的新郎。

20I.8　'O bonny babies, if ye were mine,
I woud feed you with the white bread and wine

---*20I: The Cruel Mother*

歌谣 *The Cruel Mother* 讲述一个年轻女子未婚先孕，然后生下孩子后的种种遭遇。歌谣中的 wine 经常和 bread 相连，和瑶族的酒肉一样是两个民族常用食品，往往影射富足的生活。

48.2　The moon shone bright, and it cast a fayre light,
Sayes shee, Welcome, my honey, my heart, and my sweete!

---*48: Young Andrew*

蜂蜜的使用和生产作为一项古老的活动有着悠久而多样的历史。西班牙 Cuevas

de la Araña 洞穴壁画描绘了至少 8000 年前人类觅食蜂蜜的情景。[1] 在古希腊宗教中，宙斯和奥林巴斯的 12 神的食物都是蜜汁。在犹太教传统中，蜂蜜是新年的象征，在这个节日的传统餐中，吃着蘸有蜂蜜的苹果片会给甜蜜的新年带来幸运吉祥，在这里作为宴会食物的蜂蜜影射为盛宴。希伯来圣经包含许多有关蜂蜜的文献记载。《箴言》（1917 版本）“令人愉快的话就像一个蜂窝、甜蜜的灵魂、健康的骨骼。”《出埃及记》把富饶的土地叫作“牛奶和蜂蜜流动的土地”，都赞美蜂蜜。基督教《新约圣经》叙述施洗者约翰之所以能在野外长期生存，是因为食用了野蜂蜜。歌谣 *Young Andrew* 讲述了安德鲁诱拐海伦，告诉她只要她把父亲的金子给他，他就会履行娶她的诺言。她拿来金子后，他不仅抢走了金子，还抢走了她所有的衣服。她赤身裸体回家。她父亲很生气。她心碎得自刎而死。她父亲很后悔责怪女儿。与此同时，安德鲁在森林里遇到一只狼，然后被狼咬死，金子散落在他的身边。歌谣中提到的 my honey，因为蜂蜜珍贵，所以也影射心爱的人。

124B.3 'But I haue bread and cheese,' sayes the pindar,
'And ale all on the best:'
'That's cheese good enough,' said Robin,
'For any such unbidden guest.

---*124B: The Jolly Pinder of Wakefield*

歌谣 *The Jolly Pinder of Wakefield* 提及了主人公罗宾汉拥有面包和奶酪（But I haue bread and cheese），它们是英国传统食物，所以具有隐喻源域的功能。面包在许多文化中具有超越食品和营养的意义，因为它在人类发展中起到非常重要的作用。面包在基督教中也有重要意义，它是圣餐和其他宗教（包括异教）中的元素之一。[2] 在许多文化中，面包通常隐喻为基本生活必需品和生活条件。例如，“面包赢家”罗马诗人 Juvenal 讽刺肤浅的政治家和公众只关心“潘纳特会议”（面包和马戏团）。在 1917 年的俄罗斯，布尔什维克人给人民承诺“和平、土地和面包”。“面包篮”一词表示农业生产区。在斯拉夫文化中，主人给客人面包和盐以示欢迎。在印度，

[1] HUNT C L, Atwater H W. Honey and Its Uses in the Home[J]. US Department of Agriculture, Farmers' Bulletin, No. 653, 1915: 1.

[2] SABRINA L. Exploring Wicca: The Beliefs, Rites, and Rituals of the Wiccan Religion[M]. Career Press, 2006: 100.

生活的基本必需品通常被称为“罗蒂，卡普拉 Aur-MaKAN”（面包、布和房子）。

在英语国家 bread 与“钱”同义。自从“切片面包”这个词组出现后，面包就隐喻为“了不起的或革命性的创新”和“最好的东西”。“与某人一起掰面包”（to break bread with someone）的意思是“与人共享一顿饭”。英语单词“lord”来自盎格鲁-撒克逊语，意思是“面包守护者”（bread keeper）。面包有时被称为“生活的必需品”，尽管这个词可以指不同文化中的其他主食。《牛津英语词典》把它定义为“面包（或类似的主食）”。《利未记 26》就有“我打碎了你的面包”之说。在 19 世纪，“奶酪”被用来比喻“可人的东西”（the proper thing），“大奶酪”（big cheese）一词在 1914 年以后表示“重要的人”，起源于美国的英语。“切割一个大奶酪”（to cut a big cheese）的表达被用来表示“看起来很重要”（to look important），这个比喻的表达是奶酪零售商展示作为宣传噱头的奶酪巨大轮子。短语“奶酪”也变成了美国俚语，意思是奉承。

“隐喻映射在普遍性上有差异：有的可能是普遍的，有的是分布广泛的。还有的可能是某个文化特有的。”[1] 尽管认知语言学家认为隐喻根植于人们的身体经验，身体经验只能告诉我们有可能产生哪些隐喻，而这些待选隐喻是否真的为某个文化所选择，则主要取决于该文化的各类模式。食品隐喻与英国人民和瑶族人民的文化生活息息相关。一方面，英国文化制约着食品隐喻思维模式，隐喻随着英国畜牧文化和海洋文化的发展而产生，瑶族文化中的饮食隐喻也是一样，反映瑶族人民的生活和文化；另一方面，隐喻又对文化世界产生着影响，它将其中所包含的文化因素投射到文化世界中，影响两个民族对文化世界的理解和体验。隐喻有文化传承功能，文化的许多内容通过隐喻这种特殊的语言形式世代相传，从而对人的思维方式和行为方式产生影响，隐喻随社会文化变化产生、发展和消亡（Deignan，2003：255）。[2]

由此看来，歌谣中的奶酪和面包是英国民族的主食，它们的影射对象应该是积极向上的，表示不可或缺的必需品。

---

[1] LAKOFF G. The Contemporary Theory of Metaphor [M]. New York: Cambridge University Press, 1993: 245.

[2] DEIGNAN A. Metaphorical Expressions and Culture: An Indirect Lin [J]. Metaphor and Symbol, 2003: 255.

《史记·郦食其列传》记载："臣闻知天之天者，王事可成；不知天之天者，王事不可成。王者以民为天，而民以食为天。"[1] 食为兑卦，代表人情和欲望；天为乾卦，代表本性和天道。天比喻赖以生存的最重要的东西。统治者以人民为根本，而人民以食物为必需，所以统治者就必须高度重视人们的食物。瑶族人世居深山，或狩猎、或圈养家禽牲畜以谋肉食，所以肉类食品在歌谣中往往影射美好富足的生活。如：

《贺婚诗合订本》

1. 手拿金筋点肉吃　金鹅摆现满堂光

《贺婚诗合订本》

2. 上街也有猪肉卖　下街也有煎鱼行

《盘王大歌词》

3. 三分鱼鳞四分肉　经过龙门水岸头

《盘王大歌词》

4. 蓑衣有毛不无肉　蚕子无毛样深

《盘王大歌词》

5. 骨炼变成细沙石　肉炼变成黄土泥

《盘王大歌词》

1. 丹竺好做簸箕扶　簸箕必筛米谷归心

《盘王大歌词》

2. 到处官仓带粒米　到处学堂卖卷书

[1] 徐兴海，袁亚莉．中国食品文化文献举要 [M]. 贵阳：贵州人民出版社，2005：3.

《盘王大歌词》

3. 到处官仓无厘米　一升粮米准二钱

《盘王大歌词》

4. 白鹤滩头吃白米　鲜鱼水底吃黄沙

《盘王大歌词》

5. 珍珠糯米凡人宝　牯牛鹿马圣人财

《盘王大歌词》

1. 白鸪树上吽姑姑　鲤鱼着钓怨蘇夫

《盘王大歌词》

2. 鲤鱼也畏蘇夫死　因谓当初到读书

《拾式年朝踏令歌壹本》

3. 发瘟发瘟塘中鱼　人家早富贵
发瘟发瘟塘中鱼　上元甲子是麻姑

《拾式年朝踏令歌壹本》

4. 三字青令　三个做官
红雷州　鲤鱼麟

《拾式年朝踏令歌壹本》

5. 鲤鱼進　骨鱼鳞
四字青令　天上讨

《礼节歌》

金树开花喷喷香，金口一开歌悠扬。

生我青山算我乖，爱我的人爬出来。

我的名叫香菇妹，爱吃荤菜半身斋。

在瑶族饮食中，谷类属于主食，而果食、菜食、肉食则属于广义上的副食，几乎没有出现海产品，加上从前瑶族生产力发展相对缓慢，肉食、鱼、米的生产不能完全满足瑶族人的大批量需求，所以歌谣中的这些食物也往往影射富足美满的生活。

“荼”是茶叶最早的代名，随着茶树品种的增加和饮茶之道的广泛传播，茶的名称也渐渐增多。唐代陆羽著《茶经》把茶归纳为五种：一曰茶，二曰槚，三曰蔎，四曰茗，五曰罗荈。所谓“茶文化”，系指在用茶、饮茶、品茶、制茶中所蕴含的某种观念、程式、制度和理论形态的总和，其涉及的方面，包括哲学、史学、文学、美学、民俗学、制作工艺学等诸多领域，体现了传统文化的积淀和民族特征的某些方面，因而其内容丰富博大，折射了多姿多彩的目标域。[1]《说文解字》有“药，治病草”之说。因而茶与道家的养生、乐生精神的结合，也就成了早期的茶文化形态。陆羽《茶经》中曾引《神农本草》中语云：“茶茗久服，令人有力悦志。”再如两晋之交的刘琨《与兄子南兖州刺史演书》中认为，茶可以消除心中的烦闷。唐代孟诜《食疗本草》记载：“茗叶利大肠，去热解痰。煮取汁，用煮粥良。又茶主下气，除好睡，消宿食。”

明代陆树声在《茶寮记》中道出了品茗的高雅意境：“凉台静室，明窗曲几，僧寮道院，松风竹月，晏坐行吟，清谭把卷。”由于饮茶具有“一饮涤昏寐，再饮清我神，三饮便得道”等陶冶身心的功能，明代著名医药学家李时珍也是“每饮新茗，必至数碗”[2]。茶与道教的结合，又使之披上了一层神秘的色彩，如“茗茶轻身换骨，昔丹丘子、黄山君服之。”[3] 众所周知，瑶族和汉族等其他民族一样，“茶”和“酒”是中国传统两大饮品，有着悠久的历史和深厚的文化积淀。唐朝是中国茶文化的成熟期。至唐代饮茶之风深入社会各阶层，“穷日尽夜，殆成风俗”[4]，甚至“累日不食犹得，不得一日无茶也”[5]。

[1] 徐兴海．中国食品文化论稿 [M]. 贵阳：贵州人民出版社，2005：401.

[2] 周子伦．英语“茶”话溯源 [J]. 安徽农业大学学报（社会科学版），2016（5）：110-117.

[3] 徐兴海．中国食品文化论稿 [M]. 贵阳：贵州人民出版社，2005：429.

[4] 陈祖椝，朱自振．封氏闻见记 [A]// 中国茶叶资料选辑 [C]. 北京：中国农业出版社，1981.

[5] 陈祖椝，朱自振．膳夫经手录 [A]// 中国茶叶资料选辑 [C]. 北京：中国农业出版社，1981.

魏晋南北朝也是宗教的兴盛期。一方面宗教的盛行，使茶文化进一步深入至道教、佛教之中，另一方面，宗教也促进了茶叶生产的发展，起着传播与丰富茶文化内涵的作用。道教人士以为，茶叶可以养生延寿，可以助炼“内丹”，使人升清降浊、身轻换骨，达到长生不老的目的。佛教则倡导“茶佛一味”，以为茶能醒人神志，是禅定入静的必备之物。清袁枚《随园食单》也叙述：“（晶茶）上口不忍遽咽，先嗅其香，再试其味，徐徐咀嚼而体贴之，果然清芬扑鼻，舌有余甘……令人释躁平矜，怡情悦性。”[1]

《拾式年朝踏令歌壹本》

1. 一个古年江边车　一个古年水流茶
   一个古年田中稿　一个古年是盐茶

《拾式年朝踏令歌壹本》

2. 青丝鸟仔石严下　押出龙门茶九时

《拾式年朝踏令歌壹本》

3. 逢茶逢酒老人吃　路上逢花插后生

《拾式年朝踏令歌壹本》

4. 夜里饮盏青菜酒　朝时饮盏有盐茶

《拾式年朝踏令歌壹本》

5. 隔江看见好兜茶　人人说是好枝茶
   茶子好吃亦好看　九家路头好茶芽

酒同茶一样，不仅历史悠久，而且与文化结合紧密，形成具有中国特色的酒文化。所以上面这五首歌谣中的酒和茶不单单是饮料，还是人际关系的媒介。虽然酒文化在西方也十分繁盛，但是酒不如茶那样更能代表中国的民族精神和特点。另外“饮”

[1]　徐兴海．中国食品文化论稿 [M]. 贵阳：贵州人民出版社，2005：405.

的体系中还包括奶饮类、果汁类及水类等，这些都是具有共性的。[1]

142B.4　Come, give me now a bag for my bread,
And another for my cheese,
And one for a peny, when as I get any,
That nothing I may leese.
---*142B: Little John a Begging*

歌谣 *Little John a Begging* 讲述罗宾汉劫富济贫的故事。他把小约翰伪装成乞丐，路上小约翰遇到也是装扮成乞丐的强盗，强盗的行囊里有抢劫得来的几百英镑，强盗企图摆脱小约翰的跟踪，于是两人相互打了起来，结果是小约翰赢了，是小约翰把英镑带回了舍伍德。歌谣唱道："来，给我一个面包袋，另一个是我的奶酪，一个给我一个便士，当我得到的时候，我什么也不能说。"这里的"面包"和"奶酪"也是隐喻为某种财富。

157E.11　He struck the captain on the jaw,
He swore that he would chow nae mair cheese;
He's killed all the rest with his good broadsword,
And left them wallowing on their knees.
---*157E*: *Gude Wallace*

歌谣 *Gude Wallace* 讲述的是一个叫作华勒斯的苏格兰人遇到一个女人，女人说有 15 个英国人在客栈等着追杀他。华勒斯和她打赌：你只要给我 20 先令我就去接受那 15 个英国人的挑衅。女人给华勒斯 20 先令，然后华勒斯到了客栈，把其中的领头人打伤，并杀死了其他人。后来，他又在门口遇到了 15 个英国人，也打败了他们。歌谣中主人公发誓再也不会吃其他人多余的奶酪，意味着宁死不吃嗟来之食。

222A.9　'We'll stay a while at Auchingour,
And get sweet milk and cheese,
And syne we'll gang to Glenlion,

[1]　徐兴海 . 中国食品文化论稿 [M]. 贵阳：贵州人民出版社，2005：116.

And there live at our ease.

---222A: Katharine Jaffray

歌谣 *Katharine Jaffray* 讲述了苏格兰勋爵追求女子 Katharine Jaffray 的故事。然而另外一个更加富有的英格兰勋爵也追求她并赢得了女子和她的家人的同意。在英格兰勋爵和女子的婚礼上，苏格兰勋爵带领手持武器的壮汉趁机把新娘掠走，进而发生了血腥的战斗。

299[D.4]　She's taen the knight by the milk-white hand,
And led him to her chamber,
And gied him bread and cheese to eat,
And wine to drink his pleasure.

---299D: Trooper and Maid

歌谣 *Trooper and Maid* 描述一名士兵和一少女一夜云雨后，第二天早上就去上战场打仗。少女追上士兵，请求他娶了她。士兵回答说，要娶她也要等到“贝壳长出铃铛”时。歌谣中少女给情郎面包和奶酪，既影射珍贵的事物，也是一种定情的信物。

在人类的语言中，牛奶在人类文化中扮演非常重要的角色，例如“人类仁慈的牛奶”（the milk of human kindness）；“徒悔恨是没有用的”（there's no use crying over spilt milk），意思是不要“对不能做的事感到不高兴”；“不要挤奶”（don't milk the ram），意思是“不要做徒劳的事”；“当你可以免费得到牛奶的时候为什么要买一头奶牛？”这意味着“为什么要花钱买免费的东西？”；银河（milky way）译自希腊语，字面意思“乳之路”，依据古希腊神话，银河是赫拉（Hera）发现宙斯以欺骗的手法诱使她去喂食年幼的赫尔克里斯（Heracles），因而溅洒在天空中的奶汁。另一种说法则是赫耳墨斯（Hermes）偷偷地将赫尔克里斯带去奥林匹斯山，趁赫拉沉睡时偷吸她的奶汁，而有一些奶汁被射入天空，于是形成了银河。[1]《圣经》中提到了“牛奶和蜂蜜之地”（Land of Milk and Honey），隐喻为富饶之地。

---

[1]　LEEMING D A. Mythology: The Voyage of the Hero (Third ed.) [M]. Oxford: Oxford University Press, 1998: 44.

50.4 He has taen her by the milk-white hand,
And softly laid her down,
And when he's lifted her up again
Given her a silver kaim.

---50: The Bonny Hind

53B.8 She's taen him by the milk-white hand,
And led him to a towr sae hie,
She's made him drink the wine sae reid,
And sung to him like a mavosie.

---53B: Young Beichan[or Young Bekie]

上面这两首歌谣中的 milk 隐喻雪白的颜色，通常用来描绘少女白皙的肌肤。

251A.11 'O whar will I get a little wee boy
Will work for meat and fee,
That will rin on to my uncle,
At the foot of Benachie?'

---251A: Lang Johnny More

歌谣 *Lang Johnny More* 讲述乔尼身高 14 英尺，来自苏格兰巨人家族。在访问伦敦时，他爱上了国王的女儿。国王设计引诱乔尼吸毒，并判他死刑。乔尼设法向他的亲属求救，其中两个人来救他。最后国王慑于巨人和巨人亲属的威胁，只好允许乔尼和他的女儿结婚。歌谣中的 meat 和 fee 并列使用，影射为财富。

260B.4 'O where are a' my well-wight men,
I wat, that I pay meat and fee,
For to lat a' my hounds gang loose
To hunt this vile whore to the sea.'

---260B: Lord Thomas and Lady Margaret

歌谣 *Lord Thomas and Lady Margaret* 讲述托马斯勋爵去打猎，女子玛格丽特追随他去。他却叫人把她被带到很远的地方去当作鹿来狩猎。在树林里，玛格丽特遇到一个高大的年轻人并请求得到他的保护。作为交换，她嫁给了这个高大的年轻人。当托马斯勋爵出现在他们家的时候，玛格丽特毒死了他。勋爵临死时，玛格丽特答应给他一个体面的葬礼。

252C.28　Says, Will ye leave your bonny ship
And come with me this day to dine?
And you shall eat the baken meat,
And you shall drink the claret wine.

---*252C: The Kitchie-Boy*

歌谣 *The Kitchie-Boy* 讲述一女子爱上了厨房男孩威利。当她向男孩表白时，威利担心她的父亲会把他吊死。女子把嫁妆变卖后建造了一艘漂亮的船，把威利送上船到他乡创业，并期待他日威利能荣归故里。威利经过艰苦奋斗终成大业并回归故乡，女子的父亲终于接受威利，同意把女儿嫁给他，两人终成眷属。歌谣中的 meat 和 wine 是生活的必需品，同时影射优渥的生活。

268A.41　He's taen her in his arms twa,
He was a joyful man;
He neither bade her meat nor drink,
But to the bed he ran.

---*268A: The Twa Knights*

他把她抱在怀里，
他是一个快乐的人；
他既不吃肉也不喝酒。
但他跑到床上。

歌谣 *The Twa Knights* 讲述两个亲密的朋友都是骑士，他们打赌相互勾引对方的妻子。经过几次尝试，其中一个骑士似乎成功了，但事实是这位女士让她的侄女代替她来应付骑士的勾搭，结果这位骑士和那做替身的女孩成就鱼水之欢。最后，这位女士向她丈夫证明了自己的忠贞不渝。

273A.9 'Go with me to Drayton Basset,' said our king,
'No daintyes we will lack;
We'll have meat and drink of the best,
And I will pay the shot.'

---*273A: King Edward the Fourth and a Tanner of Tamworth*

歌谣 *King Edward the Fourth and a Tanner of Tamworth* 讲述国王爱德华狩猎时，遇到了一个不认识他的皮匠。国王几次尝试和皮匠打交道，但每次都被拒绝。起初，皮匠认为他们是小偷，但后来才意识到了真相。国王对皮匠很满意，给了他一笔财产。歌谣中的食物（meat and drink of the best）隐喻涉及两个处于不同领域范畴——源范畴和目标范畴的概念，一个词的隐喻意义的产生正是这两个不同范畴间互相作用的结果，这一互相作用是通过影射的方式进行的。在这一影射过程中，原属于某一范畴的相关概念属性和结构被转移到另一范畴，最终经过合成形成一种新的概念结构，即隐喻意义。而在这一互动、影射和合成的过程的基础是两个范畴在某些方面的相似性。以上几首歌谣片段中都提到肉食和酒及其他饮料，说明了有肉食和饮料作为珍贵的生活用品影射富足的生活。

英国人民和瑶族人民具有相同的身体构造和感知器官，对相同的物质世界又具备相同的感知、认知能力，因而能形成相似的语言概念，也成为跨文化交流的内核和可能。但是，两地人民受不同语言、文化、社会、历史等因素制约，对相同事物存在不同的认知，从而造成了跨文化交流中的障碍。正是这样的相似性和差异性凸显了食物隐喻的趣味性，同时也成为歌谣实现“陌生化”效果的基础。两地人民的歌谣异彩纷呈，种类繁多，呈现出不同体裁、不同风格的特点，这些独具特色的歌谣直接反映瑶族人民和英国人民的精神气质、人品性格和情感审美，是各自民族的智慧结晶，是两地人民在长期的生活、劳动实践中创造出来的艺术瑰宝，而饮食隐喻反映了海洋文化和农耕文化各自的特质。

第十一章　植物隐喻

贺州市位于广西东北部，属亚热带南部季风气候，具有日照充足、雨量丰沛、雨热同季、干湿季节明显、无霜期长等特点，十分有利于花草树木的生长和繁育，是广西重点林区之一，全市森林覆盖率和绿化程度均远高于全国、全区平均水平，盛产杉、松、桉、栎、竹子等竹木材，有八角、肉桂、油茶、油桐、茶叶等经济林及梅、李、龙眼、沙田柚、柑、橙、枣、板栗等水果，树种主要有马尾松、杉木、桉树和竹子等。贺州市地处中亚热带南部季风湿润气候区，瑶山群山连绵，峰峦叠嶂，溪水潺潺，古树参天，自然景观雄奇秀美，民族风情异彩纷呈；植被属亚热带常绿阔叶林植被区，全市发现有野生植物 1400 种，以马尾松、杉木、油茶、八角、荷木和天然次生杂木疏灌丛草等构成主要植被。主要有松科、杉科、壳斗科、木兰科、樟科、山茶科、大叶栎、红椎，白椎、枫香、樟木、桦木、拟赤杨等常绿阔叶树种；灌木主要有桃金娘、野牡丹、三椏箐、算盘子、木羌子、胡枝子、余甘子等；草本植物有五节芒、野古草、黄茅草、金茅等；蕨类植物主要有铁芒萁、东方乌毛蕨等。果树兼用树种有八角、青梅、三华李、脐橙、金柚、板栗等。[1] 丰富的植物资源大量融入了瑶族歌谣中，植物的特性被用来影射瑶族人民的生活和情感。

“隐喻根据的是事物之间的相似性，隐喻的理解过程实际上是源域事物特点向目标域事物映射的过程。”[2] 隐喻的生成过程就是认知主体参照熟悉的、有形的、具体的、易于理解的概念来认识、思考、经历、对待新鲜的、无形的、抽象的或难以

---

[1]　http: //www. gxhz. gov. cn《贺州年鉴》。

[2]　束定芳 . 隐喻和换喻的差别与联系 [J]. 外国语，2004（3）：26-34.

理解的概念，形成一个不同概念间相互关联的认知过程。[1] 以植物作为源域影射人类的生活情感，古今中外文学作品皆有例子。孔子说，读《诗经》可“多识于鸟兽草木之名”。诗经中的植物、动物、声、光、动作等都富于内涵。《诗经》305 篇中的《风》《雅》比兴的植物意象较之《颂》的植物意象出现频率较高[2]。《诗经》有“桃之夭夭，灼灼其华”，隐喻美女之艳。宋朱熹《诗集传》载有“周礼，仲春令会男女。然则桃之有华，正婚姻之时也。”周弘正《看新婚诗》载有“婿颜如美玉，妇色胜桃花。带啼疑暮雨，含笑似朝霞”，所写均与看新妇有关。花柳偏指女性，也泛指爱情。有的学者认为，在上古时期，象征女性生殖器的花卉植物，演化出象征女性的意义。北魏胡太后追思远离的情人而作《杨白花歌》，以柳絮、杨花喻男子，这在当时不足为奇，但在唐宋及其后的诗歌中就极少见了。当然也未绝迹，如苏轼名作《水龙吟》“似花还似非花”，即以杨花写飘零身世。但随着市民阶层兴起繁盛，文学娱人性得到强化，经过齐梁宫体诗赋对女性、爱情题材的开拓，杨柳意象渐趋阴柔。国外汉学家曾统计《唐诗三百首》中的各类树木意象，柳出现 29 次，大多与女性有关。[3]Lakoff 和 Johnson 认为，“概念是通过身体、大脑和对世界的体验而形成的，并只有通过它们才能被理解”[4]。瑶族歌谣也大量应用植物概念来认知目标域。如：

《捞堂歌》

正月桃花发　二月李花开
三月桐油花正定　四月金斗发天开
五月岗逑岭岭上发　六月芙蓉花正红
七月莲花塘上发　八月禾花土里生
九月萬藤生过路　十月鸡公满地红
十一月梅花卸落地　十二月山茶花满树红

歌中唱的都是植物主题。

[1] 周红红 . 从符号学的角度看隐喻的生成 [J]. 福建外语，2000（2）：12-15.

[2] 龚光明 . 翻译思维学 [M]. 上海：上海社会科学院出版社，2004：51.

[3] 赵国华 . 生殖崇拜文化论 [M]. 北京：中国社会科学出版社，1990：236-238.

[4] LAKOFF G, JOHNSON M. Philosophy in the Flesh—The Embodied Mind and Its Challenge to Western Thought [M]. New York: Basic Books, 1999: 497.

《蝴蝶歌》

脐橙成为黄金树，颗颗脐橙是珍珠，

富川开通淘金路，人民谱写发财书。

这里把富川特产脐橙比喻成黄金、珍珠，表达了劳动人们收获果实的喜悦之情。隐喻直接用比喻的事物代替被比的事物，需要在具体的语境中体会其含义。如：

《蝴蝶歌》

井里撑船无路出，塘里撑船无路通。

好花生在院子里，没有个人介绍句。

这里要结合具体语境，看到最后一句才明白，是把好花比喻成迫切想嫁出去的好姑娘。

在中国文学史上，柳一直受到文人墨客的青睐，早在先秦《诗经·采薇》中，就出现了“昔我往矣，杨柳依依”的借柳咏别的名句。随着历史的推移，柳在以后各代的伤别诗词中被用作典型的表达“感伤”主题的主体意象词语频繁出现，以渲染凄苦怅惘的别恨离愁。所以，在汉词句“今宵酒醒何处？杨柳岸，晓风残月”，是在推想对方在别后的情景：今夜酒醒时，一定是在冷落寂静、杨柳低垂的岸边，只有清寒的晨风和暗淡的残月陪伴。这里极力渲染凄凉孤寂的气氛，增添了苦涩难言的情味。柳树风姿绰约，撩人心怀，因此在汉语诗歌中，柳作为主体意象词语常形容“女子姿色”。如唐代诗人彦谦《垂柳》中的诗句：“绊着春风别有情，世间谁敢斗轻盈？楚王江畔无端种，饿损纤腰学不成”；白居易《长恨歌》中的诗句：“芙蓉如面柳如眉，对此如何不泪垂。”成语“杏眼柳眉”即指女子之美。在爱情生活上，由于中国古代的女性们是被动的接受者，使植立地面不能自主动作的植物尤其美而柔弱的花柳隐喻为女性。敦煌曲子词《望江南》从女性角度自咏：“我是曲江临池柳，者人折折那人攀……”这恰似孟柴《本事诗》载白居易“年既高迈，而小蛮方丰艳，乃作《杨柳枝》辞以托意曰：‘永丰西角荒园里，尽日无人属阿谁？’……”而关汉卿倾吐心曲的名篇《南吕·一枝花·不伏老》最是赤裸裸从男性角度立言：“攀出墙朵朵花，折临路枝枝柳。花攀红蕊嫩，柳折翠条柔。浪子风流。凭着我折柳攀花手，直煞得花残柳败休。半生来折柳攀花，一世里眠花卧柳。”

隐喻含义丰富的花柳，表现出了女性特有的生活状态，极生动地象征男性对于女性的占有、支配特权，以及女性依附男人。[1] 在汉语里，“柳”与“留”谐音，故含“挽留”之意；柳枝长条依依、纤细柔韧，天生一副款款惜别的姿态。因而中国古人在送离亲友时往往要折柳赠别，久而久之便成为中国传统的习俗，词语“柳”即蕴含“离情别绪”的国俗语义，表达一种绵绵无尽的愁思。下面这几首瑶族歌谣中出现的柳的隐喻不像在汉族文学作品中一样频繁，而且隐喻影射的目标域不是很明确具体，往往是对这种植物的宽泛化描述。

《拾式年朝踏阴歌曲壹本》

松柏叶枝好遮月，江边杨柳在沙洲。

《拾式年朝踏阴歌曲壹本》

杨柳在洲洲在水，齐齐留意万千秋。

《拾式年朝踏阴歌曲壹本》

一叹好仙花柳树，四边花发满天游。

《拾式年朝踏阴歌曲壹本》

细慢去，构朵石柳插路头。

Willow（柳）在英语文化里，与我国文化有着截然不同的象征意义。在棕榈主日（Palm Sunday），西方人把柳枝放在家里以驱逐所有邪恶的东西。由于垂柳的枝条总是“悲伤地”低垂着，外形多愁善感，因此英美等英语国家的公墓里常种有这种树，作为失落和死亡的象征。早在《圣经》中，垂柳就被当作是忧伤悲哀和遭受遗弃的象征，据传在公元前 6 世纪，大批犹太人被俘至巴比伦后，巴比伦的柳树就哀伤地垂下了枝条：

By the river of Babylon, there we sat down, yea,

we wept when we remembered Zion.

---

[1] 居阅时，瞿明安 . 中国象征文化 [M]. 上海：上海人民出版社，2011：297.

We hung our harps upon the willows in the midst of it.

（Psalm: 137，Old Testament）

（我们曾在巴比伦的河边坐下，追想锡安就哭了。

我们把琴挂在那里的柳树上……）。

Wear the willow（带着青柳）表示“失恋”或“悲悼心爱者的去世”。《牛津英语字典》（*Oxford English Dictionary*）中的“She is in her willows”（她带着青柳）意指一个妇人对痛失配偶的哀悼。可以看出，英语文化中的 willow 还特别指痛失配偶或情人的哀伤。

莎士比亚戏剧中的一个例子很明确地呈示出 willow 代表“失恋”“失偶”的这一独特含义：Tell him, in hope he’ll prove a widower shortly, I’ll wear the willow garland for his sake.[1]（告诉他，我料想他不久就要成为鳏夫，我要为他而戴上一顶柳条冠。——梁实秋译）[2] 英语中“willow”一词有“weeping willow”一说，既表示“垂枝的柳”、也表示“垂泪的柳”。英语中还有“to wear the willow”（戴柳条）、“the green willow”（青柳），“willow garland”（柳条冠）等词语，都是“哀伤”的象征。此意源自于英国人从前戴柳枝编成的帽子以表示哀思。因此，在英美许多诗歌作品中，“willow”也常作为主体意象词语，表达“因失去心爱的人，尤其是恋人而感到的悲切”[3]。如英国诗人丁尼生的长叙事诗《夏洛特的少女》（*The Lady of Shalott*）第四部分第四节中的诗句：

As when to sailors while they roam,
By creeks and outfalls far from home,
Rising and dropping with the foam,
From dying swans wild warblings come,
Blown shoreward; So to Camelot
Still as the boathead wound along
The willowy hills and fields among,

[1] SHAKESPEARE W. King Henry VI, part III[M]. Black Curtain Press, 2014.

[2] 李然，戴卫平，李焱 . 英语词汇文化喻义研究 [M]. 天津：天津科学技术出版社，2014：282.

[3] 刘芳 . 诗歌意象语言研究 [M]. 上海：上海译文出版社，2012：273.

They heard her chanting her deathsong,

The Lady of Shalott.

英国歌谣中有关柳的描述也不少，影射了当时英国民间生活的方方面面。

13A.7 'What about did the plea begin,

Son Davie, son Davie?'

'It began about the cutting of a willow wand

That would never been a tree.'

---*Edward*

歌谣*Edward*讲述爱德华的母亲问及为何他衣服上和刀上沾有鲜血。爱德华几次回避回答之后，最终承认谋杀了他的兄弟和父亲。然后母亲问他将给他的家庭留下什么。他沮丧地说，留给妻子的只有无限的悲痛，留给他的儿子是一个厌倦的世界，留给母亲的则是地狱之火。歌谣中把砍掉柳条的情节隐喻为爱德华谋杀父兄所带来的无限悲伤。

44.1 THE lady stands in her bower door,

As straight as willow wand;

The blacksmith stood a little forebye,

Wi hammer in his hand.

---*The Twa Magicians*

歌谣*The Twa Magicians*讲述一个铁匠软硬兼施追逐一女子，追到后即娶其为妻。但也有不同的版本，两人都变成不同的动物，一种是铁匠在追逐女子时她变成野兔，而他却抓住了一条灰狗，然后她变成了鸭子，他又变成了一条狗或一只公鸭去追逐。在儿童版的民谣中，她没有能够逃脱，也有说她根本不逃跑。歌谣中此女子立于闺房门口，像柳条一样垂直。此处的柳条和汉语中的柳条影射的目标域都是女子，但是内涵并非完全一致。

68C.12 'Come doon, come doon, my pretty parrot,

An pickle wheat aff my glue;

An your cage sall be o the beaten goud,

Whan it's of the willow tree.'

68C.14　Come doon, come doon, my pretty parrot,
An pickle wheat aff my hand;
An your cage sall be o the beaten goud,
Whan it's o the willow wand.'

---*Young Hunting*

歌谣 *Young Hunting* 讲述了一个女人的情人是一位年轻的猎人，猎人告诉她，他要离开她去追寻另一个他更爱的女人。当他去吻别她时（在其他版本中，她把他灌醉，然后他们云雨一番），她用刀狠命地刺伤他。然后她从一只鹦鹉身上得知他只爱她。歌谣中的柳条化作了打人的工具。

在中国传统文化中，"竹"与"松""梅"一起被称作"岁寒三友"。竹子因其中心虚空而被誉为具有"君子谦虚的美德"，同时又因其四季常青、宁折不弯而成为"君子节操"的象征。所以，自古以来它就成为崇尚伦理道德的中国文人雅士歌咏的对象，作为诗歌主体意象词语，它蕴含着"高尚的节操和品格"的国俗语义。如唐代诗人钱起《暮春归故山草堂》的"谷口春残黄鸟稀，辛夷花尽杏花飞。始怜幽竹山窗下，不改清阴待我归"，诗中描述在春光逝去、百花凋零的凄凉景色中，诗人欣然发现了另一种可贵的美——窗前幽竹，翠绿葱茏、摇曳多姿地迎接它久别归来的主人，表现了诗人对幽竹那种不愁春残、不畏秋寒、不为俗屈的高尚节操的礼赞。竹还因其有笔直的枝干、嫩绿的叶片，常作为主体意象词语出现在汉语诗歌中，表现"潇洒飘逸、绰约挺拔的自然之美"的国俗语义。如唐朝司空曙《竹里径》的"幽径行迹稀，清阴苔色古。萧萧风欲来，乍似蓬山雨"，诗句描写清幽的竹径，展现出一幅恬适优美的景致，给人以心旷神怡的感觉。[1]

《拾弍年朝踏阴歌曲壹本》

主：九梅山头有金竹　九梅山下织篱围
初声大步尊神报　篾竹架桥客郎不通行

---

[1]　刘芳．诗歌意象语言研究 [M]. 上海：上海译文出版社，2012：280.

《贺婚诗合订本》

一双竹子一斩齐　郎部高来妹部底

《盘王大歌词》

第三竹王造得火　第四铜王造得钱

《盘王大歌词》

森山竹木刘王种　井边树圣人栽

《盘王大歌词》

黄鹤春随来去　厅前种棵青坭竹

《竹叶青》

竹叶青，竹叶青，就把竹叶起歌声……慢慢唱，

慢慢唱，慢慢唱起到天光。

《拾弎年朝踏阴歌曲壹本》

枫木爱生侧边岭　丹竹爱生戾是岭边

丹竹原来爱脱壳　脱壳原来爱带天

《拾弎年朝踏阴歌曲壹本》

生是米　熟是饭　小是笋　大是竹

竹是下园竹　从根生上尾连尖

白公斩来作笔管　笔头题出万年诗

英国学者李约瑟说：东亚文明乃是“竹子文明”。《诗经·小雅·斯干》“如竹苞矣，如松茂矣”。明范世彦《磨忠记》“祝寿享，愿竹苞松茂，日月悠长。”和汉族一样，在上面这几首瑶族歌谣中，竹子彰显气节，虽不粗壮，但却正直，坚韧挺拔；不惧严寒酷暑，万古长青。《竹叶青》是新娘在成婚前夜所唱的歌，她对“天光”后的婚礼究竟是什么样的心态呢？是对婚姻生活的向往，还是对父母的依恋？似乎

难以言说，于是只有将心事诉于在月影下随风摇动的竹叶。[1]

瑶歌《后生切莫嫌老人》，劝后人孝敬老人，歌中唱道：

《后生切莫嫌老人》

山中竹笋嫩又青，后生切莫嫌老人。
竹笋生在竹根上，无竹哪有笋成林。

歌谣用竹笋和竹子分别隐喻年轻人和老人，弘扬敬老爱幼的民族传统。

“梅”之贵在于品格高尚。其一，“梅独先天下而春”；其二，梅花树瘦硬挺拔，具有“洁身自爱，坚忍不拔”的品格；其三，梅生于幽静之处，特别清香，象征“人品的潇洒淡薄，孤芳自赏”；其四，梅象征“富贵不能淫，贫贱不能移”的品格。正因为如此，许多中国诗人将“梅”作为主体意象词语来表现自己的志向和情趣。如宋黄公度《朝中措》的“幽香冷艳缀疏枝，横影卧霜溪。清楚浑如南郭，孤高胜似东篱。岁寒风味，黄花尽处，密雪飞时。不比三春桃李，芳菲急在人知”[2]，词中“南郭”指庄子《齐物论》中物我两忘、清高淡泊的子綦，“东篱”指不为五斗米折腰而采菊东篱下的陶潜，他们都是品格似梅的人。这首词以“梅”为主体意象词语，通过对野梅清香的丰韵、孤高的品格、傲雪的精神的颂扬，表现了作者的襟怀与情趣。

《拾式年朝踏阴歌曲壹本》

十一月天雪冬至节　梅花口里正含风
思量要连富贵女　又怕嫌郎家里穷
十二月小寒大寒节　山茶花发白批批
四处山头无花了　问娘那处摘花来

《桃源歌词洞》

莫望英台配对妻　别处重有伶俐仙
敷天广海姻缘路　莫望木梅花朵香

---

[1] 田昀艳．刍议广西瑶族传统情歌的艺术特色——以“蝴蝶歌”为例 [J]. 音乐创作，2014（5）：160-162.

[2] 刘芳．诗歌意象语言研究 [M]. 上海：上海译文出版社，2012：256.

桃源丹竹头　随根生上尾隋垂。

盘州歌词都唱了　且唱桃源歌词头。

《拾式年朝踏阴歌曲壹本》

打开高山种松柏　打开平地种杨梅

松柏成林尾尖尖　杨梅成林尾筛筛

《拾式年朝踏阴歌曲壹本》

二叹梅花白云色　恨尽不得共娘缘，

芙蓉色好人园安　青松难耐共遮荫。

《拾式年朝踏阴歌曲壹本》

劳不劳借问红线劳不劳

红线不劳打断条　遥遥飞上高松树

上面这几首歌谣中的竹子、梅、松、桃等植物所影射的瑶家性格具备了山野神韵，瑶味浓烈，其风格独特，令人难忘。

“兰”，古称“兰蕙”，以其生于幽僻的山谷并发出清香而成为“君子品格”的象征。中国文化先人孔子吟出“芝兰生在幽谷，不以无人而不芳。君修道立德，不为穷困而改节”的诗句。又如屈原的《离骚》：

余既滋兰之九畹兮，又树蕙之百亩。

畦留夷与揭车兮，杂杜衡与芳芷。

冀枝叶之峻茂兮，愿俟时乎吾将刈。

虽萎绝其亦何伤兮，哀众芳之芜秽。

……

朝吾将济于白水兮，登阆风而绁马。

忽反顾以流涕兮，哀高丘之无女。

溘吾游此春宫兮，折琼枝以继佩。

……

制芰荷以为衣兮，集芙蓉以为裳。

不吾知其亦已兮，苟余情其信芳。

高余冠之岌岌兮，长余佩之陆离。

芳与泽其杂糅兮，唯昭质其犹未亏。

《离骚》中大致可分草木象征和男女象征两大系统。其中草木偏重象征抒情主人公的品性、修养、操守、气节等静态特征，即自我修养；男女则偏重揭示抒情主人公为理想奔逐徘徊、悲愁怨抑等动态特征和整体特征，即事业追求。二者的结合，是前者附属于后者，通过前一组意象对后一组意象的随伴，使草木象征和男女象征共同表现出主人公的“美政”理想、奋斗和挫败。屈原在《离骚》中以“兰”为意象词语表明自己的志趣高洁，日常生活中的鸟兽草木，纷纷在屈原想象构筑的象征世界里，成为暗示诗人政治化主体情思的惊才绝艳的喻象。[1] 诗中以滋兰、树蕙及种植多种芳香植物隐喻培植、扶持实行“美政”所需。[2] 同时，诗人追求理想而终归幻灭的心灵与现实的悲剧。“寓情草木，托意男女”是这篇伟大的抒情绝唱的意象创造的基本特点。《离骚》的抒情主人公总是与芳香美丽的花草为伴，其敌人则相反，偏爱丑恶植物。“扈江离与辟芷兮，纫秋兰以为佩。”“朝搴阰之木兰兮，夕揽洲之宿莽。”奇花异卉充当源域，影射美丽的外表，更表明了其对美的爱好，对德性的追求，对“美政”理想的坚守。“昔三后之纯粹兮，固众芳之所在。杂申椒与菌桂兮，岂维纫夫蕙茝。”以“滋兰九畹”“树蕙百亩”来抒发主人公的爱国热情和高洁情操。[3]

《拾式年朝踏阳歌曲壹本》

子孙兰出金言，凑出金语，

放出一字青令，五字青令，十五字青令。

《拾式年朝踏阳歌曲壹本》

常在面前，谢头尊王，兰出金言，凑出金语，过迎来劝。

---

[1] 刘芳 . 诗歌意象语言研究 [M]. 上海：上海译文出版社，2012：256.

[2] 居阅时，瞿明安 . 中国象征文化 [M]. 上海：上海人民出版社，2011：294.

[3] 居阅时，瞿明安 . 中国象征文化 [M]. 上海：上海人民出版社，2011：295.

《拾式年朝踏阳歌曲壹本》

门敫陈　亦会兰门敫笛　一双富人来客　低头为拜　亦来上香

《拾式年朝踏阳歌曲壹本》

巡巡加盏盏，加盃兰出金言，凑出金语，庭前街下唱歌唱，令闹热道场。

《拾式年朝踏阳歌曲壹本》

明国子孙，兰出金言，凑出金语，乱之仰献，四衍八位六路九。

孔子《孔子家语·六本》：“与善人居，如入芝兰之室，久而不闻其香，即与之化矣。与不善人居，如入鲍鱼之肆，久而不闻其臭，亦与之化矣。丹之所藏者赤，漆之所藏者黑，是以君子必慎其所与处者焉。”以兰影射善人。唐代大诗人李白写有“幽兰香风远，蕙草流芳根”。中国兰的根是为白芷，白芷象征人民百姓。蕙芷是自古以来仁义与民政的传统美德精华，蕙兰根系百姓。瑶族歌谣中的兰往往也以其蕴含的品质影射孝子贤孙，期望子孙名声若兰之幽香。如上面这几首歌谣。

《贺婚诗合订本》

荷叶盃曲子

荷花丛中双百武　白上青山种树叶

瑶族是一个富有鲜明民族个性的种族，是一个充满了神秘色彩和一个有着深厚智慧的民族。到了明朝，瑶族和汉族文化交融渗透的速度加快，瑶族文化也得到发展，特别是山歌、民歌、调龙舞狮等娱乐活动，形成了自己独特而富有浓厚民族特色的文化艺术精品。所以瑶族歌谣的源域既基于自己民族的生活环境，也运用了汉民族的植物内涵来形成影射关系。莲花，也叫荷花、芙蓉、芙蕖，是瑶族地区常见的多年生草本花卉。并蒂莲属莲花中的千瓣莲类，是花中珍品，它集莲荷之精华于一身，尤能引人入胜。自古以来，人们便视并蒂莲为吉祥、喜庆的征兆，善良、美丽的化身。“青荷盖绿水，芙蓉披红鲜。下有并根藕，上有并蒂莲”的名句广为传诵。歌谣《贺婚诗合订本》中的“双百武”既隐喻夫妻恩爱，也象征文武双全的人杰。

《贺婚诗合订本》

荷叶盃叶过岸　叶归过岸
叶归过岸落何流　黄桑叶落正舍毬
身着罗衫也无钮　又身寒湿扫坭尘
荷叶杯中真荷叶　己般荷叶己般黄

莲花以其亭亭玉立、出淤泥而不染的高洁品格，在瑶族人心目中占有重要地位，被称为“花中的君子”。一部中国文学史，与莲花有关的文学形式和文学作品很多，在诗词歌赋、散文、小说等文学领域，都有莲花的芳踪。

但是有时候瑶族歌谣不一定要指具体的植物为源域，而是用笼统的花卉植物。如：

《拾式年朝踏阳歌曲壹本》

六亲得吃花园酒　吃了眉花色红

《拾式年朝踏阳歌曲壹本》

逢茶逢酒老人吃　路上逢花插后生

《拾式年朝踏阳歌曲壹本》

老人头带广州纱　脚踏麻鞋金秀花

《拾式年朝踏阳歌曲壹本》

天下单身亦好做　一双花鼓挂床头
眠到五更花鼓响　单身浪子好风流

《拾式年朝踏阳歌曲壹本》

罗来罗来赖逻赖逻来逻来逻来赖礼逻来
前唱难歌聪　后唱牡丹花

《拾式年朝踏阳歌曲壹本》

好宝种在当阳地，开花结子象仙桃。

《拾式年朝踏阴歌曲壹本》

贵手执筒烟贱吃，吃烟四比吃仙桃。

《拾式年朝踏阴歌曲壹本》

连云舍步荒滩内，好比桃花插两行。

《拾式年朝踏阴歌曲壹本》

亏为妹，无家正出外桃游。

《拾式年朝踏阴歌曲壹本》

鸳鸯成对桃榕凤，比象桃花插两行。

《拾式年朝踏阴歌曲壹本》

女：我爱你来你爱我。
有心结缘心莫多。
要学蜡烛一条心。
莫学葛藤牵满坡。
男：天要落雨云起黑。
郎要丢妹去丢不得。
要丢除非岩结籽。
除非松柏树落叶。

上面这些以植物作为源域的歌词充满了生活智慧，用来表达男女间的感情，十分真挚自然。瑶族人赏花，在于悦其姿色而知其神骨，如此方能邀游在每一种花的独特韵味中，而深得其中情趣。因诗经《桃夭》的“桃之夭夭，灼灼其华。之子于归，宜其室家。桃之夭夭，有蕡其实。之子于归，宜其家室。桃之夭夭，其叶蓁蓁。之子于归，宜其家人”，鲜艳的桃花往往影射标致女子，且桃花繁盛，也影射多子。如古人所言：“梅标清骨，兰挺幽芳，茶呈雅韵，李谢弄妆，杏娇疏丽，菊傲严霜，水仙冰肌玉肤，牡丹国色天香，玉树亭亭皆砌，金莲冉冉池塘，丹桂飘香月窟，芙蓉冷艳寒江。”所以花在歌谣里往往影射美好团圆的生活。

《蝴蝶歌》是瑶族非物质文化遗产之一。它流传于广西贺州市及其所辖的富川以及湖南江华一带，其曲调清丽优美，婉转悠扬，悦耳动听，节拍柔美，抑扬顿挫，袅娜悠远，有极强的艺术感染力。通常在当地的节日会期（歌圩）、婚嫁喜庆及礼仪活动之中演唱，因瑶人居住在平原村落，村落四周都是茂密的茶树林，每当春暖花开的时候，蝴蝶就在开花的茶树林中翩翩起舞，生活在这里的瑶人触景生情，在这美好的季节里也开展对歌的活动，以蝴蝶飞舞为音乐旋律的线条，以蝴蝶扇动翅膀的动作为音乐节奏，以此为背景口头创作了这首优美动听的《蝴蝶歌》。[1] 富川的瑶后生仔赶歌圩碰上合意的姑娘就会唱起《蝴蝶歌》：[2]

采来鲜花铺条街，铺条花街等哥来；
十年不来十年等，十年等，
再不移花别处栽！

《蝴蝶歌》甜腔悠悠，余音袅袅不绝、绕心缠肺，令人陶醉其间，终生难忘。在明快活泼、极富流动感的旋律中，洋溢着瑶族歌手对美好生活、美好爱情的向往和追求，体现出他们真纯热情的爱情观、人生观。[3] 此处的花，没有具体到什么花卉，只是用花影射爱情，芳心花解语。

莎士比亚（William Shakespeare）、奥斯汀（Jane Austen）、夏洛蒂（Charlotte）和艾米莉·勃朗特（Emily Bronte）和儿童小说家兰西丝·霍森·柏纳特（Frances Hodgson Burnett）都使用花的语言进行他们的文学作品创作。莎士比亚在他的剧本和诗歌中使用“花”超过 100 次。[4] 在《哈姆雷特》中 Ophelia 提及并解释了三色紫罗兰、迷迭香、茴香、肉鸽、芸香、雏菊和紫罗兰色的象征意义。花朵在梦中的象征意义被隐喻为“蓬勃发展的潜力”。[5]

鲜花也常被用作女性气质的象征。约翰·斯坦贝克的短篇小说《菊花》完全围

[1] 杨胜慧，黄薇薇 . 瑶族民歌的创作特征 [J]. 民族文学研究，2012（4）：32-37.

[2] 黄钰婷 . 论广西贺州地区民歌的传承与发展 [J]. 艺术百家，2009（6）：240-241，261.

[3] 黄钰婷 . 广西贺州瑶族民歌“蝴蝶歌”、“喇格里”的艺术特征 [J]. 艺术百家，2010（2）：214-218.

[4] KIRKBY M, DIFFENBAUGH V. The Language of Flowers[M]. Macmillan: Folger Shakespeare Library, 2013.

[5] DEE N. Your Dreams, What They Mean[M]. Great Britain: Guild Publishing, 1984: 142.

绕着黄色小花进行展开，黄色小花通常与乐观或失落的爱情联系在一起。当主人公伊莉莎发现她心爱的菊花被扔在地上时，她的情趣和女性气质就被毁灭了。花儿的隐喻功能足以使斯坦贝克作品充斥了欣赏女性气质这一主题。

英国歌谣也大量运用植物花卉来影射英国民间生活和感情的方方面面，一如中国的“芳心花解语”。

玫瑰枝上有刺，花有紫红色、白色等多种颜色，色泽艳丽，香味浓郁，婀娜多姿。在古希腊神话中，爱神阿佛洛狄特为了寻找她的情人阿多尼斯，奔跑在玫瑰花丛中，玫瑰刺破了她的手，刺破了她的腿，鲜血滴在玫瑰的花瓣上，白玫瑰从此变成了红色的，红玫瑰也因此成了坚贞爱情的象征，是美神的化身，又融进了爱神的鲜血，所以它是集爱与美于一身。玫瑰是艺术中最受欢迎的题材，在肖像画、插图、邮票、装饰品或建筑元素中出现。玫瑰还是英国和美国的国花，玫瑰作为英国的国花可以追溯到 15 世纪的英国内战（后来称为玫瑰战争）时期，其中红玫瑰代表兰开斯特宫，白玫瑰代表约克家。[1] 都铎王朝（Tudor dynasty）创造了都铎玫瑰。莎士比亚在其戏剧作品 *Richard III* 中把玫瑰形象化了，戏剧性地组合了白色和红色的玫瑰。[2]

英国的传统歌谣《英国的玫瑰》）（*Child*，166）讲述了里士满伯爵（后成为亨利七世，都铎王朝的缔造者）使用王冠的故事。《红玫瑰》是亨利的寓言。[3] 而英国的国花，也正是从皇室所用图案标记得来的。美国在 1985 年经过参议院通过把玫瑰定为国花。由此可见，玫瑰在英语民族被当为“友谊之花”和“爱情之花”。因此，词语“rose”在英语中亦含有象征“爱情、美丽、芬芳、热忱”等国俗语义。在英美诗歌作品中，诗人也常常以玫瑰为主体意象词语来抒发内心情感，表达“爱情、美丽、大好时光”等意蕴。如英国诗人彭斯（R. Bums）一首有名的情诗《一朵红红的玫瑰》（*O My Luve's Like a Red, Red Rose*）。[4] 诗人用含苞欲放的玫瑰来表现妙龄女子的青春，告诉人们要珍惜爱情的好时光。随着世界各民族文化的交融，玫瑰象征“爱情”

---

[1] CHILDS P. Places and Peoples: Region and Nation in *British Cultural Identities*, 4th ed.: eds[M]. Routledg, 2013: 43.

[2] ROBINSON J. Court Politics, Culture and Literature in Scotland and England, 1500-1540[M]. Ashgate, 2008: 44.

[3] WÜRZBACH N, Salz S M. Motif Index of the Child Corpus[M]. Walter de Gruyter, 1995: 175-176.

[4] 刘芳 . 诗歌意象语言研究 [M]. 上海：上海译文出版社，2012：260.

这一英美人的传统概念，以及他们以送玫瑰表示爱情的方式都已被全世界人所接受。可以说在世界范围内，玫瑰已经是用来隐喻爱情的通用语言了。

39A.5　She had na pu'd a double rose,
A rose but only twa,
Till up then started young Tam Lin,
Says, Lady, thou's pu nae mae

---*Tam Lin*

歌谣 *Tam Lin* 讲述的是一个年轻女子万圣节前夕救下她的情人，以免遭课税的故事。歌谣中两人对话，男子说女子是双色玫瑰，显然玫瑰花影射绝色女子。

43D.4　'Now rest, now rest, my bonnie grey steed,
My lady will soon be here,
And I'll lay my head aneath this rose sae red,
And the bonnie burn sae near.'

---*The Broomfield Hill*

歌谣 *The Broomfield Hill* 讲述一男一女相爱并打赌的故事。歌谣中的"我"会把头放在红玫瑰上（I'll lay my head aneath this rose sae red），此处玫瑰隐喻甜美的梦。

166A.32　Our king, he is the rose soe redd,
That now does flourish fresh and gay:
Confound his foes, Lord, wee beseeche,
And loue His Grace both night and day!

---*The Rose of England*

歌谣 *The Rose of England* 讲述亨利七世从兰卡斯特·理查德三世（Lancaster Richard III）手里获得皇冠的故事。虽然红玫瑰（亨利六世）被一只白猪（理查德）谋杀，但是玫瑰的种子得以继续生根发芽，再次繁衍。歌谣用玫瑰花来影射国王，反映出新鲜和欢乐的幸福氛围。

百合（Lily）是由鳞茎生长的草本开花植物，有大型的突出的花，花冠大，花筒长，呈漏斗形喇叭状。花色多为黄色、白色、粉红、橙红，有的还具紫色或黑色斑点，也有一朵花具多种颜色的，极其美丽。虽然它们的分布范围延伸到亚热带地区，大多数物种是温带北半球原生的。许多其他植物有“百合”的共同名称，但与真正的百合无关。希腊古神话中，主神宙斯有个儿子名叫大力神海格立斯，海格立斯听说吃了女神朱诺的乳汁，就能长生不死。然而要得到朱诺的乳汁非常不易，宙斯用了一番心思，召请诸神欢饮，席中有意为朱诺安排了大量的奈克塔（神饮的酒），朱诺果然喝得酩酊大醉。宙斯便叫儿子海格立斯扑到朱诺身上吸吮乳汁。海格立斯越吃越有劲，满嘴乳汁来不及咽下去，流到地上，凡有乳汁的地方，便立即长出雪白芳香的花来，人们都叫它百合花。在维多利亚时代的花朵语言中，百合花隐喻爱、热情和对你所爱的人的感情，而橙色百合隐喻幸福、爱和温暖。

百合在许多文化中具有深邃的象征意义，在世界文化和文学中都具有很重要的地位。百合花也是葬礼中最常用的花，象征着死者的灵魂已经恢复到纯真状态。百合是复活节的象征。《圣经》里记载百合花是由夏娃的眼泪变成的，为纯洁的礼物，因此世人认为百合花为纯洁清新之意的代表。百合花在英美人心目中美丽异常，高雅无比，许多女性以“lily”命名，“white lily”即指“清纯少女”。因此在英语诗歌中，百合作为主体意象词语通常含有象征“贞洁、美丽、清纯”的国俗语义。[1]

78[E.4] ‘Only one kiss from your lily cold lips,
One kiss is all I crave;
Only one kiss from your lily cold lips,

And return back to your grave.’
---*The Unquiet Grave*

你冰冷的嘴唇上只有一个吻，
我只渴望一个吻；
你冰冷的嘴唇上只有一个吻，
回到你的坟墓。”

[1] 刘芳．诗歌意象语言研究 [M]. 上海：上海译文出版社，2012：266.

歌谣 *The Unquiet Grave* 讲述一个男人哀悼他的情人对自己“十二个月零一天”的真爱。在那段时间里，已经死去的情人曾托梦抱怨说，他的哭泣使她无法安宁。他乞求得到她的一个吻。她告诉他这样会杀了他。但他坚持索吻，想和她一起死，她解释说，一旦他们都死了，他们的心就会腐烂，他既然拥有生命就应该享受生活。歌谣中的 lily 以其清新芳香的形象和气质影射年轻女子。

橡树（oak），落叶乔木，结橡树果实，高大挺拔，质地坚硬。橡树以它坚实的心材而著称，是力量和耐力的共同象征。橡树是日耳曼古老的符号（以唐纳橡木为例），从 19 世纪初起，它代表着德国的国家形象，橡树枝也出现在德国硬币和欧洲货币上。[1]2004 年 9 月，美国植树节基金会对美国国树进行投票表决。2004 年 11 月，美国国会通过了将橡树指定为美国国树的法案。其他一些国家也把橡树指定为他们的国树，包括保加利亚、塞浦路斯（金橡树）、英国、爱沙尼亚、法国、摩尔多瓦、约旦、拉脱维亚、立陶宛、波兰、罗马尼亚、塞尔维亚和威尔士。橡树还是北爱尔兰郡伦敦德里郡的象征，因为该县有大量的橡树覆盖地面。

橡树被许多政党用作象征。在英国它是保守党主义和保守党的象征（由于皇家橡树）。在文化领域，橡树叶是国家信托（英国）、林地信托和皇家橡树基金会的象征。在希腊神话中，橡树是众神之王宙斯的神圣之物。在宙斯的神谕中，神圣橡树是中心，祭司们通过解释橡树叶的沙沙声，将神的宣告神圣化。[2] 在《圣经》中，橡树林地是雅各伯埋葬他的子民的外国神的地方。此外，约书亚在一棵橡树下树立一块石头作为上帝的第一个盟约，先知把以色列人称为“正义的橡树”。在英语中有“a heart of oak”短语，比喻“坚强勇敢的人；果断的人”。“oak”在英语诗歌中具有象征“伟岸高大、坚强不屈”之品质的国俗语义。如诗人丁尼生的《橡树》（*The Oak*），诗人在诗中热情赞扬了橡树那种“顽强挺拔、不屈不挠”的品格。虽然严酷的寒冬使它满树的叶子落尽，但它依然雄伟、挺拔、巍然屹立，干枯的树枝犹如高举的双臂直指天穹。诗人期望无论年轻人还是老人都应具备这样高贵的品格。再如

---

[1] SCHIERZ, KAI UWE. Von Bonifatius bis Beuys, oder: Vom Umgang mit heiligen Eichen[A]// EIDAM H, MORITZ M, RIEDEL G-R et al. Bonifatius: Heidenopfer, Christuskreuz, Eichenkult (in German)[C]. Stadtverwaltung Erfurt, 2004: 139-45.

[2] FRAZER J G. The Golden Bough: a study in magic and religion [M]. Oxford: Oxford University Press, 2009: 130.

美国诗人惠特曼（W. Whitman）的《我在路易斯安那看见一株橡树在生长》（*Saw in Louisiana Live oak Growing*）：[1]

I saw in Louisiana a live-oak growing,
All alone stood it and the moss hung down from the branches,
Without any companion it grew there uttering
joyous leaves of dark green,
And its look, rude, unbending, lusty, made me of myself,
But 1 wonder'd how it could utter joyous leaves
standing alone there without its friend near,
for I knew I could not,
And I broke off a twig with a certain number of leaves upon it,
and twined around it a little moss,
And brought it away, and I have placed it in sight,in my room.
It is not needed to remind me as of my own dear friends,
(For I believe lately I think of little else than of them,)
Yet it remains to me a Curious token, it makes me
think of manly love;
For all that，and though the live-oak glistens there
in Louisiana solitary in a wide fiat space,

Uttering joyous leaves all its life without a friend a lover near,
I know very well I could not.

这首诗出自惠特曼的《草叶集》（*Leaves of Grass*）。诗歌以“橡树”为主体意象词语，热情赞扬了橡树所影射的那种“刚毅、执着、不怕孤寂、顽强不屈”的精神。[2]

90A.7 She had no ridden a mile, a mile,
A mile but barely three,

[1] 刘芳 . 诗歌意象语言研究 [M]. 上海：上海译文出版社，2012：284.
[2] 刘芳 . 诗歌意象语言研究 [M]. 上海：上海译文出版社，2012：286.

Ere she came to a new made grave,

Beneath a green oak tree.

---*90A: Jellon Grame*

歌谣 *Jellon Grame* 讲述杰伦和情人莉莉花生了一个孩子，之后他杀死了他的情人并担心她父亲会报复。他把那个男孩当作他姐姐的儿子来抚养。有一天杰伦向那个男孩透露了他杀死情人的行为，而那个男孩用箭射杀了杰伦。歌谣中的橡树守护着情人的坟墓，暗示了橡树作为源域影射守候情人的杰伦。

101A.17　O he's pu'd the oak in good green wood,

An he's made to her a fire;

He coverd it oer wi withred leaves,

An gard it burn thro ire.

---*101A: Willie O Douglas Dale*

101C.10　He carried a flint in his pocket,

And he strack to her a fire,

And he buskit it roun wi the leaves o oak,

And gart it burn wi ire.

---*101C: Willie O Douglas Dale*

歌谣 *Willie O Douglas Dale* 讲述苏格兰王公威利在英国宫廷服役，爱上了国王的女儿 Dame Oliphant 公主并使之珠胎暗结。于是两人私奔，躲在树林里。在他们的儿子出生后，他们寻求一个牧羊女的帮助，向威利的家乡扬帆航行，在威利的家乡她成为 Douglas Dale 的夫人。

歌谣中苏格兰王公威利把橡树和绿油油的橡树叶一起点燃，给公主生了一堆火，此处的橡树又化作了熊熊的火焰，温暖这一对逃难到森林的有情人。

102B.18　He girt his sword then by his side,

Fast thro greenwood went he,

And there he found his love lie dead,

Beneath the green oak tree.

---*102B: Willie and the Earl Richard's Daughter*

歌谣 *Willie and the Earl Richard's Daughter* 讲的是威利伺候伯爵 Earl Richard，但是诱奸了伯爵的女儿并使之怀孕。由于害怕伯爵的责备，这对有情人逃到了树林里并生下他们的儿子，命名为罗宾汉。在另一个版本中，伯爵的女儿死了，最终伯爵还是让这个男孩成为他的继承人。歌谣中威利发现他的爱人已经死去，死在绿色的橡树下。这一棵伟岸的橡树其实也是影射了她的情人威利。

在雅典，抛送苹果（apple）是求婚仪式的一部分。新人入洞房时要分吃一个苹果，因为苹果代表团圆，表达了新人共同的美好生活心愿。在英语文化中，一方面，苹果暗示女性之美丽，另一方面，欧洲人认为长在伊甸园善恶树上的那只苹果象征诱惑和原罪，如“Adam's apple”意指（男性的）喉结，因为它是由亚当喉咙里的禁果造成的。苹果在英文中亦可使人联想到眼睛的瞳仁，由于它是人体极为重要的器官，所以“the apple of one's eye”指“掌上明珠；极受珍爱的人或物”。“polish the apple”意为“送礼、讨好、拍马屁”，现喻指讨好巴结的人或行为。如：Mary is an apple-polisher, she will do anything for the boss（玛丽是个马屁精，老板叫她干啥她就干啥）。[1] 在挪威神话中，女神艾未恩（Iðunn）是诗歌之神，她守护着金苹果，赋予苹果永恒青春。英国学者 H. R. 埃利斯·戴维森（H. R. Ellis Davidson）将苹果与德意志异教中的宗教活动联系起来，指出在挪威奥斯贝格船坞遗址（Oseberg ship burial site）发现了一桶苹果，在英国和其他地方的日耳曼人的早期墓穴中也发现了苹果和坚果，这可能是苹果和坚果具有象征意义所在。再者，坚果现在仍然是英格兰西南部公认的生育能力的象征。[2] 戴维森注意到，在挪威神话中，苹果和瓦尼尔（Vanir）影射与繁殖力有关的神祇。戴维森还指出，弗洛伊格的使者以乌鸦的名义把苹果扔在国王的膝盖上，其王妃食用苹果而怀孕六年，生下了他们的儿子 —— 英雄 Völsung。[3] 这说明挪威神话中的生育能力和苹果之间的关系，同在在北欧神话中

---

[1] 李然，戴卫平，李焱．英语词汇文化喻义研究 [M]. 天津：天津科学技术出版社，2014：16.

[2] DAVIDSON E H. Gods and Myths of Northern Europe[M]. Harmondsworth: Penguin Books Ltd, 1965: 165 -166.

[3] DAVIDSON E H. Roles of the Northern Goddess[M]. Routledge, 1998: 146-147.

有着相似的联系。[1] 戴维森进一步发现一个奇怪的短语“Apples of Hell”，这个短语出现在 11 世纪古代斯堪的纳维亚的吟唱诗人 Thorbiorn Brúnarson 的诗中。他认为这暗示着苹果被 Thorbiorn Brúnarson 认为是死神的食品。

苹果出现在许多文化传统中，通常是神秘的或禁果。在宗教、神话和民间故事中界定苹果的范围仍然是一个问题，直到 17 世纪为止“apple”这个词通常被用来指代除了浆果和坚果之外的所有外来水果。[2] 神话中女神厄里斯（Eris）扔下一个金苹果（apple），要求得到“帕里斯（Paris）的判决”，苹果上写着“送给最美丽的人”。帕里斯把金苹果判给阿芙洛狄特，他得到的回报是特洛伊城的海伦，不过，他诱拐海伦引发了特洛伊战争。[3] 因此，在古希腊，苹果被认为是神圣的，而向某人扔苹果是象征宣告自己对对方的爱；同样，接住苹果象征一方接受对方的那份爱。在《创世纪》第 17 章中，禁果树被称为“善与恶的智慧树”，而“善与恶”的拉丁语则是 Bunm 和 Malum。[4] 文艺复兴时期的画家们也可能受到奥斯佩里德花园中金苹果的故事的影响。因此，在亚当和夏娃的故事中，苹果成为了智慧、不朽、诱惑、人类堕入罪恶和罪恶本身的象征。苹果作为性诱惑的象征被用来暗示人类性行为，也可能是隐喻性爱。

37C.17　Syne they came on to a garden green,
And she pu’d an apple frae a tree:
‘Take this for thy wages, True Thomas,
It will give the tongue that can never.

---*Thomas Rymer*

歌谣 *Thomas Rymer* 讲的是一个吟游诗人在树下遇见一位精灵夫人，而他必须在精灵土地上服侍她七年的故事。歌谣叙述道：他们来到了一个绿色的花园，她从一棵树上摘下苹果说：“这是你的工资，真的，托马斯，它将给予你舌头永远品尝不

[1]　DAVIDSON E H. Gods and Myths of Northern Europe[M]. Harmondsworth: Penguin Books Ltd, 1965: 165-166.

[2]　SAUER J D. Historical Geography of Crop Plants: A Select Roster[M]. Boca Raton: CRC Press, 1993: 109.

[3]　LUCIAN. Dialogues of the Gods [M]. Oxford: The Clarendon Press. 1905.

[4]　HENDEL R. The Book of Genesis: A Biography[M]. Princeton University Press, 2014: 114.

到的东西。”显然，苹果在歌谣中影射的是财富。

39[M.5]　The apples hung like stars of goud
Out-our that wa sa fine;
I put my hand to pu down ane,
For want of food I thought to tine.
---*39[M]: Tam Lin*

歌谣 *Tam Lin* 讲述一位年轻女子在万圣节除夕拯救了她的情人，使得他免于课税，最后两人终成眷属的故事。歌谣中两人说“苹果像星星一样悬挂着，我们的生活是美好的”。此处的苹果影射了美好的生活。

39[M.6]　'O had your hand, Tamas!' she said,
'O let that evil fruit now be!
It was that apple ye see there
Beguil'd man and woman in your coun
---*Tam Lin*

“哦，有你的手，塔马斯！她说，
哦，让那邪恶的果子来吧！
你看到的就是那个苹果
在你的房间里欺骗男人和女人”

上面这首歌谣源于《圣经》的故事，此处的苹果却是邪恶的象征。

52B.6　He gript her by the middle sae sma,
He gently sat her down,
While the grass grew up on every side,
And the apple trees hang down.
---*The King's Dochter Lady Jean*

歌谣 *The King's Dochter Lady Jean* 叙述了女主角走进树林时遇到一个男人，男人试图取悦她并向她求欢。歌谣中描述了他抓住她，然后双双深情款款地坐下来，芳

草从四面八方生长，苹果从树上掉下来。此处的苹果或许影射了某种性的暗示。

清代文人李调元《粤东笔记》记载：“瑶俗最尚歌，男女杂沓，一唱百合。”瑶歌是历史的产物，它的创作过程是劳动之余的“嗟叹咏歌、手舞足蹈”来娱乐精神、供奉神祇和传达情感，是个人和集体智慧融合的结晶。其影射的源域和目标域所承载的内涵具有娱乐功能、教育功能、审美功能、储存功能等多重性。在历史的长河中，民谣是记载了劳动人民生产劳动、历史传说、动物植物、天文地理乃至人间万物知识的叙事歌，所涉及的内容就像是一部百科全书，赐给世界人民无穷的智慧。

英国歌谣和瑶族歌谣中的植物不尽相同，就算是同一种植物，其影射的目标域也不尽相同，缘于各自的历史文化的差异。相对而言，瑶族深受汉文化的影响，其植物的内涵比英国歌谣的植物更加丰富，也反映了中国植物分布广泛、内涵丰富的特质。

参考文献

著作

[1] BLACK J, GREEN A. Gods, Demons and Symbols of Ancient Mesopotamia: An Illustrated Dictionary[M]. London:The British Museum Press, 1992: 82-83.

[2] BRIGGS K M. The Fairies in English Tradition and Literature[M]. London: University of Chicago Press, 1967: 57.

[3] CHILD F J. The English and Scottish Popular Ballads, Vol.2[M]. New York: Dover, 1965: 19.

[4] COOPER J C. An illustrated encyclopedia of traditional symbols[M]. New York: Thames and Hudson, 1979: 74.

[5] DAVIS G. Dictionary of Surrey English[M]. Peter Lang, 2007: 174.

[6] DEIGNAN A. Metaphor and Corpus Linguistics[M]. Amsterdam / Philadelphia: John Benjamins, 2005: 171-173.

[7] DING E. Parallels, Interactions, and Illuminations: Traversing Chinese and Western Theories of the Sign[M]. Toronto: University of Toronto Press, 2010: 118.

[8] ELLIS D H R. Gods and Myths of Northern Europe[M]. Harmondsworth: Penguin Books Ltd, 1965: 165-166.

[9] ELLIS D H R. Roles of the Northern Goddess[M]. London: Routledge, 1998: 146-147.

[10] GUGGISBERG C A W. Lion Panthera leo (Linnaeus, 1758) Wild Cats of the World[M]. New York: Taplinger Publishing, 1975: 138-179.

[11] HENDEL R. The Book of Genesis: A Biography[M].Princeton: Princeton University Press, 2014: 114.

[12] HOROWITZ W. Mesopotamian Cosmic Geography[M]. Winona Lake: Eisenbrauns, 1998: 43-59.

[13] HYDE W W. Paganism to Christianity in the Roman Empire[M]. Eugene, Oregon: Wipf and Stock Publishers 2008: 57-58.

[14] JOHNSON M. The Body in the Mind[M]. Chicago / London: The University of Chicago Press, 1987: 19-23.

[15] ROBINSON J. Court Politics, Culture and Literature in Scotland and England, 1500-1540[M].Aldershot: Ashgate Publishing Ltd, 2008: 44.

[16] KÖVECSES Z. Metaphor and Emotion[M]. Cambridge: Cambridge University Press, 2000: 39.

[17] LAKOFF G. Metaphor and Thought[C].Cambridge: Cambridge University Press, 1993: 225.

[18] LAKOFF G. Women, Fire, and Dangerous Things[M]. Chicago: The University of Chicago Press, 1987: 267.

[19] LAKOFF G. The Contemporary Theory of Metaphor [M]. New York: Cambridge University Press, 1993: 245.

[20] LEEMING D A. Mythology: The Voyage of the Hero (Third ed.) [M]. Oxford: Oxford University Press, 1998: 44.

[21] MARTIN J R, WHITE P R R. The Language of Evaluation:Appraisal in English[M]. London: Palgrave Macmillan. Martin, 2007: 85.

[22] MARTIN G. Wolf [M]. London: Reaktion Books Ldt, 2012: 38-40.

[23] MONAGHAN P. The Encyclopedia of Celtic Mythology and Folklore[M]. New York: Infobase Publishing, 2009: 411.

[24] WÜRZBACH N, SALZ S M. Motif Index of the Child Corpus[M]. Berlin: Walter de Gruyter, 1995: 175-176.

[25] NEMET-NEJAT, KAREN RHEA. Daily Life in Ancient Mesopotamia[M]. Westport: Greenwood Press, 1998: 182.

[26] CHILDS P. Places and Peoples: Region and Nation in British Cultural Identities, 4th ed.: eds[M]. London: Routledg, 2013: 43.

[27] SABRINA L. Exploring Wicca: The Beliefs, Rites, and Rituals of the Wiccan Religion[M]. Franklin Lakes: Career Press, 2006: 100.

[28] SAUER J D. Historical Geography of Crop Plants: A Select Roster[M]. Boca Raton: CRC Press, 1993: 109.

[29] SCHWEIZER P. Disney: The Mouse Betrayed[M]. Washington D.C.: Regnery, 1998: 164-69.

[30] SPENCE L. The minor traditions of British mythology[M]. New York: Ayer Publishing, 1948: 55.

[31] STRAUSS L. Socrates and Aristophanes[M]. Chicago: The University of Chicago Press, 1966: 17-21.

[32] TOZER B. The horse in history[M]. London: Methuen, 1908: 94, 98-100.

[33] WSETWOOD J, KINGSHILL S. The Lore of Scotland: A guide to Scottish legends[M]. London: Arrow Books, 2011: 404-405.

[34] YOUNG P. Swan[M]. London: Reaktion, 2008: 70.

[35] 阿恩海姆 . 艺术与视知觉 [M]. 北京：中国社会科学出版社，1984：4.

[36] 鲍特文尼克 . 神话辞典 [M]. 北京：商务印书馆，1955：268.

[37] 贝尔 . 艺术 [M]. 北京：中国文联出版公司，1994：161.

[38] 陈敢，翟大炳 . 诗歌审美心理导引 [M]. 南宁：广西民族出版社，2008：132.

[39] 陈建民 . 序 [A]// 常敬宇 . 汉语词汇与文化 [M]. 北京：北京大学出版社，1995：3.

[40] 奉恒高，梁颖，何龙群，等 . 瑶族文化变迁 [M]. 北京：民族出版社，2005：11.

[41] 冯天瑜 . 上古神话纵横谈 [M]. 上海：上海文艺出版社，1983：3.

[42] 龚光明 . 翻译思维学 [M]. 上海：上海社会科学院出版社，2004：51.

[43] 胡庆生，陶红云 . 贺州瑶族 [M]. 广州：世界图书出版广东有限公司，2015：9.

[44] 黄海，邢淑芳 . 盘王大歌：瑶族图腾信仰与祭祀经典研究 [M]. 贵阳：贵州人民出版社，2006：100.

[45] 黄钰 . 评皇券牒集编 [M]. 南宁：广西人民出版社，1990：71.

[46] 黑格尔 . 美学：第二卷 [M]. 北京：商务印书馆，1979：127.

[47] 加德纳，约瑟夫 . 近代心理学历史导引 [M]. 北京：商务印馆，1984：74.

[48] 居阅时，瞿明安 . 中国象征文化 [M]. 上海：上海人民出版社，2011：295.

[49] 卡西尔 . 人论 [M]. 上海：上海译文出版；1985：180.

[50] 卡西尔 . 语言与神话 [M]. 于晓，译 . 上海：上海三联书店，1988：102-105.

[51] 科林武德 . 历史的观念 [M]. 北京：社会科学出版社，1986：16.

[52] 莱克夫 . 我们赖以生存的譬喻 [M]. 周世箴，译 . 台北：联经出版事业股份有限公司，2006：79.

[53] 蓝纯，顾曰国，陈国华，等 . 认知语言学与隐喻研究 [M]. 北京：外语教学与研究出版社，2005：132.

[54] 李荣启 . 文学语言学 [M]. 北京：人民出版社，2005：64.

[55] 李然，戴卫平，李焱 . 英语词汇文化喻义研究 [M]. 天津：天津科学技术出版社，2014：16.

[56] 刘芳 . 诗歌意象语言研究 [M]. 上海：上海译文出版社，2012：286.

[57] 刘福春 . 西方现代诗论 [M]. 广州：花城出版社，1988：384.

[58] 吕华亮 . 六朝民俗诗学 [M]. 北京：中央编译出版社，2013：12.

[59] 巴特 . 符号学美学 [M]. 董学文，等，译 . 沈阳：辽宁人民出版社，1987：34

[60] 哈里斯 . 文化唯物主义 [M]. 北京：华夏出版社 1989.

[61] 蒙冠雄 . 瑶族风情歌 [M]. 南宁：广西人民出版社，1983：205.

[62] 基辛 . 当代文化人类学概要 [M]. 杭州：浙江人民出版社，1980：28.

[63] 彭增安 . 隐喻研究的新视角 [M]. 济南：山东文艺出版社，2006：155.

[64] 吉罗 . 符号学概论 [M]. 怀宇，译 . 成都：四川人民出版社，1988：8.

[65] 启功 . 汉语现象论丛 • 比喻与用典 [M]. 北京：中华书局，1997：97.

[66] 覃先美 . 英语动物文化考释 [M]. 北京：国防科技大学出版社，2002：3.

[67] 瞿明安 . 隐藏民族灵魂的符号：中国饮食象征文化论 [M]. 昆明：云南大学出版社，2001：182.

[68] 荣格 . 论分析心理学与诗的关系 [A]// 叶舒宪，编 . 神话 —— 原型批评 [M]. 西安：陕西师范大学出版总社有限公司，1987：101-102.

[69] 汤敬安，央泉 . 英语情态范畴的多视角研究 [M]. 西安：西北工业大学出版社，2008：45.

[70] 奥戴 . 宗教社会学 [M]. 胡荣，乐爱国，译 . 银川：宁夏人民出版社，1989：50.

[71] 王长俊 . 诗歌美学 [M]. 桂林：漓江出版社，1992：139.

[72] 王红，谢谦 . 中国诗歌艺术 [M]. 北京：高等教育出版社，2004：183.

[73] 王云五 . 礼记今注今译 [M]. 王梦鸥，译 . 北京：新世界出版社，2011：338.

[74] 韦勒克，沃伦 . 文学理论 [M]. 北京：生活 • 读书 • 新知三联书店，1984：204.

[75] 吴家荣，江守义，钱奇佳 . 中西叙事精神之比较 [M]. 合肥：安徽大学出版社，2011：16.

[76] 吴念阳 . 隐喻的心理学研究 [M]. 上海：百家出版社，2009：92.

[77] 谢明学，玉时阶 . 瑶族传统文化 [M]. 南宁：广西民族出版社，2000：16.

[78] 徐晶凝 . 现代汉语话语情态研究 [M]. 北京：昆仑出版社，2008：88.

[79] 徐兴海 . 中国食品文化论稿 [M]. 贵阳：贵州人民出版社，2005：116.

[80] 杨匡汉，刘福春 . 西方现代诗论 [M]. 广州：花城出版社，1988：412.

[81] 亚里士多德 . 诗学 [M]. 北京：人民文学出版社，1982：19.

[82] 张红深 . 英语模糊语法学 [M]. 武汉：武汉大学出版社，2010：82.

[83] 张沛 . 隐喻的生命 [M]. 北京：北京大学出版社，2004：1.

[84] 张燕 . 语言中的时空隐喻 [M]. 北京：语文出版社，2013：33-152.

[85] 赵沛霖 . 兴的源起 [M]. 北京：中国社会科学出版社，1987：77.

[86] 赵晓兰 . 歌谣学概要 [M]. 成都：电子科技大学出版社，1993：192.

[87] 赵维森 . 隐喻文化学 [M]. 西安：西北大学出版社，2007：197.

[88] 赵艳芳 . 认知语言学概论 [M]. 上海：上海外语教育出版社，2001：48.

[89] 周正 . 绘画色彩学概要 [M]. 太原：山西人民美术出版社，1986：20.

[90] 朱狄 . 原始文化研究 [M]. 上海：上海三联书店，1988：163.

期刊

[1] BARNSTON A G. The effect of weather on mood, productivity, and frequency of emotional crisis in a temperate continental climate[J]. International Journal of Biometeorology, Vol.32, 1986: 134-143.

[2] BEAR I J, THOMAS R G. Nature of argillaceous odour[J]. Nature, 1964(3): 993-995.

[3] BOUGH J. The Mirror Has Two Faces: Contradictory Reflections of Donkeys in Western Literature from Lucius to Balthazar[J]. Animals, 2011(1): 56-68.

[4] DEIGNAN A. Metaphorical Expressions and Culture: An Indirect Lin [J]. Metaphor and Symbol, 2003(4): 255.

[5] KÖVECSES Z. The concept of anger: Universal of culture specific?[J]. Psychopathology, 2000(33): 159-170.

[6] LEMKE J. Resources for attitudinal meaning: evaluative orientations in text semantics [J]. Functions of Language, 1998(5): 33-56.

[7] LOUGHNAN S, BASTIAN B, HASLAM N. The Psychology of Eating Animals[J]. Current Directions in Psychological Science, 2014(2): 104-108.

[8] WILKOWSKI B M, MEIER P, ROBINSON M D, et al. Hot-headed is more than an expression: The embodied representation of anger in terms of heat[J]. Emotion, 2009(9): 464-477.

[9] WOOD R. The Norman Chapel in Durham Castle[J]. Northern History, 2010 (3): 31.

[10] 杜凯，马利军，张积家 . 情绪与温度的关系：情绪是否借助温度进行表征 [J]. 心理研究，2013（1）：20-25.

[11] 高航，严辰松 . 汉语温度图式所衍生的概念隐喻 [J]. 四川外语学院学报，2008（2）：2-17.

[12] 胡壮麟 . 语言　认知　隐喻 [J]. 现代外语，1997（4）：51-59.

[13] 黄钰婷 . 论广西贺州地区民歌的传承与发展 [J]. 艺术百家，2009（6）：240-241，261.

[14] 黄钰婷 . 广西贺州瑶族民歌“蝴蝶歌”、“喇格里”的艺术特征 [J]. 艺术百家，2010（2）：214-218.

[15] 蓝纯 . 从认知角度看汉语的空间隐喻 [J]. 外语教学与研究，1999（4）：7-15.

[16] 廖光蓉 . 英汉文化动物词对比 [J]. 外国语，2000（5）：17-26.

[17] 沈茜 . 瑶族民歌礼仪文化初探 [J]. 贵州师范大学学报，2012（5）：66-69.

[18] 田昀艳 . 刍议广西瑶族传统情歌的艺术特色 —— 以“蝴蝶歌”为例 [J]. 音乐创作，2014（5）：160-162.

[19] 王瑛 . 英汉习语中动物词语的对比分析及翻译 [J]. 河海大学学报，2003（3）：71-72，84.

[20] 王寅 . 语言的体验性 —— 从体验哲学和认知语言学看语言体验观 [J]. 外语教学与研究，2005（1）：37-43.

[21] 韦海曦 . 富川瑶族民歌述论 [J]. 艺术探索，1998（1）：344-354.

[22] 谢少万，刘小春 . 瑶族史诗《密洛陀》的认知语言学视角 [J]. 广西民族研究 2010（2）：120-124.

[23] 谢育坚 . 论贺州客家民歌的文化内涵 [J]. 广西民族大学学报（哲学社会科学版）. 2009（4）：63-67.

[24] 徐祖祥 . 瑶族挂灯与道教北斗七星信仰 [J]. 云南民族大学学报（哲学社会科学版），2006（2）：102-107.

[25] 杨胜慧，黄薇薇 . 瑶族民歌的创作特征 [J]. 民族文学研究，2012（4）：32-37.

[26] 袁佳玲 . 浅谈英汉隐喻句生成机制 [J]. 邵阳学院学报（社会科学版），2007（6）：94-97.

[27] 张德明 . 诗歌意象的跨文化比较 [J]. 中国比较文学，1997（2）：36-57.

[28] 周红红 . 从符号学的角度看隐喻的生成 [J]. 福建外语，2000（2）：12-15.

跋

古代中国合乐为歌，徒歌为谣，今泛称歌谣。古代有关典籍对歌谣的记述有《诗•魏风•园有桃》的"心之忧矣，我歌且谣"，《毛诗故训传》的"曲合乐曰歌，徒歌曰谣"，《汉书•艺文志》的"自孝武立乐府而采歌谣，于是有代赵之讴，秦楚之风，皆感于哀乐，缘事而发，亦可以观风俗，知薄厚云"，北魏贾思勰《〈齐民要术〉序》的"今采捃经传，爰及歌谣，询之老成，验之行事，起自耕农，终于醯醢，资生之业，靡不毕书"。凡此论述，是谓吉光片羽。可见，歌谣所叙述的是一个民族的生产和感情生活。英语歌谣（ballad）是诗歌的一种形式，源于中世纪法国歌曲"歌谣"（chanson balladée）或"叙事曲"（ballade，拉丁文 barare，跳舞）一词，原为"舞曲"（danced songs）。从 18 世纪起，诗人和作曲家经常使用这种形式创作抒情民谣，19 世纪以降，ballade（民谣）这个词的含义是"缓慢的流行情歌"（slow form of popular love song），今指任何爱情歌曲，尤其是流行歌曲或摇滚的伤感民谣。英国民谣是中世纪晚期至 19 世纪期间流行于不列颠群岛的流行歌曲，后来风靡欧洲、澳大利亚、北非、北美洲和南美洲。Ballade 通常是以音乐为背景的文学叙事体裁，反映英格兰和苏格兰边境战争和侠盗罗宾汉系列诸如爱恨情仇的故事，民谣一般分 13 行，由 ABABBCBC 押韵诗组成，另一种常见韵律形式是 ABAB 或 ABCB 的重复，民谣语言简朴，充分反映了鲜活、生动、原汁原味的民间语言形态。

本书研究的英国民谣取自笔者获取江苏省政府留学奖学金赴英国布莱顿大学（University of Brighton）留学时在 Falmer 校区图书馆收集到的《英格兰和苏格兰民谣》（*The English and Scottish Popular Ballads*），该民谣集约 70 万字，由哈佛大学英国民谣研究翘楚 Francis James Child 教授于 19 世纪末编撰；而瑶族歌谣则是教育部课题组成员通过田野考察、拍摄、抄录或通过语言博物馆收集的原生态手抄瑶族歌谣，共计 30 多万字，内容包括《盘王大歌》《盘王出世》《密洛陀》《瑶族创世歌——造人》《蝴蝶歌》《朝踏阴歌曲》《贺婚诗合订本》《朝踏接客大讨路歌》《梁山伯与祝英台》《捞堂歌》《上香调》《歌堂散》等多种类型，反映的是瑶族人民的生活画面。正如《毛诗序》所云："诗者，志之所之也，在心为志，发言为诗。"歌谣最能折射一个民族的情感生活，对两种背景不一的歌谣进行平行比较不啻是一种挑战，却最能直接探究它们的民族情感和生活情景的异同，体验个中春兰秋菊之韵味。

国内学术界对于 Francis James Child 的《英格兰和苏格兰民谣》的研究和著述相对较少。梁实秋的《英国文学史》、辜正坤的《世界名诗鉴赏辞典》和王佐良编著的《英国文学名篇选注》《英国诗选》仅仅是译介了几首英国民谣，国内至今没有 Francis James Child 的《英格兰和苏格兰民谣》的汉译本，而且对英格兰和苏格兰民谣的研究资料屈指可数，多集中在两方面，一是民谣的发展史，如蒋义勇的《英国民谣溯源》、方岩的《民谣——英国文学的宝贵遗产》、杨亚东的《英国民谣研究》；二是具体分析某首歌谣：如顾铁军的《中世纪晚期民谣伦德尔励爵浅析》、张猫的《三只乌鸦的意象分析》、杨亚东的《英国民谣研究》。

国内对瑶族歌谣的研究主要有唐力（2008）、黄钰婷（2010）、黄微微（2011）胡铁强和陈敬胜（2012）、黄斌（2013）、覃晓宁（2014）、田昀艳 2014、韦蕊（2015）、王梓菁（2016），大多是论述瑶族歌谣所反映的瑶族生活和瑶族歌谣的艺术手法。将英汉歌谣进行比较的有吴丽的《汉乐府民歌与英国通俗民谣之比较》，谢艳明《经典定义观下的中英诗歌叙述特征——以诗经和英格兰和苏格兰民谣为例》《诗歌的叙述模式与程式——以诗经和英格兰和苏格兰民谣为例》，严文烨、董飘飘的《文化视野下〈英格兰及苏格兰民谣〉与〈诗经〉比较研究》，后三篇从叙述学角度对《诗经》和英格兰和苏格兰民谣叙述模式和程式进行了详尽的分析，目前没有发现任何对 Francis James Child 的英国民谣和瑶族歌谣的系统平行比较研究的成果。

隐喻是歌谣最普遍的叙事方式。有关隐喻比兴手法，其实是一种陌生化手法，是语言美学的研究范畴，鲁迅曾提及"东则有刘彦和之《文心》，西则有亚里士多德之《诗学》，解析神质，包举洪纤，开源发流，为世楷式"。亚里士多德《诗学》

《修辞学》和刘勰《文心雕龙》中的隐喻语言风格论和隐喻美学思想是东西方的代表。如《文心雕龙》的“辞约而旨丰，事近而喻远”“隐之为体义主文外”“文外之重旨”“使玩之者无穷，味之者，不厌”之说。亚里士多德认为，“措辞只要含有隐喻，就能受欢迎，但是隐喻不能太牵强，否则就难以看出其中的关系，不过也不能失之肤浅，否则就不能给听众留下印象”；其《修辞学》则以隐喻解读人类的喜怒哀乐、忧虑、嫉妒、羞愧等情感。Lakoff 和 Johnson 认为，隐喻在生活中无处不在，存在于语言、思想和行为中。隐喻是思维方式，人们每天所经历的以及所做的一切都与隐喻密切相关。他们认为，“如果我们认识不清或处理不好隐喻影响我们概念系统的方法，那么任何关于意义和真实的描述都是不充分的”。歌谣作为咏歌的艺术表现形式，充分反映歌谣的历史文化背景和歌者的情感。平行研究发现，两个民族歌谣的隐喻表现手法蔚为壮观，英国歌谣和瑶族歌谣的话语都具有浓郁的民族和乡土气息，都利用隐喻表达本民族的思想感情这一同质性，应该说，几乎每一句歌谣都包含隐喻手法。本书以 Lakoff 和 Johnson 的 *Metaphors We Live By* 理论框架为指导，尝试从平行研究视角探索英国民谣和瑶族民族歌谣在爱情、动物、情态、色彩、神话、时空、天象地理、温度、饮食、植物等隐喻手法上的异同。这是艰难的尝试，因为瑶族歌谣是以汉字书写，涉及瑶族人生活的方方面面，其表达方式和现代汉语有些出入，歌谣里有一些瑶族歌手自创的字，有些歌词艰涩难懂；而英国歌谣最早可以追溯到 13 世纪，稍后一些歌谣创作于第 15 或 16 世纪初，大部分歌谣可以追溯到第 17 和第 18 世纪，歌词为中古英语，所以深奥晦涩。为尊重歌谣的原生态，笔者不对其中的表述做任何删改，且英国歌谣后面标明歌谣的名字，歌谣前面都标明歌谣的顺序和版本。歌谣创作是艺术美的创作，解读歌谣是审美过程，正如我国著名社会学家费孝通先生所言：“各美其美，美人之美，美美与共，天下大同”，虽然两个民族都具有某些相同的思维隐喻方式的同质性，但是相同的源域却影射迥然的目标域，这种差异缘于不同文化历史背景，人们可以从中体验到东西方两个民族色彩斑斓的民族文化元素及其蕴含的气质。

广西贺州学院地处瑶族聚集的桂、粤、湘交界处，在瑶族歌谣研究领域承担国家社会科学基金、教育部、国家民委、国家语委、广西哲学社会科学规划、广西教育厅、贺州市等级别的数十个项目，积累了丰硕成果。2017 年以颜健生教授为主持人，荟萃贺州学院、桂林电子科技大学、北部湾大学、江苏理工学院和新余学院等全国五校外国语学院、人文学院和音乐学院的学者，成功申报2017年度教育部人文社会科学研究规划西部和边疆地区项目《平行研究视角下的英国民谣与瑶族歌谣对比》（17XJA751003）。本书围绕课题的文体风格和色彩表现两个子项目展开平行研究，两度春花秋月，书稿得以付梓，归功于国内外学者的研究成果和课题项目成员的倾囊相助。此外，承蒙弟子南京理工大学翻译学硕士研究生王星星在实习期间协助对英国歌谣的整理，南京大学博士张彬教授、上海外国语大学博士代树兰教授、复旦大学博士张德福教授、日本广岛大学博士周军教授、上海外国语大学博士张鑫教授的热情鼓励，广西民族大学外国语学院教授、博士研究生导师覃修桂博士的启迪指引并拨冗作序，在此表示诚挚谢忱并必当铭诸肺腑。书中定然存在谬误，期待方家不吝指教，以臻至善。

周子伦 谨识

2019年新春于常州荆川公园之待骞亭